Ludwig Thoma
Seine schönsten Geschichten

LUDWIG THOMA

Seine schönsten Geschichten

rosenheimer

Inhalt

Lausbubengeschichten

Ludwig Thoma, einen der Klassiker der bayerischen Literatur, eigens vorzustellen – das ist fast schon eine überflüssige Übung. Geboren 1867 in Oberammergau, entdeckt er schon während seiner Ausbildung zum »Brotberuf« des Juristen seine schriftstellerischen Neigungen. Seine ersten Veröffentlichungen datieren aus seiner Anfangszeit als Anwalt in Dachau, aus dem Jahr 1894. Richtig geweckt wird sein literarischer Ehrgeiz, als er drei Jahre später in München mit Mitarbeitern der neu gegründeten satirischen Wochenzeitschrift »Simplicissimus« in Kontakt kommt. Immer häufiger erscheinen bei dieser Zeitschrift Beiträge von ihm, bis er schließlich 1899 seine Anwaltskanzlei ganz aufgibt und sich ganz der brotlosen Kunst des Schreibens widmet. Er wird fester Mitarbeiter beim »Simpl« und verfasst seine ersten Dramen und Erzählungen.

Doch bevor wir vor lauter Ludwig-Thoma-Theorie die Praxis versäumen, beginnen wir gleich mit einem ganz bekannten Werk aus der Zeit seiner ersten großen Erfolge: mit einer Auswahl aus den »Lausbubengeschichten«, erschienen 1905.

Meine erste Liebe

An den Sonntagen durfte ich immer zu Herrn von Rupp kommen und bei ihm Mittag essen. Er war ein alter Jagdfreund von meinem Papa und hatte schon viele Hirsche bei uns geschossen. Es war sehr schön bei ihm. Er behandelte mich beinahe wie einen Herrn, und wenn das Essen vorbei war, gab er mir eine Zigarre und sagte: »Du kannst es schon vertragen. Dein Vater hat auch geraucht wie eine Lokomotive.« Da war ich sehr stolz.

Die Frau von Rupp war eine furchtbar noble Dame, und wenn sie redete, machte sie einen spitzen Mund, damit es Hochdeutsch wurde. Sie ermahnte mich immer, dass ich nicht Nägel beißen soll und eine gute Aussprache habe. Dann war noch eine Tochter da. Die war sehr schön und roch so gut. Sie gab nicht Acht auf mich, weil ich erst vierzehn Jahre alt war, und redete immer von Tanzen und Konzert und einem gottvollen Sänger. Dazwischen erzählte sie, was in der Kriegsschule passiert war. Das hatte sie von den Fähnrichen gehört, die immer zu Besuch kamen und mit den Säbeln über die Stiege rasselten.

Ich dachte oft, wenn ich nur auch schon ein Offizier wäre, weil ich ihr dann vielleicht gefallen hätte, aber so behandelte sie mich wie einen dummen Buben und lachte immer dreckig, wenn ich eine Zigarre von ihrem Papa rauchte.

Das ärgerte mich oft und ich unterdrückte meine Liebe zu ihr und dachte, wenn ich größer bin und als Offizier nach einem Kriege heimkomme, würde sie vielleicht froh sein. Aber dann möchte ich nicht mehr.

Sonst war es aber sehr nett bei Herrn von Rupp und ich

freute mich furchtbar auf jeden Sonntag und auf das Essen und auf die Zigarre.

Der Herr von Rupp kannte auch unsern Rektor und sprach öfter mit ihm, dass er mich gern in seiner Familie habe und dass ich schon noch ein ordentlicher Jägersmann werde, wie mein Vater. Der Rektor muss mich aber nicht gelobt haben, denn Herr von Rupp sagte öfter zu mir: »Weiß der Teufel, was du treibst. Du musst ein verdammter Holzfuchs sein, dass deine Professoren so auf dich loshacken. Mach es nur nicht zu arg.« Da ist auf einmal etwas passiert.

Das war so. Immer wenn ich um acht Uhr früh in die Klasse ging, kam die Tochter von unserem Hausmeister, weil sie in das Institut musste.

Sie war sehr hübsch und hatte zwei große Zöpfe mit roten Bändern daran und schon einen Busen. Mein Freund Raithel sagte auch immer, dass sie gute Potenzen habe und ein feiner Backfisch sei.

Zuerst traute ich mich nicht sie zu grüßen; aber einmal traute ich mich doch und sie wurde ganz rot. Ich merkte auch, dass sie auf mich wartete, wenn ich später daran war. Sie blieb vor dem Hause stehen und schaute in den Buchbinderladen hinein, bis ich kam. Dann lachte sie freundlich und ich nahm mir vor sie anzureden.

Ich brachte es aber nicht fertig vor lauter Herzklopfen; einmal bin ich ganz nahe an sie hingegangen, aber wie ich dort war, räusperte ich bloß und grüßte. Ich war ganz heiser geworden und konnte nicht reden.

Der Raithel lachte mich aus und sagte, es sei doch gar nichts dabei mit einem Backfisch anzubinden. Er könnte jeden Tag drei ansprechen, wenn er möchte, aber sie seien ihm alle zu dumm.

Ich dachte viel darüber nach, und wenn ich von ihr weg war, meinte ich auch, es sei ganz leicht. Sie war doch bloß die Tochter von einem Hausmeister und ich war schon in der fünften Lateinklasse. Aber wenn ich sie sah, war es ganz merkwürdig und ging nicht.

Da kam ich auf eine gute Idee. Ich schrieb einen Brief an sie, dass ich sie liebte, aber dass ich fürchte, sie wäre beleidigt, wenn ich sie anspreche und es ihr gestehe. Und sie sollte ihr Sacktuch in der Hand tragen und an den Mund führen, wenn es ihr recht wäre.

Den Brief steckte ich in meinen Caesar, De bello gallico, und ich wollte ihn hergeben, wenn ich sie in der Frühe wieder sah.

Aber das war noch schwerer.

Am ersten Tag probierte ich es gar nicht; dann am nächsten Tag hatte ich den Brief schon in der Hand, aber wie sie kam, steckte ich ihn schnell in die Tasche.

Raithel sagte mir, ich solle ihn einfach hergeben und fragen, ob sie ihn verloren habe. Das nahm ich mir fest vor, aber am nächsten Tag war ihre Freundin dabei und da ging es wieder nicht.

Ich war ganz unglücklich und steckte den Brief wieder in meinen Cäsar.

Zur Strafe, weil ich so furchtsam war, gab ich mir das Ehrenwort, dass ich sie jetzt anreden und ihr alles sagen und noch dazu den Brief geben wolle.

Raithel sagte, ich müsse jetzt, weil ich sonst ein Schuft wäre. Ich sah es ein und war fest entschlossen.

Auf einmal wurde ich aufgerufen und sollte weiterfahren. Weil ich aber an die Marie gedacht hatte, wusste ich nicht einmal das Kapitel, wo wir standen, und da kriegte ich einen brennroten Kopf. Dem Professor fiel das auf, da er immer Verdacht gegen mich hatte, und er ging auf mich zu.

Ich blätterte hastig herum und gab meinem Nachbarn einen Tritt. »Wo stehen wir? Herrgottsakrament!«

Der dumme Kerl flüsterte so leis, dass ich es nicht verstehen konnte, und der Professor war schon an meinem Platz. Da fiel auf einmal der Brief aus meinem Caesar und lag am Boden.

Er war auf rosa Papier geschrieben und mit einem wohlriechenden Pulver bestreut.

Ich wollte schnell mit dem Fuße darauf treten, aber es ging nicht mehr. Der Professor bückte sich und hob ihn auf.

Zuerst sah er mich an und ließ seine Augen so weit heraushängen, dass man sie mit einer Schere hätte abschneiden können. Dann sah er den Brief an und roch daran, und dann nahm er ihn langsam heraus. Dabei schaute er mich immer durchbohrender an und man merkte, wie es ihn freute, dass er etwas erwischt hatte.

Er las zuerst laut vor der ganzen Klasse.

»Innig geliebtes Fräulein! Schon oft wollte ich mich Ihnen nahen, aber ich traute mich nicht, weil ich dachte, es könnte Sie beleidigen.«

Dann kam er an die Stelle vom Sacktuch und da murmelte er bloß mehr, dass es die andern nicht hören konnten.

Und dann nickte er mit dem Kopfe auf und ab und dann sagte er ganz langsam:

»Unglücklicher, gehe nach Hause. Du wirst das Weitere hören.«

Ich war so zornig, dass ich meine Bücher an die Wand schmeißen wollte, weil ich ein solcher Esel war. Aber ich dachte, dass mir doch nichts geschehen könnte. Es stand nichts Schlechtes in dem Brief; bloß dass ich verliebt war. Das geht doch den Professor nichts an.

Aber es kam ganz dick.

Am nächsten Tag musste ich gleich zum Rektor. Der hatte sein großes Buch dabei, wo er alles hineinstenografierte, was ich sagte. Zuerst fragte er mich, an wen der Brief sei. Ich sagte, er sei an gar niemand. Ich hätte es bloß so geschrieben aus Spaß. Da sagte er, das sei eine infame Lüge und ich wäre nicht bloß schlecht, sondern auch feig.

Da wurde ich zornig und sagte, dass in dem Briefe gar nichts Gemeines darin sei und es wäre ein braves Mädchen. Da lachte er, dass man seine zwei gelben Stockzähne sah, weil ich mich verraten hatte. Und er fragte immer nach dem Namen. Jetzt war mir alles gleich und ich sagte, dass kein anständiger Mann den Namen verrät und ich täte es niemals. Da schaute er mich recht falsch an und schlug sein Buch zu. Dann sagte er: »Du bist eine verdorbene Pflanze in unserem Garten. Wir werden dich ausreißen. Dein Lügen hilft dir gar nichts; ich weiß recht wohl, an wen der Brief ist. Hinaus!«

Ich musste in die Klasse zurückgehen und am Nachmittag war Konferenz. Der Rektor und der Religionslehrer wollten mich dimittieren. Das hat mir der Pedell gesagt. Aber die andern halfen mir und ich bekam acht Stunden Karzer. Das hätte mir gar nichts gemacht, wenn nicht das andere gewesen wäre.

Ich kriegte einige Tage darauf einen Brief von meiner Mama. Da lag ein Brief von Herrn von Rupp bei, dass es ihm Leid täte, aber er könne mich nicht mehr einladen, weil ihm der Rektor mitteilte, dass ich einen dummen Liebesbrief an seine Tochter geschrieben habe. Er mache sich nichts daraus, aber ich hätte sie doch kompromittiert. Und meine Mama schrieb, sie wüsste nicht, was noch aus mir wird.

Ich war ganz außer mir über die Schufterei; zuerst weinte ich und dann wollte ich den Rektor zur Rede stellen; aber dann überlegte ich es und ging zu Herrn von Rupp.

Das Mädchen sagte, es sei niemand zu Hause, aber das war nicht wahr, weil ich heraußen die Stimme der Frau von Rupp gehört hatte.

Ich kam noch einmal und da war Herr von Rupp da. Ich erzählte ihm alles ganz genau, aber wie ich fertig war, drückte er das linke Auge zu und sagte: »Du bist schon ein verdammter Holzfuchs. Es liegt mir ja gar nichts daran, aber meiner Frau.« Und dann gab er mir eine Zigarre und sagte, ich solle nun ganz ruhig heimgehen.

Er hat mir kein Wort geglaubt und hat mich nicht mehr eingeladen, weil man es nicht für möglich hält, dass ein Rektor lügt.

Man meint immer, der Schüler lügt.

Ich habe mir das Ehrenwort gegeben, dass ich ihn durchhaue, wenn ich auf die Universität komme, den kommunen Schuften.

Ich bin lange nicht mehr lustig gewesen. Und einmal bin ich dem Fräulein von Rupp begegnet. Sie ist mit ein paar Freundinnen gegangen und da haben sie sich mit den Ellenbogen angestoßen und haben gelacht. Und sie haben sich noch umgedreht und immer wieder gelacht.

Wenn ich auf die Universität komme und Korpsstudent bin und wenn sie mit mir tanzen wollen, lasse ich die Schneegänse einfach sitzen.

Das ist mir ganz wurscht.

Der Kindlein

Unser Religionslehrer heißt Falkenberg.

Er ist klein und dick und hat eine goldene Brille auf.

Wenn er was Heiliges redet, zwickt er die Augen zu und macht seinen Mund spitzig.

Er faltet immer die Hände und ist recht sanft und sagt zu uns: »ihr Kindlein«.

Deswegen haben wir ihn den Kindlein geheißen. Er ist aber gar nicht so sanft. Wenn man ihn ärgert, macht er grüne Augen wie eine Katze und sperrt einen viel länger ein wie unser Klassprofessor.

Der schimpft einen furchtbar und sagt »mistiger Lausbub« und zu mir hat er einmal gesagt, er haut das größte Loch in die Wand mit meinem Kopf.

Meinen Vater hat er gut gekannt, weil er im Gebirg war und einmal mit ihm auf die Jagd gehen durfte. Ich glaube, er kann mich deswegen gut leiden und lässt es sich bloß nicht merken.

Wie mich der Merkel verschuftet hat, dass ich ihm eine hineingehaut habe, hat er mir zwei Stunden Arrest gegeben. Aber wie alle fort waren, ist er auf einmal in das Zimmer gekommen und hat zu mir gesagt: »Mach, dass du heimkommst, du Lauskerl, du grober! Sonst wird die Supp kalt.«

Er heißt Gruber.

Aber der Falkenberg schimpft gar nicht.

Ich habe ihm einmal seinen Rock von hinten mit Kreide angeschmiert. Da haben alle gelacht und er hat gefragt: »Warum lacht ihr, Kindlein?«

Es hat aber keiner etwas gesagt; da ist er zum Merkel hingegangen und hat gesagt: »Du bist ein gottesfürchtiger Knabe und ich glaube, dass du die Lüge verabscheust. Sprich offen, was hat es gegeben?«

Und der Merkel hat ihm gezeigt, dass er voll Kreide hinten ist und dass ich es war.

Der Falkenberg ist ganz weiß geworden im Gesicht und ist schnell auf mich hergegangen. Ich habe gemeint, jetzt krieg ich eine hinein, aber er hat sich vor mich hingestellt und hat die Augen zugezwickt.

Dann hat er gesagt: »Armer Verlorener! Ich habe immer Nachsicht gegen dich geübt, aber ein räudiges Schaf darf nicht die ganze Herde anstecken.«

Er ist zum Rektor gegangen und ich habe sechs Stunden Karzer gekriegt. Der Pedell hat gesagt, ich wäre dimittiert geworden, wenn mir nicht der Gruber so geholfen hätte. Der Falkenberg hat darauf bestanden, dass ich dimittiert werde, weil ich das Priesterkleid beschmutzt habe. Aber der Gruber hat gesagt, es ist bloß Übermut und er will meiner Mutter schreiben, ob er mir nicht ein paar herunterhauen darf. Dann haben ihm die andern Recht gegeben und der Falkenberg war voll Zorn.

Er hat es sich nicht ankennen lassen, sondern er hat das nächste Mal in der Klasse zu mir gesagt: »Du hast gesündigt, aber es ist dir verziehen. Vielleicht wird dich Gott in seiner unbeschreiblichen Güte auf den rechten Weg führen.«

Den Fritz hat er auch nicht leiden können, weil er mein bester Freund ist und immer lacht, wenn er »Kindlein« sagt. Er hat ihn schon zweimal deswegen eingesperrt und da haben wir gesagt, wir müssen dem Kindlein etwas antun. Der

Fritz hat gemeint, wir müssen ihm einen Pulverfrosch in den Katheder legen; aber das geht nicht, weil man es sieht.

Dann haben wir ihm Schusterpech auf den Sessel geschmiert. Er hat sich aber die ganze Stunde nicht darauf gesetzt und dann ist der Schreiblehrer Bogner gekommen und ist hängen geblieben.

Das war auch recht, aber für den Kindlein hätte es mich besser gefreut.

Der Fritz wohnt bei dem Malermeister Burkhard und hat ihm eine grüne Ölfarbe genommen, wie der Katheder ist. Die haben wir vor der Religionsstunde geschwind hingestrichen, wo er den Arm auflegt.

Da hat es auf einmal geheißen, der Falkenberg ist krank und wir haben Geographie dafür. Da ist der Professor Ulrich eingegangen, weil er voll Farbe geworden ist und er hat den Pedell furchtbar geschimpft, dass er nichts hinschreibt, wenn frisch gestrichen ist.

Der Kindlein ist uns immer ausgekommen, aber wir haben nicht ausgelassen.

Einmal ist er in die Klasse gekommen mit dem Rektor und hat sich auf den Katheder gestellt. Dann hat er gesagt: »Kindlein, freuet euch! Ich habe eine herrliche Botschaft für euch. Ich habe lange gespart und jetzt habe ich für unsere geliebte Studienkirche die Statue des heiligen Aloysius gekauft, weil der das Vorbild der studierenden Jugend ist. Er wird von dem Postament zu euch hinunterschauen und ihr werdet zu ihm hinaufschauen. Das wird euch stärken.«

Dann hat der Rektor gesagt, dass es unbeschreiblich schön ist von dem Falkenberg, dass er die Statue gekauft hat, und dass unser Gymnasium sich freuen muss. Am

Samstag kommt der Heilige und wir müssen ihn abholen, wo die Stadt anfängt, und am Sonntag ist die Enthüllungsfeier.

Da sind sie hinausgegangen und haben es in den anderen Klasszimmern gesagt. Und ich und der Fritz sind miteinander heimgegangen.

Da hat der Fritz gesagt, dass der Kindlein es mit Fleiß getan hat, dass wir den Aloysius am Samstagnachmittag holen müssen, weil er uns nicht gönnt, dass wir frei haben. Ich habe auch geschimpft und habe gesagt, ich möchte, dass der Wagen umschmeißt.

Dem Fritz sein Hausherr hat es schon gewusst, weil es in der Zeitung gestanden ist.

Er kann uns gut leiden und redet oft mit uns und schenkt uns eine Zigarre.

Auf den Falkenberg hat er einen Zorn, weil er glaubt, dass sein Pepi wegen dem Falkenberg die Prüfung in die Lateinschule nicht bestanden hat. Ich glaube aber, dass der Pepi zu dumm ist.

Der Hausherr hat gelacht, dass so viel in der Zeitung gestanden ist von dem Heiligen. Er hat gesagt, dass er von Gips ist und dass er ihn nicht geschenkt haben möchte. Er ist von Mühldorf. Da ist er schon lang gestanden und niemand hat ihn mögen. Vielleicht hat ihn der Steinmetz hergeschenkt, aber der Falkenberg macht sich schön damit und tut, als wenn er viel gekostet hat. Das ist ein scheinheiliger Tropf, hat der Hausherr gesagt, und wir haben auch geschimpft über den Kindlein.

Dann ist der Samstag gekommen. Das ganze Gymnasium ist aufgestellt worden und dann haben wir durch die Stadt gehen müssen. Vorne ist der Rektor mit dem Falkenberg gegangen und dann sind die Professoren gekommen. Der Gruber war nicht dabei, weil er Protestant ist.

Oben auf dem Berg ist ein Wirtshaus, wo die Straße von Mühldorf herkommt. Da haben wir gehalten und haben gewartet. Eine halbe Stunde haben wir stehen müssen, bis der Pedell dahergelaufen ist und hat geschrien: »Jetzt bringen sie ihn.«

Da ist ein Leiterwagen gekommen, da war eine große Kiste darauf.

Der Falkenberg ist hingegangen und hat den Fuhrmann gefragt, ob er von Mühldorf ist und den heiligen Aloysius dabei hat. Der Fuhrmann hat gesagt ja, und er hat einen in der Kiste. Da hat sich der Kindlein geärgert, dass der Wagen so schlecht aussieht und keine Tannenbäume darauf sind.

Aber der Fuhrmann hat gesagt, das geht ihn nichts an, er tut bloß, was ihm sein Herr anschafft.

Da haben wir hinter dem Wagen hergehen müssen und die Glocken von der Studienkirche haben geläutet, bis wir dort waren.

Vor der Kirche hat der Fuhrmann gehalten und er hat die Kiste heruntertun wollen.

Aber der Falkenberg hat ihn nicht lassen. Die vier Größten von der Oberklasse mussten sie heruntertun und in die Sakristei tragen. Das war der Pointner und der Reichenberger, die andern zwei habe ich nicht gekannt.

Wir haben gehen dürfen und das Läuten hat aufgehört. Bloß die vier Oberklassler mussten dabei sein, wie der Heilige aufgestellt wurde; die anderen nicht, weil erst morgen die Einweihung war. Wir haben aber gewusst, wo er hingestellt wird. Bei dem dritten Fenster, weil dort das Postament war und Blumen herum.

19

Der Fritz und ich sind heimgegangen; zuerst war der Friedmann Karl dabei. Da hat der Fritz gesagt, er muss noch viel büffeln auf den Montag, weil er die dritte Konjugation noch nicht gelernt hat.

»Die haben wir ja gar nicht auf«, hat der Friedmann gesagt.

»Freilich haben wir sie aufgekriegt. Der Gruber hat es ganz deutlich gesagt«, hat der Fritz gesagt. Da ist dem Friedmann angst geworden, weil er immer furchtsam ist und er ist der Erste.

Er ist gleich von uns weggelaufen und der Fritz hat zu mir gesagt: »Jetzt haben wir unsere Ruhe vor ihm.«

Ich fragte, warum er ihn fortgeschickt hat, aber der Fritz wartete, bis niemand in der Nähe war. Dann sagte er, dass er jetzt weiß, wie wir den Kindlein daran kriegen, und dass wir auf den Aloysius einen Stein hineinschmeißen.

Ich glaubte zuerst, er macht Spaß, aber es war ihm ernst und er sagte, dass er es allein tut, wenn ich nicht mithelfe.

Da habe ich versprochen, dass ich mittue, aber ich habe mich gefürchtet, denn wenn es aufkommt, ist alles hin.

Aber der Fritz hat gesagt, dann muss man es so machen, dass kein Mensch nichts merkt, und so eine Gelegenheit kriegen wir nicht mehr, dass wir dem Kindlein etwas antun, was er sich merkt.

Wir haben ausgemacht, dass wir uns um acht Uhr bei den zwei Kastanien an der Salzach treffen. Ich habe daheim gesagt, dass ich mit dem Fritz die dritte Konjugation lernen muss, und bin gleich nach dem Abendessen fort.

Es war schon dunkel, wie ich an die Kastanien hinkam, und ich war froh, dass mir niemand begegnet ist.

Der Fritz war schon da, und wir haben noch gewartet, bis es ganz dunkel war. Dann sind wir neben der Salzach gegangen; einmal haben wir Schritte gehört. Da sind wir hinter einen Busch gestanden und haben uns versteckt.

Es war der Notar; der geht immer spazieren und macht ein Gedicht in das Wochenblatt.

Er hat nichts gemerkt und wir sind erst wieder vorgegangen, wie er schon weit weg war.

Das Gymnasium und die Studienkirche sind am Ende von der Stadt; es ist kein Mensch hinten, wenn es dunkel ist. Bloß der Pedell, aber er ist auch nicht hinten, sondern beim Sternbräu.

Wir sind hingekommen und jeder hat einen Stein genommen.

Wir haben die Fenster noch gesehen. Das dritte war es.

Der Fritz sagte zu mir: »Du musst gut rechts schmeißen; wenn es an die Wand hingeht, prallt es schon hinein. Und du musst halb so hoch schmeissen, wie das Fenster ist; ich probiere es höher, dann erwischt ihn schon einer.«

»Es ist schon recht«, sagte ich und dann haben wir geschmissen.

Es hat stark gescheppert und wir haben gewusst, dass wir das Fenster getroffen haben.

Gleich hinter dem Gymnasium sind Haselnussstauden; da haben wir uns versteckt und haben gehorcht. Es ist ganz still gewesen und der Fritz sagte: »Das ist fein gegangen. Jetzt müssen wir Acht geben, dass uns niemand gehen sieht.«

Wir sind schnell gelaufen, aber wenn wir etwas gehört haben, sind wir stehen geblieben. Es ist uns niemand begegnet, und beim Fritz seinem Hausherrn sind wir hinten über

den Gartenzaun gestiegen und ganz still die Stiege hinauf-
gegangen.

Der Fritz hat sein Licht brennen lassen, dass sie glaubten, er ist daheim. Wir setzten uns an den Tisch und haben
uns abgewischt, weil wir so schwitzten.

Auf einmal ist wer über die Treppe gegangen und hat
geklopft.

Ich bin zum Fenster hingelaufen, weil ich noch ganz nass
war, aber der Fritz hat seinen Kopf in die Hand gelegt und
hat getan, als wenn er lernt.

Es war die Magd vom Experditor Friedmann und sie hat
gesagt, einen schönen Gruß vom Friedmann Karl und er
glaubt nicht, dass wir die dritte Konjugation aufhaben, weil
er den Raithel gefragt hat und den Kranzler und keiner hat
etwas gewusst.

Der Fritz hat seinen Kopf nicht aufheben mögen, weil er
auch so geschwitzt hat. Er hat gesagt, dass er es deutlich gehört hat und er lernt die dritte Konjugation.

Da ist die Magd gegangen und wir haben gehört, wie sie
drunten zu der Frau Burkhard gesagt hat, dass der Fritz so
fleißig lernt und dass es grausam ist, wie viel man in der
Schule lernen muss.

Am andern Tag ist Sonntag gewesen und um acht Uhr
war die Kirche und die Feier für den Aloysius.

Aber sie ist nicht gewesen.

Wie ich hingekommen bin, war alles schwarz vor der
Tür, so viele Leute sind herumgestanden.

Um den Pedell ist ein großer Kreis gewesen, der Rektor
ist daneben gestanden und der Falkenberg auch.

Sie haben geredet und dann haben sie zu dem Fenster
hinaufgezeigt. Da waren zwei Löcher darin.

Ich habe den Raithel gefragt, was es gibt.

»Dem Aloysius is die Nasen weggehaut«, hat er gesagt.

»Haben s' ihn beim Aufstellen runterfallen lassen?«, habe ich gefragt.

»Nein, es sind Steine hineingeflogen«, hat er gesagt.

Der Föckerer und der Friedmann und der Kranzler sind hergekommen. Der Föckerer macht sich immer gescheit und er hat gesagt, dass er es zuerst gehört hat.

Er ist dabeigewesen, wie der Falkenberg gekommen ist, und der Pedell hat es ihm gezeigt. Da ist ein furchtbarer Spektakel gewesen, denn wie sie die Löcher in dem Fenster gesehen haben, sind sie hineingegangen und da haben sie gesehen, dass von dem Aloysius seinem Kopf die Nase und der Mund weg waren und unten ist alles voll Gips gewesen und dann hat man zwei Steine gefunden. Der Föckerer hat gesagt, wenn es aufkommt, wer es getan hat, glaubt er, dass man ihn köpft. Der Pedell hat es gesagt.

Ich habe mich nicht gerührt und der Fritz auch nicht. Er hat nur zum Friedmann gesagt, dass er jetzt die dritte Konjugation kann.

Ich bin zu den Großen hingegangen, wo die Professoren gestanden sind. Der Pedell hat immer geredet.

Er erzählte alles immer wieder von vorne.

Er hat gesagt, dass er daheim war und nachgedacht hat, ob er vielleicht eine Halbe Bier trinken soll. Auf einmal hat seine Frau gesagt, es hat gescheppert, als wenn eine Fensterscheibe hin ist. »Wo soll eine Fensterscheibe hin sein?«, hat er gefragt. Dann haben sie gehorcht und er hat die Haustür aufgemacht. Da ist ihm gewesen, als wenn er einen Schritt hört, und er ist in sein Zimmer und hat sein Gewehr geholt. Dann ist er heraus und hat dreimal »Wer da?« geru-

23

fen. Denn beim Militär hat er es so gelernt, wo er doch ein Feldwebel war. Und im Krieg haben sie es so gemacht, da ist immer einer Posten gestanden, und wenn er etwas Verdächtiges gehört hat, hat er »Wer da?« rufen müssen. Es hat sich aber nichts mehr gerührt und er ist im Hofe dreimal herumgegangen und hat nichts gesehen. Und dann ist er zum Sternbräu gegangen, weil er gedacht hat, dass er eine Halbe Bier trinken muss. Er hat gesagt, wenn er einen gesehen hätte, dann hätte er geschossen, denn wenn einer keine Antwort nicht gibt auf »Wer da?«, muss er erschossen werden.

Der Rektor hat ihn gefragt, ob er keinen Verdacht hat.

Da hat der Pedell gesagt, dass er schon einen hat, aber er hat mit den Augen geblinzelt und hat gesagt, dass er es noch nicht sagen darf, weil er ihn sonst nicht erwischt. Wenn nicht gleich so viele Leute herumgestanden wären, hat der Pedell gesagt, dann hätte er ihn vielleicht schon, weil er die Fußspuren gemessen hätte, aber jetzt ist alles verwischt.

Da hat ihn der Rektor gefragt, ob er glaubt, dass er ihn noch kriegt. Da hat der Pedell wieder mit den Augen geblinzelt und hat gesagt, dass er ihn noch erwischt, weil alle Verbrecher zweimal kommen und den Ort anschauen. Und er passt jetzt die ganze Nacht mit dem Gewehr und schreit bloß einmal »Wer da?« und er schießt gleich.

Der Falkenberg hat gesagt, er will beten, dass der Verbrecher aufkommt, aber heute ist keine Kirche nicht, weil man den Aloysius wegräumen muss, und wir müssen heimgehen und auch beten, dass es offenbar wird. Da sind alle gegangen, aber ich bin noch stehen geblieben mit dem Friedmann und dem Raithel, weil der Pedell zu uns hergegangen ist und alles wieder erzählt hat, dass es schepperte und dass seine Frau es zuerst gehört hat.

Und er sagte, dass er den Verbrecher erwischt, und vor eine Woche ganz vorüber ist, erschießt er ihn, oder er schießt ihm vielleicht auf dieFüße.

Ich bin zum Fritz gegangen und habe es erzählt. Da haben wir furchtbar lachen müssen.

Hernach ist eine große Untersuchung gewesen und in jeder Klasse ist gefragt worden, ob keiner nichts weiß.

Und der Kindlein hat gesagt, dass er seinen Schülern keinen Aloysius nicht mehr schenkt, bevor es nicht aufgekommen ist, wer es getan hat.

Wir haben jetzt vor der Religionsstunde immer ein Gebet sagen müssen zur Entdeckung eines grässlichen Frevels.

Es hat aber nichts geholfen und niemand weiß etwas, bloß ich und der Fritz wissen es.

Die Verlobung

Unser Klassenprofessor Bindinger hatte es auf meine Schwester Marie abgesehen.

Ich merkte es bald, aber daheim taten alle so geheimnisvoll, dass ich nichts erfahre.

Sonst hat Marie immer mit mir geschimpft, und wenn meine Mutter sagte: »Ach Gott, ja!«, musste sie immer noch was dazutun und sagte, ich bin ein nichtsnutziger Lausbube.

Auf einmal wurde sie ganz sanft.

Wenn ich in die Klasse ging, lief sie mir oft bis an die Treppe nach und sagte: »Magst du keinen Apfel mitnehmen, Ludwig?« Und dann gab sie Obacht, dass ich einen weißen Kragen anhatte und band mir die Krawatte, wenn ich es nicht recht gemacht hatte.

Das kam mir gleich verdächtig vor, aber ich wusste nicht, warum sie es tat.

Wenn ich heimkam, fragte sie mich oft: »Hat dich der Herr Professor aufgerufen? Ist der Herr Professor freundlich zu dir?«

»Was geht denn dich das an?«, sagte ich, »tu nicht gar so gescheit! Auf dich pfeife ich.«

Der Bindinger konnte mich nie leiden und ich ihn auch nicht. Er war so dreckig.

Zum Frühstück hat er immer weiche Eier gegessen; das sah man, weil sein Bart voll Dotter war. Er spuckte einen an, wenn er redete, und seine Augen waren so grün wie von einer Katze.

Alle Professoren sind dumm, aber er war noch dümmer.

Wenn er von den alten Deutschen redete, strich er seinen Bart und machte sich eine Bassstimme.

Ich glaube aber nicht, dass sie einen solchen Bauch hatten und so abgelatschte Stiefel wie er.

Die andern schimpfte er, aber mich sperrte er ein und er sagte immer: »Du wirst nie ein nützliches Glied der Gesellschaft, elender Bursche!«

Dann war ein Ball in der Liedertafel, wo meine Mutter auch hinging wegen der Marie.

Sie kriegte ein rosa Kleid dazu und heulte furchtbar, weil die Näherin so spät fertig wurde.

Ich war froh, wie sie draußen waren mit dem Getue. Am andern Tage beim Essen redeten sie vom Ball und Marie sagte zu mir: »Du, Ludwig, Herr Professor Bindinger war auch da. Nein, das ist ein reizender Mensch!«

Das ärgerte mich und ich fragte sie, ob er recht gespuckt hat und ob er ihr rosa Kleid nicht voll Eierflecken gemacht hat. Sie wurde ganz rot und auf einmal sprang sie in die Höhe und lief hinaus und man hörte durch die Türe, wie sie weinte.

Ich musste glauben, dass sie verrückt ist, aber meine Mutter sagte sehr böse: »Du sollst nicht so unanständig reden von deinen Lehrern; das kann Mariechen nicht ertragen.«

»Ich möchte schon wissen, was es sie angeht; das ist doch dumm, dass sie deswegen weint.«

»Mariechen ist ein gutes Kind«, sagte meine Mutter, »und sie sieht, was ich leiden muss, wenn du nichts lernst und unanständig bist gegen deinen Professor.«

»Er hat aber doch den ganzen Bart voll lauter Eierdotter«, sagte ich.

»Er ist ein sehr braver und gescheiter Mann, der noch eine große Laufbahn hat. Und er war sehr nett zu Mariechen. Und er hat ihr auch gesagt, wie viel Sorgen du ihm machst. Und jetzt bist du ruhig!«

Ich sagte nichts mehr, aber ich dachte, was der Bindinger für ein Kerl ist, dass er mich bei meiner Schwester verschuftet.

Am Nachmittag hat er mich aufgerufen; ich habe aber den Nepos nicht präpariert gehabt und konnte nicht übersetzen.

»Warum bist du schon wieder unvorbereitet, Bursche?«, fragte er.

Ich wusste zuerst keine Ausrede und sagte: »Entschuldigen, Herr Professor, ich habe nicht gekonnt.«

»Was hast du nicht gekonnt?«

»Ich habe keinen Nepos nicht präparieren gekonnt, weil meine Schwester auf dem Ball war.«

»Das ist doch der Gipfel der Unverfrorenheit, mit einer so törichten Entschuldigung zu kommen«, sagte er, aber ich hatte mich schon auf etwas besonnen und sagte, dass ich so Kopfweh gehabt habe, weil die Näherin so lange nicht gekommen war und weil ich sie holen musste und auf der Stiege ausrutschte und mit dem Kopf aufschlug und furchtbare Schmerzen hatte.

Ich dachte mir, wenn er es nicht glaubt, ist es mir auch wurscht, weil er es nicht beweisen kann.

Er schimpfte mich aber nicht und ließ mich gehen.

Einen Tag danach, wie ich aus der Klasse kam, saß die Marie auf dem Kanapee im Wohnzimmer und heulte furchtbar. Und meine Mutter hielt ihr den Kopf und sagte: »Das wird schon, Mariechen. Sei ruhig, Kindchen!«

»Nein, es wird niemals, ganz gewiss nicht, der Lausbub tut es mit Fleiß, dass ich unglücklich werde.«

»Was hat sie denn schon wieder für eine Heulerei?«, fragte ich.

Da wurde meine Mutter so zornig, wie ich sie gar nie gesehen habe.

»Du sollst noch fragen!«, sagte sie. »Du kannst es nicht vor Gott verantworten, was du deiner Schwester tust, und nicht genug, dass du faul bist, redest du dich auf das arme Mädchen aus und sagst, du wärst über die Stiege gefallen, weil du für sie zur Näherin musstest. Was soll der gute Professor Bindinger von uns denken?«

»Er wird meinen, dass wir ihn bloß ausnützen! Er wird meinen, dass wir alle lügen, er wird glauben, ich bin auch so!«, schrie Marie und drückte wieder ihr nasses Tuch auf die Augen.

Ich ging gleich hinaus, weil ich schon wusste, dass sie noch ärger tut, wenn ich dabei blieb, und ich kriegte das Essen auf mein Zimmer.

Das war an einem Freitag; und am Sonntag kam auf einmal meine Mutter zu mir herein und lachte so freundlich und sagte, ich soll in das Wohnzimmer kommen.

Da stand der Herr Professor Bindinger und Marie hatte den Kopf bei ihm angelehnt und er schielte furchtbar. Meine Mutter führte mich bei der Hand und sagte: »Ludwig, unsere Marie wird jetzt deine Frau Professor«, und dann nahm sie ihr Taschentuch heraus und weinte. Und Marie weinte. Der Bindinger ging zu mir und legte seine Hand auf meinen Kopf und sagte: »Wir wollen ein nützliches Glied der Gesellschaft aus ihm machen.«

Besserung

Wie ich in die Ostervakanz gefahren bin, hat die Tante Fanny gesagt: »Vielleicht kommen wir zum Besuch zu deiner Mutter. Sie hat uns so dringend eingeladen, dass wir sie nicht beleidigen dürfen.«

Und Onkel Pepi sagte, er weiß es nicht, ob es geht, weil er so viel Arbeit hat, aber er sieht es ein, dass er den Besuch nicht mehr hinausschieben darf.

Ich fragte ihn, ob er nicht lieber im Sommer kommen will, jetzt ist es noch so kalt und man weiß nicht, ob es nicht auf einmal schneit.

Aber die Tante sagte: »Nein, deine Mutter muss böse werden, wir haben es schon so oft versprochen.«

Ich weiß aber schon, warum sie kommen wollen; weil wir auf Ostern das Geräucherte haben und Eier und Kaffeekuchen, und Onkel Pepi isst so furchtbar viel. Daheim darf er nicht so, weil Tante Fanny gleich sagt, ob er nicht an sein Kind denkt.

Sie haben mich an den Postomnibus begleitet und Onkel Pepi hat freundlich getan und hat gesagt, es ist auch gut für mich, wenn er kommt, dass er den Aufruhr beschwichtigen kann über mein Zeugnis.

Es ist wahr, dass es furchtbar schlecht gewesen ist, aber ich finde schon etwas zum Ausreden. Dazu brauche ich ihn nicht.

Ich habe mich geärgert, dass sie mich begleitet haben, weil ich mir Zigarren kaufen wollte für die Heimreise, und jetzt konnte ich nicht. Der Fritz war aber im Omnibus und hat zu mir gesagt, dass er genug hat, und wenn es nicht reicht, können wir im Bahnhof in Mühldorf noch Zigarren kaufen.

Im Omnibus haben wir nicht rauchen dürfen, weil der Oberamtsrichter Zirngiebl mit seinem Heinrich darin war, und wir haben gewusst, dass er ein Freund vom Rektor ist und ihm alles verschuftet. Der Heinrich hat ihm gleich gesagt, wer wir sind. Er hat es ihm in das Ohr gewispert und ich habe gehört, wie er bei meinem Namen gesagt hat: »Er ist der Letzte in unserer Klasse und hat in der Religion auch einen Vierer.«

Da hat mich der Oberamtsrichter angeschaut, als wenn ich aus einer Menagerie bin, und auf einmal hat er zu mir und zum Fritz gesagt:

»Nun, ihr Jungens, gebt mir einmal eure Zeugnisse, dass ich sie mit dem Heinrich dem seinigen vergleichen kann.«

Ich sagte, dass ich es im Koffer habe und er liegt auf dem Dache vom Omnibus. Da hat er gelacht und hat gesagt, er kennt das schon. Ein gutes Zeugnis hat man immer in der Tasche. Alle Leute im Omnibus haben gelacht und ich und der Fritz haben uns furchtbar geärgert, bis wir in Mühldorf ausgestiegen sind.

Der Fritz sagte, es reut ihn, dass er nicht gesagt hat, bloß die Handwerksburschen müssen beim Gendarm ihr Zeugnis hergeben. Aber es war schon zu spät. Wir haben im Bahnhof Bier getrunken, da sind wir wieder lustig geworden und sind in die Eisenbahn eingestiegen.

Wir haben vom Kondukteur ein Rauchcoupé verlangt und sind in eines gekommen, wo schon Leute darin waren. Ein dicker Mann ist am Fenster gesessen und an seiner Uhrkette war ein großes, silbernes Pferd.

Wenn er gehustet hat, ist das Pferd auf seinem Bauch getanzt und hat gescheppert. Auf der anderen Bank ist ein kleiner Mann gesessen mit einer Brille und er hat immer zu dem Dicken gesagt »Herr Landrat« und der Dicke hat zu ihm gesagt »Herr Lehrer«. Wir haben es aber auch so gemerkt, dass er ein Lehrer ist, weil er seine Haare nicht geschnitten gehabt hat.

Wie der Zug gegangen ist, hat der Fritz eine Zigarre angezündet und den Rauch auf die Decke geblasen und ich habe es auch so gemacht.

Eine Frau ist neben mir gewesen, die ist weggerückt und hat mich angeschaut, und in der anderen Abteilung sind die Leute aufgestanden und haben herübergeschaut. Wir haben uns furchtbar gefreut, dass sie alle so erstaunt sind, und der Fritz hat recht laut gesagt, er muss sich von dieser Zigarre fünf Kisten bestellen, weil sie so gut ist.

Da sagte der dicke Mann: »Bravo, so wachst die Jugend her«, und der Lehrer sagte: »Es ist kein Wunder, was man lesen muss, wenn man die verrohte Jugend sieht.«

Wir haben getan, als wenn es uns nichts angeht, und die Frau ist immer weitergerückt, weil ich so viel ausgespuckt habe. Der Lehrer hat so giftig geschaut, dass wir uns haben ärgern müssen, und der Fritz sagte, ob ich weiß, woher es kommt, dass die Schüler in der ersten Lateinklasse so schlechte Fortschritte machen, und er glaubt, dass die Volksschulen immer schlechter werden. Da hat der Lehrer furchtbar gehustet und der Dicke hat gesagt, ob es heute kein Mittel nicht mehr gibt für freche Lausbuben.

Der Lehrer sagte, man darf es nicht mehr anwenden wegen der falschen Humanität und weil man gestraft wird, wenn man einen bloß ein bisschen auf den Kopf haut.

Alle Leute im Wagen haben gebrummt: »Das ist wahr«, und die Frau neben mir hat gesagt, dass sie Eltern dankbar sein müssen, wenn man solchen Burschen ihr Sitzleder verhaut. Und da haben wieder alle gebrummt und ein großer Mann in der anderen Abteilung ist aufgestanden und hat mit einem tiefen Bass gesagt: »Leider, leider gibt es keine vernünftigen Öltern nicht mehr.«

Der Fritz hat sich gar nichts daraus gemacht und hat mich mit dem Fuß gestoßen, dass ich auch lustig sein soll. Er hat einen blauen Zwicker aus der Tasche genommen und hat ihn aufgesetzt und hat alle Leute angeschaut und hat den Rauch durch die Nase gehen lassen.

Bei der nächsten Station haben wir uns Bier gekauft und wir haben es schnell ausgetrunken. Dann haben wir die Gläser zum Fenster hinausgeschmissen, ob wir vielleicht einen Bahnwärter treffen.

Da schrie der große Mann: »Diese Burschen muss man züchtigen«, und der Lehrer schrie: »Ruhe, sonst bekommt ihr ein paar Ohrfeigen!«

Der Fritz sagte: »Sie können's schon probieren, wenn Sie eine Schneid haben.«

Da hat sich der Lehrer nicht getraut und er hat gesagt: »Man darf keinen mehr auf den Kopf hauen, sonst wird man selbst gestraft.« Und der große Mann sagte: »Die Burschen haben Biergläser zum Fenster hinausgeworfen. Sie müssen arretiert werden.«

Aber der Kondukteur war zornig, weil er gemeint hat, es ist ein Unglück geschehen, und es war gar nichts. Er sagte zu dem Mann: »Deswegen brauchen Sie doch keinen solchen Spektakel nicht zu machen.« Und zu uns hat er gesagt: »Sie dürfen es nicht tun, meine Herren.«

Das hat mich gefreut und ich sagte: »Entschuldigen Sie, Herr Oberkondukteur, wir haben nicht gewusst, wo wir die Gläser hinstellen müssen, aber wir schmeißen jetzt kein Glas nicht mehr hinaus.«

Der Fritz fragte ihn, ob er keine Zigarre nicht will, aber er sagte, nein, weil er keine so starken nicht raucht.

Dann ist er wieder gegangen und der große Mann hat sich hingesetzt und hat gesagt, er glaubt, der Kondukteur ist ein Preuße. Alle Leute haben wieder gebrummt und der Lehrer sagte immer: »Herr Landrat, ich muss mich furchtbar zurückhalten, aber man darf keinen mehr auf den Kopf hauen.«

Wir sind weitergefahren und bei der nächsten Station haben wir uns wieder ein Bier gekauft. Wie ich es ausgetrunken habe, ist mir ganz schwindlig geworden und es hat sich alles zu drehen angefangen. Ich habe den Kopf zum Fenster hinausgehalten, ob es mir nicht besser wird. Aber es ist mir nicht besser geworden und ich habe mich stark zusammengenommen, weil ich glaubte, die Leute meinen sonst, ich kann das Rauchen nicht vertragen.

Es hat nichts mehr geholfen und da habe ich geschwind meinen Hut genommen.

Die Frau ist aufgesprungen und hat geschrien und alle Leute sind aufgestanden und der Lehrer sagte: »Da haben wir es.« Und der große Mann sagte in der anderen Abteilung: »Das sind die Burschen, aus denen man die Anarchisten macht.«

Mir ist alles gleich gewesen, weil mir so schlecht war.

Ich dachte, wenn ich wieder gesund werde, will ich nie mehr Zigarren rauchen und immer folgen und meiner lieben Mutter keinen Verdruss nicht mehr machen. Ich dachte, wie viel schöner möchte es sein, wenn es mir jetzt nicht schlecht wäre und ich hätte ein gutes Zeugnis in der Tasche, als dass ich jetzt den Hut in der Hand habe, wo ich mich hineingebrochen habe.

Fritz sagte, er glaubt, dass es mir von einer Wurst schlecht geworden ist. Er wollte mir helfen, dass die Leute glauben, ich bin ein Gewohnheitsraucher.

Aber es war mir nicht recht, dass er gelogen hat.

Ich war auf einmal ein braver Sohn und hatte eine Abscheu gegen die Lüge.

Ich versprach dem lieben Gott, dass ich keine Sünde nicht mehr tun wollte, wenn er mich wieder gesund werden lässt. Die Frau neben mir hat nicht gewusst, dass ich mich bessern will, und sie hat immer geschrien, wie lange sie den Gestank noch aushalten muss.

Da hat der Fritz den Hut aus meiner Hand genommen und hat ihn zum Fenster hinausgehalten und hat ihn ausgeleert. Es ist aber viel auf das Trittbrett gefallen, dass es geplatscht hat, und wie der Zug in der Station gehalten hat, ist der Expeditor hergelaufen und hat geschrien: »Wer ist die Sau gewesen? Herrgottsakrament, Kondukteur, was ist das für ein Saustall?«

Alle Leute sind an die Fenster gestürzt und haben hinausgeschaut, wo das schmutzige Trittbrett gewesen ist. Und der Kondukteur ist gekommen und hat es angeschaut und hat gebrüllt: »Wer war die Sau?«

Der große Herr sagte zu ihm: »Es ist der Nämliche, der mit den Bierflaschen schmeißt, und Sie haben es ihm erlaubt.«

»Was ist das mit den Bierflaschen?«, fragte er Expeditor.

»Sie sind ein gemeiner Mensch«, sagte der Kondukteur,

»wenn Sie sagen, dass ich es erlaubt habe, dass er mit den Bierflaschen schmeißt.«

»Was bin ich?«, fragte der große Herr.

»Sie sind ein gemeiner Lügner«, sagte der Kondukteur, »ich habe es nicht erlaubt.«

»Tun Sie nicht so schimpfen«, sagte der Expeditor, »wir müssen es mit Ruhe abmachen.«

Alle Leute im Wagen haben durcheinander geschrien, dass wir solche Lausbuben sind und dass man uns arretieren muss. Am lautesten hat der Lehrer gebrüllt und er hat immer gesagt, er ist selbst ein Schulmann. Ich habe nichts sagen können, weil mir so schlecht war, aber der Fritz hat für mich geredet und er hat den Expeditor gefragt, ob man arretiert werden muss, wenn man auf einem Bahnhof eine giftige Wurst kriegt. Zuletzt hat der Expeditor gesagt, dass ich nicht arretiert werde, aber dass das Trittbrett gereinigt wird und ich muss es bezahlen. Es kostet eine Mark. Dann ist der Zug wieder gefahren und ich habe immer den Kopf zum Fenster hinausgehalten, dass es mir besser wird.

In Endorf ist der Fritz ausgestiegen und dann ist meine Station gekommen.

Meine Mutter und Ännchen waren auf dem Bahnhof und haben mich erwartet.

Es ist mir noch immer ein bisschen schlecht gewesen und ich habe so Kopfweh gehabt.

Da war ich froh, dass es schon Nacht war, weil man nicht gesehen hat, wie ich blass bin. Meine Mutter hat mir einen Kuss gegeben und hat gleich gefragt: »Nach was riechst du, Ludwig?« Und Ännchen fragte: »Wo hast du deinen Hut, Ludwig?« Da habe ich gedacht, wie traurig sie sein möchten, wenn ich ihnen die Wahrheit sage, und ich habe gesagt, dass ich in Mühldorf eine giftige Wurst gegessen habe und dass ich froh bin, wenn ich einen Kamillentee kriege.

Wir sind heimgegangen und die Lampe hat im Wohnzimmer gebrannt und der Tisch war aufgedeckt.

Unsere alte Köchin Theres ist hergelaufen und wie sie mich gesehen hat, da hat sie gerufen: »Jesus Maria, wie schaut unser Bub aus? Das kommt davon, weil Sie ihn so viel studieren lassen, Frau Oberförster.«

Meine Mutter sagte, dass ich etwas Unrechtes gegessen habe, und sie soll mir schnell einen Tee machen. Da ist die Theres geschwind in die Küche und ich habe mich auf das Kanapee gesetzt.

Unser Bürschel ist immer an mich hinaufgesprungen und hat mich abschlecken gewollt. Und alle haben sich gefreut, dass ich da bin. Es ist mir ganz weich geworden, und wie mich meine liebe Mutter gefragt hat, ob ich brav gewesen bin, habe ich ja gesagt, ja, aber ich will noch viel braver werden.

Ich sagte, wie ich die giftige Wurst drunten hatte, ist mir eingefallen, dass ich vielleicht sterben muss und dass die Leute meinen, es ist nicht schade darum. Da habe ich mir vorgenommen, dass ich jetzt anders werde und alles tue, was meiner Mutter Freude macht, und viel lerne und nie keine Strafe mehr heimbringen, dass sie alle auf mich stolz sind.

Ännchen schaute mich an und sagte: »Du hast gewiss ein furchtbar schlechtes Zeugnis heimgebracht, Ludwig?«

Aber meine Mutter hat es ihr verboten, dass sie mich ausspottet, und sie sagte: »Du sollst nicht so reden, Ännchen, wenn er doch krank war und sich vorgenommen hat, ein neues Leben zu beginnen. Er wird es schon halten und mir viele Freude machen.«

Da habe ich weinen müssen und die alte Theres hat es auch gehört, dass ich vor meinem Tod solche Vorsätze genommen habe. Sie hat furchtbar laut geweint und hat geschrien: »Es kommt von dem vielen Studieren und sie machen unsern Buben noch kaputt.« Meine Mutter hat sie tröstet, weil sie gar nicht mehr aufgehört hat.

Da bin ich ins Bett gegangen und es war so schön, wie ich darin gelegen bin. Meine Mutter hat noch bei der Türe hereingeleuchtet und hat gesagt: »Erhole dich recht gut, Kind.« Ich bin noch lange aufgewesen und habe gedacht, wie ich jetzt brav sein werde.

Aus dem Briefwechsel
des bayerischen Landtagsabgeordneten
Josef Filser

Mit einem frühen Vorreiter einer radikal reformierten Rechtschreibung haben wir es in diesem fingierten Briefwechsel zu tun: mit dem bayerischen Landtagsabgeordneten Josef Filser, seines Zeichens Bauer in Mingharting. Ludwig Thoma schrieb eine Reihe dieser glänzenden Satiren auf die politischen Verhältnisse seiner (und nicht nur seiner) Zeit zunächst als Artikel für den »Simplicissimus«. 1909 erschienen sie auch in Buchform unter dem Titel »Briefwechsel eines bayerischen Landtagsabgeordneten«. Sie waren so erfolgreich, dass der Autor 1912 noch einen zweiten Band (»Jozef Filsers Briefwexel«) hinzufügte.

Wir werden auf den folgenden Seiten mit einem höchst delikaten Problem konfrontiert werden: einer mutmaßlichen Vaterschaft des braven Abgeordneten der katholischen Zentrumspartei ...

Liber Schbezi.

Jetz bin ich wüder in Minken, Gozeidank, den ich mus dirs sagen, das meine Alde schbinnt un si is iberhaupts narrisch, indem si klaubt, das ich mein Geld ferbuz und fieleicht gar mit die Weibsbülder. liber Freind, du kenzt mich und weist schon, das ich gern fidöll bin und auch waar es nücht zwider, was man siecht im Garnawal, wo die Madeln ihr Fleusch in di Auslag hengen, das es einen ganz anderst wird bal man hinschaugt, aber lieber Schbezi, Hand fon der butten, es san Weinperlen drin, und inser heuliger kadolischer Glaubn un der Saggerament der Ehe schteht mir vor Augen.

Mit dem Regirn hamm mir jetz wider ein Kreuz un es get eine bluatige Arbet an im barlamend. Gleich den erschten Dag hams mir drei dicke Heften geben und ham gsagt, es sünd Regirungsforlagn und Rehfirade zum Schtudieren, aber ich hab mir was denkt, ob ich fieleicht die drei Heften schtudier, wo ein jedes Dicker is wie der Sultspacher Galender und ich fieleicht Gobfweh krieg von lauter Schtudieren und ich bin zum Schweinmezger gangen oder Scharkudier, wie mans heußt und hab die drei Heften fier zwei Gnackwürschte ferkauft un da hab ich doch was Dafon und brauch kein Gobfweh nücht zum kriegen.

Liber Freind, in unserer bardei gracht es, weil der Dokder Heim jetz anderst aufdraht gegn den Hochwierden Hern Pichler, der wo der Alergescheidest sein mecht.

Eugenlich san mir vereidigt worn auf den Hern Pichler, aber ich mus es dir schreim, das mir heumlich den Dogder fiel lieber habn, und das es ins gfreut, wen er dem Pichler solchene Fotzen hinhaut, das er gans Damisch werd und seine bletschen so draurig hengen last, das man gleich mit die Schlabbschuh drauftretten kan.

Den er ist sär hochmietig und er und der Orderer wiesen gar nicht for lauder Schtolz, was sie thun missen.

Zum beischpiel liber Freind, bin ich gestern auf den Abdrid gangen, weil ich missen hab un es sind zwei Abdrid im barlamend, einer mit einen feinen babier für die Geischtlingen und Herrn un der ander mit einem groben Babier fier ins Bauern. Leider es hat bräsiert un aus den Bauernabdrid hat einer geschrieen besäzt, das ich grad noch in den geischtlingen Abdrid komen bin und ich war froh.

Aber wie ich herausbin und beim Zugknöpfeln war, schteht der Orderer da und schaugt mich ganz fuchsdeifelswild an und fragt mich, ob ich nicht weis, das es sein Abdrid ist.

Ich hab gsagd, das kan ich nüchd schmeggen und er hat gsagt, das kann ich schon schmeggen. Und dan is er hinein, leider is fieleicht nücht alles schön gwesen, was er gesehen hat, indem es mir so bräsirt hat, und ich den Deckel nücht gleich aufbracht und er war ganz kasweis, wie er in den Sall zurieck gekomen ist. Jetz haast er mich und er hat sich beim Ausschus beschwert bedreft Verunreunlichung geischtlinger Abdride.

Ja, liber Schbezi, fon disen bolidischen Kämbfen macht sich keiner eine Forstelung, der wo drausen is und fieleicht klaubt, das Regirn is so leichd, oder es is lauder Frieden un Eunigkeit in der bardei. Man kent sich oft gar nüch aus, wie mans recht machd und wie man seine Schtimm abgeben mus.

Der barlamendarische beruf is aufreubend und man bringt ein groses Obfer fier den Wallgreis. Aber in Goznamen, ich bring es und denk, fieleicht is es doch schöner als daheim, wo einem die Alde aufbasst. Sag es aber Niemand, lieber Schbezi und kome bald, das wir fieleichd auf eine Rehdutt gehen und fidöll eine flaschen Schambaninger drinken. Im deitschen Theeader hamms obn weniger an und aber im Kindlkeller is fon unt auf mehr zum sehgn. Was dir liber is, da gehen wir hin.

Und auf Widersehen macht freide
von deinen
liben
Jozef Filser

Mingharding am 17 Juli 1908

Liber Josäph
Fileichd glaubs du das ich glaub das man eich noch nichd auslasd in der Schtad und ier noch regürn miest, wo du schreibsd, das ier mitn regürn noch nichd ferdig seiz. Du habscheilinger Lugenbeidel du auskschamder. Du glaubs, das ich es glaub? Ich weus es schon das man plos in Winter regürt und aber in Somer nichd, weil ier dan eine gescheide Arbeit zu Duhn habds und nichd regürn.

Das Hei isd schon herin und jäz fangen mier schon mit den Kohrn an, haber wo isd der Hauswierd? In der Schtad bei die Mentscher und die liderlingen Freinde.

Wan ich in der fruh aufsteh und in den stahl kombe, fahlt es mier ein, das ich alein bin. Die Edelweis had ein Kalm krigt und mier ham si forher Adär lahsen und die Bläss had nachschtiert. Aber du bisd nichd bei deine Fiecher, sondern bei Die, wo regürn.

Zau isd beerig worn, haber du bisd in der Schtad und laufsd fileicht solchene nach, die wo auch beerig sind.

Wan ich fileicht mit die Minisder zum reden kome, hernach frag ich schon ob das eine Manir isd, das sie nicht allein regürn sondern einen solchenen Deppen dazu braugen?

Ich mus auch alein den Hof regürn und bin haber plos

ein Weibsbild und fileichd isd die Arbet mehrer in einen Hof als wi bei die Gschwohlschedel in der Schtad.

Das isd keine Kunsd, wer es kan, das er die Schteuern ferschreibt, wo man zahlen mus, haber das isd eine Kunsd, das man das Gäld ferdint zun Schteier zalen und wen es plos ein Weibsbild alein leisden mus nacher kennen die Gschwohlschedel fileichd fier inen alein auch saudum regürn und braugen keinen Hanswurschden nichd dazu, wo plos daneben schtet und eine dume Fozzen schneit.

Liber Josäph, ich mus es Dier schreim in ahler Libe, den es isd nichd mer zun aushalden, den in der Mentscherkamer is ale Dag Kirchwei und ieber mir häre ich die halberte Nachd wies mit die knagelden Schtiefel herumschbaziern und wen drobn schon ein Laggel isd, feift herund schon der andere und schteigt auf der Leider. Du weist es nichd, haber ich weis es.

Neiling hab ich den Bfahrer gefragd hobs regürn nichd bald aufhärt, hab ich gsagd und er sagd nein und ich habe gesagd, ob das fileicht auch noch eine Ard und Manir isd, und er hat seine Bledschen hengen lasen und had gesagt liebe Filserin sagd er, es isd fier inserne heulinge Rähligon und eier Man mus dafier schtreiden und disse Zeid wird iem der Himmel belonnen und ich habe gesagd, so und fileichd isd das auch fier die heulinge Rähligon das sie mier in der Mentscherkamer den Brederboden durchdretten und inser Haus mit der Unkeischheid befleggen, und er hat gesagd, dafier kan man nicht, indem der Teiffel herumget und suchd wen er ferschlingd, und er had seine Bledschen noch weider hengen lahsen und isd gegangen.

Aber ich ken mich schon aus mit diesse Schprüche und mir wiesen es ahle in Mingharding, das du iem gesagd hasd, er mus seiner Kechin einen Kazendräg auf den Nabl lägen und da weis man schon.

Die Kechin hat es der Kramerkathl ferzelt ins Ferdrauen und die Kramerkathl had es der Schusdernanni ferzelt und die Schusdernanni had es mir ferzelt.

Liber Josäph, ich mus es dier schreim mit ahler Libe, das ich nichd weis, was dich der Pfahrerkechin ierer Nabl anget und zuwegen was du wielst das er mit Kazendräg ange-schmirrt wird und fileichd wilst Du dich noch ieberzeignen, obs richdig hingeschmirrd ist. Liber Josäph, ich mus es dir schreim, das du ein Saubärr bisd und ich kan es mir schon dengen, wie du in der Schtad regürst und fileichd must du noch mehreren gschlampeden Kechinen was ferschreim fier iere Näbl. Haber Du braugsd nichd komen, du kanzd fon mir aus regürn, bass nur auf, ich regür auch! Du Hader-lumb du miserablinger!

Liber Josäph, disses mus ich dir schreim mit filen Grießen

von deiner lieben
Mari Filserin

An Wollgeborn
Frau Mari Filser
kenigl. Abgeornetensgahtin
in Mingharding
Bosd daselbst

Libe Mari
Ich mus es dier schreim, das solchene Brife als wie du
schreibsd gans unferschemd sind und fileichd bisd du blos
ein Weibsbild, wo thum daherred und die Har lang sind
aber der Ferstand isd kurz und es mus geblabbert sein und
geradscht und geschimbft, und alle Weibsbilder sind fon
dieser Beschapfenheid und inser Herrgott hädd auch was
gescheuteres duhn kennen als wie mit inserne Ribben solchene Geschäbfe fabritzirn.

Libe Mari, ich mus mit Schmärtz bemergen indem du
solchene Ausdrick hasd, das ich ein Haderlump bin und ein
miserablinger.

Libe Mari, düsses wiel ich dir ferzeien, weil es familär isd
und ieberall der Brauch.

Libe Mari haber du hasd geschriem das die Minisder keine Hanswurschden nichd braugen und düsses sind mier
alle, die wo in der Schtad noch in Schwaise ires Angesüchtes
regürn, und da musd du dich fieleichd besienen, ob sich
fileichd die Regirungselemände for einer gscherten Moln
und schtoknarischen Gredl, die wo ire Drägschleider nichd
einzeint had, sich auf düsse Weuse beleudingen lasen hoder
nichd.

Libe Mari, du musd es nichd klauben, das ich fileichd mir
keine Sorgen nichd mache um das Hauswäsen und wan ich
in der Fruh aufsteh schauge ich sähnsiechtig hinaus in die

47

Färne wo das Korn waxt und ienser liebe God seinen Sägen dazu gibd, das der Woaz auch waxt.

Libe Mari, ich mus es dir schreim, das ich eine härliche Freide gehabd hawe, das die Edelweis ein Kukalm had und ich hobfe, das ier nichts verseimt habt indem Zau bärig ist, sondern den Bärn vom Wirth darieber last, wo ich klaube, das er schön schpringd.

Libe Mari, ich mechte auch dabei mit wierken indem ich immer mit düssen Gedangen bescheftigt bin und foller Liehbe, haber leider es isd mir nichd geschtattet, sondern ich mus dem algemeinen Beßten und dem Vaderland düsse Freiden obfern und indem es heußt, wier missen inser Baiernland regürn da fragd kein Mentsch nach insern Brifatwienschen und ob fileichd Zau bärig isd.

Libe Mari, da isd man kein Hanswurscht nichd wenn man sich fier sein Vaderland obfert sondern man isd eine thume Schneganß, bald man es nichd ferstet und du kanzt den Minisder schon fragen, ob er einen solchenen Deppen dazu braugen kan und er mus es sagen, das er ohne iem ieberhaupts nichts machen kan, und ich nichd daneben schtehe und blos eine dume Fozen schneite, sondern mier schaffen an.

Libe Mari, indem du schreibsd das in der Mentscherkamer ein solchener Grägori schtadfindet, isd es ser draurig, das die Keischheit ferschwindet und sie machd der Wolllusd Blaz, haber nichd blos in inserner Mentscherkamer sondern iberhaupts in jäder Hitte und in jäden Ballaste, und indem mir desweng inser Eißerstes thun miessen, das mir wieder die heilinge Rähligon in schwung bringen, kennen wier nichd in die liebe Heumat ziehen und bald es uns gelüngt isd es fieleichd auch in deiner Mentschenkamer nichd mer so wolllüstig wie sonzt.

Libe Mari, damid du es sieghst und nichd mer solchene fräche Brife schreim musd, schicke ich dier disses Büld indem es mich darschtellt und meinen Kohlegen den keniglichen Abgeorneten Matias Glasel von Eirasburg.

Schaugen die Hanswurschten so aus oder die Männer, wo irem Vaderlande Gesäze forschreiben?

Disses Büld schtellt ins dar in einer geheumen Beradung der Lehgisladurbäriode, wo du nichd ferstest und auch nichd braugst.

Was auf dem Dische schteht isd ein Klobus oder Erdbahl und man kan ien umadum drahn.

Darunter befinden sich die Biecher, wo mir schtudiern miessen, das mir die Brojekte der Regirung oboniehren und blädiehren, den disses sind die bedreffenden Ausdrike der barlamendarischen Schprache.

Ale Biecher zusamen heißt man die einschlengige Lideradur und fileichd fragst du insern Herrn Bfahrer, ob es so leichd isd, oder ob man nichd seinen Gobf anschtrengen mus das man es beweldingen kan.

Indem der Glasel eine solchene Fozen machd, isd es desweng, weil er ein Refirat machen mus, wo fileichd dreisig ladeinische Werter darin forkomen und das Buch wo ich habe isd der Endwurf fon der Finansbäriode, wo du auch nichd kenst.

Libe Mari, schaugen fileichd so die Hanswurschten aus, wo du schreibsd oder die Mäner, wo iere Zeid in Schtudium ferbringen zum Beßten des Baiernlandes? Fileichd is der Glasel in der nemlingen Lage das iem Zäu bärig werd und er kan sich nichd daran bedeiligen sondern er mus sein Refirat anferdingen.

Libe Mari, indem du schreibsd, was mich der Bfahrerkechin ierer Nabl anget, so isd es fileichd nichd unferschemt, das du mir solchene Unkeischheiden in den Sak schibst, wo es nur die Gefehligkeit isd, das ich ier den Grobf verdreiwen will und ich bin kein Toktor wo sich ieberzeigt, ob der Kazendräg am richtigen Orte isd, sondern mir isd es gleich.

Der wo ihn auf den Nabl legt bin ich nichd, sondern der Bfahrer, und er wird schon wiesen, wie er sich dabei zum ferhalden had, und ich ferschreibe es blos fier den Grobf, wo kein sindiger Gedange hinkomt und auch kein Geschlächtsdeil nicht isd.

Das must du dir mergen und nichd solchene schmuzige Worde ieber meinen Läbenswandel haben.

Libe Mari, ich kome nichd, indem noch die Lägisladur nicht ferdig gemachd isd und ich darf die Lägisladur nicht hint lasen, indem ich geschwohren habe. Liebe Mari, fileichd wird sie ferdig in Augusd oder in Setämber, das weis kein Mentsch nichd, wan sie ferdig wird. Ich auch nichd.

Desweng bin ich kein Haderlump nichd, sondern ein dreier Regänt des Schtaates, wo sich auf inserne Ausdauer verlast und nichd aufbassd, ob fileichd daheim ein Weibsbild blärrt.

Libe Mari, das musd du dir genau mergen, das ich kein Hanswurscht nichd bin und es grießt dich

dein liber
Jozef Filser
kenigl. Abgeorneter

Bosd. S.
Schauge das beim Wirt sein Saubär gud schbringt haber lase die Bolidik aus dem Schpiele.

An Ekselenz
den Hern Joseph Filser
Lantagabg. im Pallament

Eier Ekselenz, sieser Schaz!

> »Denkst du auch noch der weihevollen Stunden,
> Wo uns die Liebe Seligkeit beschert?
> Wo unsre Herzen glühend sich gefunden
> Und die Begierde alles hat gewährt?«

Sieser Schaz! Dengst du noch an disse Stunden, wo mir ein Rantewuh im Kindlkeler gehabt haben und darnach waren wir beim Toniesel, wo mir uns so herlich amüsirt haben, aber sieser Schaz dafor waren wir woanderst, du weist es schon, wo insre Herzen glühend sich gefunden haben, und du hast meine Unschuhld geraupt.

Oh, wie habe ich mich geschträubt for deinen Ungestiem aber es war fergebens, denn du warst ganz ungestiem und ich glaube, das ich bin honmechtig geworden und aber wie ich erwachde, bin ich nichd mer in Besieze meines kostbarsten, was ein Mätchen hat gewesen sondern du hast es gestolen, sieser Schatz mit deinem Ungestiem.

Oh, wie habe ich geweint und gefluhcht ieber meine entschwundene Mätchenbliethe, wo man nur einmal zum fergeben hat und sie war jez fort. Ich habe gedenken miessen an meine Famillje, wo mich ungeratenes Geschäpf ferstoßen mus, weil ich die ganse Famillje beschimbft habe und entärt habe durch diessen leichtsinn, der mich in deine Umarmung gefiert had, wo es kein Entrienen nichd mer gibt, sondern es war um mich geschähen.

Meine Mutter wird mich fragen mit gebrochener Schtimme, wo ist er?

Und ich mus fragen wer?

Der wo dir dein Heiligtuhm genohmen had und deine Mätchenbliethe zerschtärt?

Und ich mus sagen, leider er ist ein ferhairadeder Man, der wo mich ieberweltigte und meinen Sinnenrausch beniezt had zu seiner schnellen Luhst. Der wo mich in libestaumel hinweggeraft had, und wo meine Bluhme entbläddert had, disser Schmedderling ist schon ferheiradet. Wehe mier! Mein Kind had keinen Vader nichd!

Sieser Schaz, denn es ist leider bis zun eißersten gekomen, das ich die Frucht der Siende schpür. In der Nachd wache ich auf und mus weinen, das disse flichtige liebe zu dier einen solchenen schweren Ausgang nimmt, aber ich habe es mir gleich gedenkt und ich bin gleich in Trauer fersunken wie es forbei war, als wenn ich eine Ahnung gehabt habe und du must es noch wiesen, das ich beim Toniesel nichts mehr geschprochen habe, sondern ich war in mich fersunken.

Eier Ekselenz, sieser Schaz! In diessen quallfollen Stunden rufe ich um Hilfe und du must mier sogleich 800 Mark schiken, das ich nach Amerika farre, wo Niemand meine Abschtammung känt und nichts weis fon meinen ferlohrenen Mätchentraum und fieleicht kan ich in der Ferbogenheid leben und unserm Kind eine entschprechende Erziehung geben und schtudieren lahsen, wen es ein Gnabe wierd.

Sieser Schaz schike es gleich bis zun Middwoch, denn ich mus es haben, weil der Dampfer nach Amerika geht, aber wen du es nichd schikst, mus ich zu Fus gehen bis Mingharding, wo deine Frau ist und ich lege das Kind auf ihre

Schwehle des Hauses und bidde sie, das sie fier deinem Kinde sorgt und ich gehe in das Wahser.

Sieser Schaz, schike es gleich, aber nichd an meine Adrehse, weil mein Vater mich sonzt erschiest, sondern an die Adrehse fon Xaver Schützinger, Steinträger in Giesing, Entenbachstraße Nr. 2., weil er mein Küsän isd, der wo ahles weis und ins Fertrauen gezogen ist.

Sieser Schaz, fieleichd meinst du, ich war eine Barohnin und ferheiraded, aber es war ein Scherz, sondern ich war ein unschuhldiges Mätchen und bin es nichd mehr durch dich.

Sieser Schaz, schike gleich die 800 Mark an diese obige Adrehse, oder ich mus ins Wasser gehen und fier dissen Fall bidde ich dich instendig, das du unsern Kind ein liebefoller Vater bist, und an deine Frau schreibe ich, aber wen du 800 Mark schikst, herst du nichts mer von mier und unserm Kinde, sondern wir farren nach Amerika.

Sieser Schaz, lebe woll; es war doch schön, wen es auch jez so traurig ist.

>>Ach, es sind ja nur Sekunden,
Wo man reines Glück genießt!
Aber lange sind die Stunden,
wo man es mit Reue büßt!<<

Sieser Schaz, lebe ehwig wohl
fon deiner gebrochenen
Creszentia v. S.

P.S. Meinen Nahmen brauchst du nicht wiessen, sondern schike es gleich an Xaver Schützinger!

An Hern Gorbinian Bechler
Bosdhalder in Mingharding
Bosd daselbst

Liber Gorbinian
Disses isd kein Brif wi die andernen Brife wo mier in liederlinger Weuse einander geschriem haben aus leuchdferdigen Schpaße, sondern es isd ernst aus reimietigen Härzn und ich habe es fest forgenohmen das ich dich bekern muhs wie ich bekert bin durch einen Draum, wo ich dier erzelen wiel.

Indem mier disser auskschamte Hadern geschriem had, das eine Faterschaft ieber mir schwäbt durch die unzichtingen Wiensche wo mier auf der Rähdut wahren durch dich, habe ich disses schröklich bereiht und bin auch in mich gegahngen.

Ich habe erkahnt das ich durch dissen Lebenswahndel in deiner ausgelahsenen Geselschafd ein unreunes Gefäs der Siende bin und bin in der Jozefschbitalkirche gewessen wo ich meinem Härzen durch Seifzen und Weunen Lufd gemachd hawe und meinen Nahmensbadron eine zähnpfindige Kirzen fersbrochen hawe, bald er mier fon dissem Schlamassel hilfd das ich den schlambeten Mentsch nichts zu zallen brauge.

Da isd es mier gleich gewessen als wi wen der heilinge Jozef geplinsellt hat mit das linge Aug und in der Nachd for dem Schlaffe habe ich mein Fersprechen widerhohlt und hernach bin ich geschlaffen. Haber auf einmahl bin ich aufgewahchd indem ich fon einen helen Glantse umflohsen wahr und der heulinge Jozef isd for mier geschtanden und had dreimahl gesagd wache auff mein Son Jozef. Was wüllst du hawe ich gefragd. Gelibtester, du hasd mier eine zähnpfindige Kirzen gelobd, sagd er, und fier disses wird die Begärlichkeit deines Fleusches ferzien had er gesagd, haber du bisd ferfiert worden Gelibtester sagd er, und deinen Freind Gorbinianus kan ich nichd helfen had er gesagd. Da hawe ich bidderlich geweunt, das du ferlohren bisd und der heulinge Jozef sagd, fier deine Drauer wohlen wier ihm ferzeien, sagd er, bald er seine Wollusd bereiht und ahles bezalt, sagd er, den du derfst es nichd zalen, weil du bei inserner heulingen kristgadollischen Zentrumsbardei bisd sagd er und er had wider gans freundlich geplinselt und is durch die Decken gefarren und mein Zimmer had noch in der Fruh ganz schtark gerohchen.

Liber Gorbini durch disses isd mir leuchder geworden und ich mus es dir middeilen, das mier nach dem Willen des heulingen Jozef handeln und du ahles zalst und durch eine bidderliche Reihe deine Sehle fon disser Todsinde befreust. Liber Gorbini, lahse es dich nichd ferdriesen, das es so fil Geld isd indem du der schuldinge Ferfierer bisd und was isd ales Geld, bald deine unschterblinge Seele ferlohren isd?

Ich hawe zuersd gemeunt ich wiel auch die helfde zallen haber durch disse Worte des heulingen Jozef isd es mier klahr geworden, das ich nichd derf, den bald ich aufkohme isd es ein bolidischer Schkandall und bald du aufkomst isd es blos brifat.

Liber Gorbini Du must nichd klauben, das ich dier einen Pliemelplahmel formache, sondern es isd ein merkwirdinges Ereignis, und komt aber oft for das die Heulingen den Mentschen erscheunen bald man ienen eine Waxkirzen oder sonzt was ferspriecht.

Gelibtester du must es bereihen und zalen das du Barmhärzigkeit findest und ich hawe es meinen Nahmensbadron fersprochen, das ich nichd auslahse bis du zalst, und bald du nichd wielst sag ichs deiner Alden, das sie fier dich zalt und deine Sehle gerähtet wird, haber fileichd fozt dich deine Alde umeinand und du hasd noch einen ierdischen Ferdrus.

Liber Gorbini, du must dengen, das es zur Abtödung deiner fleuschlichen Lieste isd und das ich auch abtöded worden bin, wo mich die Schlahwiener so hergeschlahgen ham und zwei Schtokzehn verlohren, das ich nichd mehr gescheidt beussen kan, und jez must du in deinen Geldbeidel hineinglangen und zaln. O wi leichd isd es bald man sich plos mit Geld befreihen kan fon dissen Sehlenkwahlen und du kanzt dier ja forstehlen, das dier fileichd eine Ku ferekt isd, wo auch so fiel kost. O warum sind mier auf eine Rädut gangen? O wie bereihe ich es, das ich den heulingen Jozef so beleudinget hawe durch dissen Wahndel mit dem Schlamben, wo jez schreibt, das mier zwei iere Mätchenbliethe zerschtärt hawen. O wie gern wiel ich Bäserung gelohben und bald wider ein Freind kohmt, das ich mit iem herum lumbe ruhfe ich zu meinen Schuzbadron das er mir nichd zum erscheunen brauchd und fier mich so fiel arbeid had. Liber Gorbini mier wohlen beten und bereihen und du must zaln, das auch der heulinge Gorbinian mit dier eine Freide hat. Disser Brif isd nichd wie ein anderer Brif und plos ein Schpaß sondern ich bin auf dem wäge der Buhse und wiel jeden Dag beten, das du auch so erleichted wierst und besiene dich nichd sondern zal mit Freiden.

Kelobd sei mein Nahmensbadron der wo dir auch helfen wiel balst du zalst und in ewigkeit Amen

fon deinen liben Freind
Jozef Filser.

An Hern Josef Filser
in Minken

Mein Liber
Deinen frächen und unferschembten Brif habe ich erhalden
und ist es eine Erbressung, wo ein anderner Lumb dafier
eingeschbert wird haber die grosen Schpizbuben kan man
leuder nicht hengen, sonst werst du kein Abgeorneter nicht
mehr.

Mein Liber, du hasd geschriem, du schreibst es meiner
Alden fon dem Schlamben wo du bis in der fruh damid herum bisd und in Gesälschaft von ierene Schtrizi, wo du hin-
basst indem du selwer ein solchener bisd und wo sie dich
Gozeidank hergeschlahgen ham, indem mich disses mit
Freide erfiel. Den so einen mus man herschlahgen als wie
dich und fileichd erwiesche ich eine bassende Gelehgenheid
und lase dich herum mit einen Oxenfisel das dier die Lum-
berei fileichd ferget, so lase ich dich herum du hunzheitener
Batsi. Der Oxenfisel isd schon hergerichd und du brauxt
blos kohmen und huiaxdax lase ich dich schpringen, das du
es mirkst fier was du erbressen wielst. Geh nur här und sag
es meiner Alden geh nur här zwengen meinen Sehlenheul
haber bass auf wi ich fieleichd deine Sehle so abscheilig her-
schlahge das sie kein Häftpflaster nichd mer zusahmenhebt.
Geh nur här du scheinheulinger Bauerndahdah und schauge dier aber zuerscht meinen Oxenfisel an wo du mit iem
Bekandschafd maxt das du umadum plau bist. Solchene Ab-
geornete mag ich gärn die wo in der Schtad die bludigen
Kreizer des Folkes ferbuzen und nichd genuhg si erbressen
noch bei den Gewerbsleiten.

Indem du schreibs, das du einen Draum gehabbd hasd

musd du nichd klauben, das du mich machen kanzt und ich fieleichd Reschpekt habe for einen solchen heulingen Schuzbadron der wo sich dazu hergibd, das er dier erscheunt und bald er wider kombt bei der Nachd kanzt iem einen Grus fon mier ausriechden und er weuß schon. Das mus ein drauringer Schuzbadron sein der wo keinen andern Ferkehr nichd had wie mit dier und solche Lumbereien einblahst das ich 800 Mark zalen mus. Du must iem bidden das er mier erscheunt und ich gib iem keine Waxkirzen aber hinder der Beddschtatt ligt der Oxenfisel das mier ein Wertlein schprechen. Las ien plos erscheunen bei mier und er kan schon herein beim Fensder haber ob er als ein gantser hinaus komt wohlen wier schon sehgn. Fileichd bereiht er disses das er zu mier erscheunt und 800 Mark wiel und einen frächen geschärten abdrahten Rahmel zu solchene Lumbereien hielft. Ich ziend iem schon ein Lichd auf haber keine Waxkirzen nichd. Had er gesagd, das er deinen Freind Gorbinianus leuder nichd hälfen kan und dein Gorbinianus mus zaln? Der Gorbinianus zalt einen Dräg saxt du iem und ferdient sein Gäld auf ehrlinge Weuse und schtrapazierd keinen Schuzbadron nichd, das er mit einen frächen Draum anderne Leite erbresst und bald er mit seiner Wolllust hinein fahlt, zallt er ahles selwer. Und du must iem sagen das es keinen Freind Gorbinianus ieberhaupt nichd mer gibt sontern es isd ausgeschpezelt und brauxt nichd zu weunen fier mein Sehlenheul und fier Disses kan ich mir schon selwer einen Schuzbadron zaln aber einen richdigen und anschtendigen der wo fiel zu gut isd das er in deinen Sauschtall erscheunt und sich von fon keinem Haderlumben keine Waxkirzen zaln last. Das must du iem ausriechden bald du wider einen Draum hast und dräume sieß du hunzheitener Batsi wie man die Leite erbresst und lase ien bei mier erscheunen und ich erscheune iem auch mit einen Oxenfisel.

Mein Liber indem du schreibs, du must es meiner Alden sagen, das meine Sehle gerättet wird, und ich einen irdischen Ferdrus krige da hör ich dich schon gehen.

Fieleichd wiel ich auch ein Übringes duhn und deine Sehle fier den Hiemel rätten bald sie im Baradies eine solchene Saublahdern ieberhaupts möhgen und nicht ahle Aerzengl schiageln und krank werden bald sie dich herumfliehgen sehgen. Aber fieleichd brobier ich es das mier deine schelche Sehle rätten und sag es deiner Alden mit was fier einen Schlidden du schbaziern farst in der Schtadt und fieleichd had sie auch einen Draum und das ier eine Schuzbadronin ferraten kan mit was fier einen Schteken si dich herschlahgen mus, das die Begerlichkeit des Fleusches unterdrikt ist. Und ich sag es ieberall was mir in inserm Wallgreis fier einen härlichen Fertreter hawen, der wo ins so härlich fertritt bald er seine Reische ausgeschlapfen had und seine Fotzen nicht geschwohlen ist fon den Maulschälen wo iem seine libreuche Braud hinhaud oder ier Schtrizzi.

Mein Liber du must nichd bidderlich weunen ieber mir, weil du ein solchenes Midleid hast auf meine Wollusd und du must nicht seifzen wegen meiner, den ich bin nichd so thum, das ich deine Schlamben auszal.

Warte noch ein pissel bis das du in die Heumath kumst und du kanzt seifzen ieber dir bald deine Alde dir eine solchene Watschensupen aufkochd und ich schmallze dirs mit meinen Oxenfisel das es gewies reucht. Warthe noch ieber eine kleine Weule krixt du 800 March und fier deinen Schuzbadron auch was, weil er mier so gefahlt und kohme bald lieber Josef in das kleine Ziemer neben der Schänke, wo ich ahles beisahmen habe in einer Schuhblade was du brauxt. Dort wiel ich dich hinfieren mein sieser Josef bald du kombst und die Thiere zuschperren das mier gans ungeschtert sind und mit einander Reih und Leid machen und dein Schuzbadron derf zuschaugen was ich aus der Schuhblade ziehe und es ist aber keine Waxkirzen mein Gelibdester und auch keine Bangenoten mein Gelibtester, sontern es ist was geweichtes, das dein Schuzbadron mit Freiden plinseln kan und es ist lang eingeweicht im Wahser mein Gelibtester, das es bäser schmärzt bald ich dich damit herumlase in dissem kleinen Ziemer und du must Kahrusel farren so schnell lase ich dich herum Gelibtester.

Kohme doch bald mein sießer Josef der wo jez so heulig geworden ist, das die Schuzbadrön in sein Schlafgemach aus und ein fligen wie die Schwalberln und seinen Geldbeidel beschitzen indem das sie ehrlinge Gescheftsleute um 800 March brellen und erbressen wohlen.

Kohme bald und grieße einsweulen deinen Schlidden fon mier, der wo aber nicht so thum ist und zalt. Und bald du mier einen irdischen Ferdrus machen wielst bei meiner Alden hernach schauge nur das du deine unschterbliche Sehle in ein guseisernes Schileh schtekst, weil sie sonzt zu schnel hinauf farrt zu den heulingen Schuzbadron wo dich so freindlich anplinselt. Das must du dir mergen

fon deinem lieben
Gorbinian Bechler
Bosdhalder

An hochwiern hern Bfahrer
Emeran Schanderl
in Mingharting
Bosd daselbs

Hochwierniger Her Bfahrer
Kelobt sei Jessas Kristo in aler ewigkeit Am.

Disses ist geschriem unterm Beichdsigl. Ein gewieser Man in Minchen ist gefahlen in Fersuchung durch Umgang mit einen schlechden Mentschen wo mit einen eingewurtselten Lahster behafded isd und durch die Gwalen der Fleuscheslusd wo iehm durch einen unkeischen Anbliek entstanden sind.

Der schlechte Mentsch hat den gewiesen Man durch einen Brif ferleidet das sie hirauf zu einer Rähdute gangen sind, wo die gefahlenen Weipsbilder durch unbedäktes Fleusch zur Siende ferlokten.

Indem aber disser Man bis zu disser Stund einen herforagenden lebenswahndel sich befleußiget had und keine Anwahndlung durchauß nichd begieng sontern in einen guden Geruch befündlich gewäsen ist, das iem auch die hochwierninge Geischlichkeit ins Fertrauen gehabt had.

Haber der schlechde Mentsch had es gwießt das er in einem niechdernen Zuschtand keine Fähldridde nichd beget und in die Siende hineinfahlt so das er Schambaninger had kohmen lasen und disser brafe und gerächte Man had es drinken gemust bis er seinen Geischt ferlohr. Indem er sich aber in disser Bewustloskeit befündlich war had er fieleichd in Worden und Wergen gesiendigt haber nichd so schtark indem er ja so sär bedrunken wahr das es nichd auf das schlimbste gekohmen ist und keine Totsiende nicht forfiel, sondern unkeische Redensahrten.

61

Es begahb sich aber das der gerächte Man for lauter Be-
wustlosigkeit in ein kleunes Wierzhaus geried zum Genuse
der Weiswierschte wo er nichds dabei gedenkt had sondern
er as disselben.

Er wurde jetoch in einer auffahlenden Weuse belährt das
er sich gegen die Gebohte der fröhmikeit und des kristli-
chen Wahndels in eine habscheilinge Gelehgenheid begä-
ben hatte, indem er bläzlich eine Anzall Wadschen empfing
und auch schluhg iem disses ferlohrene Weipsbild einen
Sembfhafen ins Andliez und auch fohzten ien die Spißge-
sählen auf eine gans unerlaupte Manir das der gerächte
Man blüten muste auch zwei Zehne ferlohr. Durch disses
ist der Man schmärzlich bedriebt und isd gefoldert fon Ge-
wiesensengsten in seiner unschterblichen Sehle und had
gelohbt zum wahlfarren nach Aldenöding und schtiftet
auch hundert March fier die Kürche in Mingharding bald
ahles sich gud hinausget.

Fieleichd komt es for, das die Frau des gerächten Manes
durch den schlechden Mentschen in Erfarung disses gesäzt
wird und ein ahlgemeines Ungliek sich begiebt, das der Frü-
de zerschterrt ist, indem di Frau durch ier leichdgleibiges
Geschlächt bewohgen wierd und klaubt, das eine Totsiende
forgefahlen ist und nichd klaubt, das der gerächte Man so
sär bedrunken sich befunden had. Der gerächte Man bittet
um den Schuz der Kürche gengen die weldlichen Nachdeile
seines Begäbnisses, indem der hochwierninge här Bfarrer
der gewiesen Frau sagd, das ahles ferleimdung isd durch die
erfiendung eines schlechden Mentschen. Fier dissen Fahl
schtiftet der gewiese Man hundert March fier einen guden
Zwäk, wo der här Bfahrer selbst ien beschtiemt nach seinen
Ermässen und auch schtiftet er fier die leublichen Bedierf-

nisse des hochwierningen Härn zwei junge Anten und eine fedde Gans auf Martini und last sich herbei das er auch eine flaschen Zweschgenschnabs aufwixt. Indem aber die gewiese Frau nichds in Kenntnis bekohmen darf, bald sie es nichd schon weis, mus der hochwiernige Her ieberaus forsichtig sein und nichd fieleichd schon forher reden sontern er mus es an dem Benähmen der gewiesen Frau mergen hob sie es weis.

Fileichd get der hochwiernige Her efters zu jenem Haus und fragt wie get es meinem gelibten Son, der wo in der Schtadt fier uns arbeided und bald sie was weis schimbft sie schon und dan ist es Zeid, das ien die Kürche schiezt. Der gerächte Man hat beschlohsen, das er seinem geischlingen Oberhaubt die hundert March auch schtiftet und die Gans und Anten und Zweschgenschnabs, bald ieberhaupt der gewiesen Frau durch die Gunzt der Heuligen nichts bekannt wierd.

Ich mus es noch schreim das der schlechde Mentsch ein gewieser Bosdhalder ist wo auch ieber den hochwiernigen hern Bfahrer ruchlohse Geschichden ferbreidet und ieber die Schuzbadron schimbft und sie bedrot. Das mus man wiesen for man iem ferdraut.

Disses hawe ich jez fohlendet underm Beichsigl, und klauben sie nicht, das der Man das bedreffende fileichd nicht schtiftet, sontern er schtiftet es schon.

Disses beschtetgit ier liber
Jozef Filser
kenigl. Abgeordneter

Der Münchner im Himmel
und andere Geschichten

Den »Münchner im Himmel« haben Adolf Gondrell und die Zeichnungen von Gertraud und Walter Reiner weit über die weißblauen Grenzpfähle hinaus bekannt gemacht. Die Schlusspointe dieser Geschichte richtete sich ursprünglich gegen Anton Ritter von Wehner, der in den Jahren 1903 bis 1912 Kultusminister im königlich bayerischen Kabinett war. Wir bringen hier, anders als Gondrell, den Text in der Thoma'schen Originalfassung und überlassen dem Leser die Entscheidung, ob der bayerischen Regierung die göttliche Eingebung inzwischen zuteil geworden ist oder ob Alois Hingerl eben doch noch im Hofbräuhaus sitzt.

Der »Münchner im Himmel« ist aber nur eine aus einem überreichen Schatz von ähnlichen kurzen Geschichten, die uns Ludwig Thoma hinterlassen hat und von denen eine ganze Reihe genauso amüsant und hervorragend gemacht ist.

Wir haben eine kleine Auswahl zusammengestellt und wünschen viel Spaß.

Der Münchner im Himmel

Alois Hingerl, Nr. 172, Dienstmann in München, besorgte einen Auftrag mit solcher Hast, dass er vom Schlage gerührt zu Boden fiel und starb.

Zwei Engel zogen ihn mit vieler Mühe in den Himmel, wo er von St. Petrus aufgenommen wurde. Der Apostel gab ihm eine Harfe und machte ihn mit der himmlischen Hausordnung bekannt. »Von acht Uhr früh bis zwölf Uhr mittags frohlocken und von zwölf Uhr mittags bis acht Uhr abends Hosianna singen.« – »Ja, wann kriagt ma nacha was z'trink'n?«, fragte Alois. – »Sie werden Ihr Manna schon bekommen«, sagte Petrus.

»Auweh!«, dachte der neue Engel Aloisius, »dös werd schö fad!« In diesem Moment sah er einen roten Radler und der alte Zorn erwachte in ihm. »Du Lausbua, du mistiga!«, schrie er, »kemmts ös do rauf aa?« Und er versetzte ihm einige Hiebe mit dem ärarischen Himmelsinstrument.

Dann setzte er sich aber, wie es ihm befohlen war, auf eine Wolke und begann zu frohlocken: » Ha–lä–lä–lä–lu–u–hu–hiah!« …

Ein ganz vergeistigter Heiliger schwebte an ihm vorüber. – »Sie! Herr Nachbar! Herr Nachbar!«, schrie Aloisius, »hamm Sie vielleicht an Schmaizla bei Eahna?« – Dieser lispelte nur »Hosianna!« und flog weiter.

»Ja, was is denn dös für a Hanswurscht?«, rief Aloisius. »Nacha hamm S' halt koan Schmaizla, Sie Engel, Sie boaniga! Sie ausg'schamta!« Dann fing er wieder sehr zornig zu singen an: »Ha–ha–lä–lä–lu–u–uh–Himmi–Herrgott–Erdäpfi–Saggerament–lu-uuu–jah!« …

Er schrie so, dass der liebe Gott von seinem Mittagschlaf erwachte und ganz erstaunt fragte: »Was ist denn da für ein Lümmel heroben?«

Sogleich ließ er den Petrus kommen und stellte ihn zur Rede. »Horchen Sie doch!«, sagte er. Sie hörten wieder den Aloisius singen: »Ha–aaaa–läh–Himmi–Himmi–Herrgott–Saggerament–uuuuh–iah!« …

Petrus führte sogleich den Alois Hingerl vor den lieben Gott und dieser sprach: »Aha! Ein Münchner! Nu, natürlich! Ja, sagen Sie einmal, warum plärren denn Sie so unanständig?«

Alois war aber recht ungnädig und er war einmal im Schimpfen drin. »Ja, was glaab'n denn Sie?«, sagte er. »Weil Sie der liebe Good san, müaßt i singa wia 'r a Zeiserl, an ganz'n Tag, und z'trinka kriagat ma gar nix! A Manna, hat der ander g'sagt, kriag i! A Manna! Da balst ma net gehst mit dein Manna! Überhaupts sing i nimma!«

»Petrus«, sagte der liebe Gott, »mit dem können wir da heroben nichts anfangen, für den habe ich eine andere Aufgabe. Er muss meine göttlichen Ratschlüsse der bayrischen Regierung überbringen; da kommt er jede Woche ein paar Mal nach München.«

Des war Aloisius sehr froh. Und er bekam auch gleich einen Ratschlag für den Kultusminister Wehner zu besorgen und flog ab.

Allein, nach seiner alten Gewohnheit ging er mit dem Brief zuerst ins Hofbräuhaus, wo er noch sitzt. Herr von Wehner wartet heute noch vergeblich auf die göttliche Eingebung.

Der Kohlenwagen

Ein großes, schwer beladenes Kohlenfuhrwerk fuhr auf dem Tramwaygeleise, als eben ein Wagen der elektrischen Straßenbahn daherkam.

Der Kutscher des Kohlenfuhrwerks sagte: »Wüst, ahö, wüst« und fuhr so langsam aus dem Geleise, als wäre die elektrische Bahn nur eine Straßenwalze.

Er bewerkstelligte auch, dass er gerade noch mit dem hinteren Rade an den Wagen stieß. Das Rad brach und der Kohlenwagen senkte sich krachend mitten in das Geleise.

»Du Rammel, du g'scherter, kannst net nausfahren?«, schrie der Kondukteur.

»Jetzt nimma, du Rindviech!«, antwortete der Kutscher. Und er hatte ganz Recht, denn eine Kohlenfracht kann man nicht auf drei Rädern wegbringen.

Der Kondukteur legte dem Fuhrmanne noch einige Fragen vor. Ob er glaube, dass er das nächste Mal aufpassen wolle; ob er vielleicht nicht aufpassen wolle und ob noch ein solcher dummer Kerl Fuhrmann sei.

Dies alles brachte den Kutscher nicht aus seiner Ruhe.

Er stieg ab und stellte fest, dass das Rad vollständig kaputt sei. Und da er infolge dieser Tatsache die Meinung gewann, dass sein Aufenthalt von längerer Dauer sein werde, zog er die Tabakpfeife aus der Tasche und begann zu rauchen.

Erst jetzt fasste er den Kondukteur näher ins Auge, und als er ihn genug besichtigt hatte, erklärte er dem sich ansammelnden Publikum, dass er nicht aufpasse, weder auf die Tramway noch auf den Kondukteur.

Und dann lud er die Aktiengesellschaft sowie deren sämtliche Bedienstete zu einer intimen Würdigung seiner Rückseite ein.

In diesem Augenblicke drängte sich ein Schutzmann durch die Menge und stellte sich vor den Wagen hin.

»Was gibt's da? Was ist hier los?«, fragte er.

»A hinters Radl is los«, sagte der Kutscher.

»So? Das wer'n wir gleich haben«, erwiderte der Schutzmann und ich glaubte, dass er ein Mittel angeben wolle, wie man umgestürzten Wagen am schnellsten auf die Räder hilft.

Der Schutzmann zog ein dickes Buch aus der Brusttasche, öffnete es und nahm einen Bleistift heraus, der an dem Deckel steckte.

Während er ihn spitzte, kam wieder ein elektrischer Wagen angefahren. Der Lenker desselben machte großen Lärm, als er nicht vorwärts konnte, und der Schaffner blies heftig in sein silbernes Pfeifchen.

»Was ist denn das für ein unverschämtes Gefeife? Wollen S' vielleicht aufhören zu feifen?«, fragte der Schutzmann und blickte den Schaffner durchdringend an, während er den Bleistift mit der Zunge nass machte.

»So«, sagte er dann, indem er sich wieder zu dem Kutscher wandte, »jetzt sagen Sie mir, wie Sie heißen tun.«

»Matthias Küchelbacher.«

»Math–thi–as Kü–chel–bacher. Wo tun Sie geboren sein?«

»Han?«

»Wo Sie geboren sein tun?«

»Z' Lauterbach.«

»So? In Lau–ter–bach. Glauben S' vielleicht, es gibt bloß

70

ein Lauterbach? Wollen S' vielleicht sagen, wo das Höft ist? Tun S' ein bissel genauer sein, Sie!«

Inzwischen hatte sich die Menge, welche den Wagen umstand, immer mehr vergrößert.

Ein Herr in der vordersten Reihe untersuchte mit sachverständiger Miene den Schaden. Er bückte sich und sah den Wagen von unten an; dann ging er vor und fasste die lange Seite scharf ins Auge und dann bückte er sich wieder und klopfte mit seinem Stocke auf die drei ganzen Räder. Und dann sagte er, es sei bloß eines kaputt, und wenn es wieder ganz wäre, könne man sofort wegfahren.

Die Umstehenden gaben ihm Recht. Ein Arbeiter sagte, man müsse versuchen, ob man den Wagen nicht wegschieben könne. Er spuckte in die Hände und stellte sich an das hintere Ende des Wagens. Dann sagte er: »Öh ruck! Öh ruck!« und schüttelte den Wagen und spuckte immer wieder in seine Hände, bis ihn die Schutzleute zurücktrieben. Diese entwickelten jetzt eine große Tätigkeit. Sie gaben Acht, dass die Zuschauer sich anständig benahmen und in einer geraden Linie standen.

Noch dazu mussten sie Acht geben, dass jeder Schutzmann, der hinzukam, seinen Platz erhielt, wenn ein Vorgesetzter erschien, mussten sie ihm alles erzählen, und wenn ein neuer Tramwaywagen daherfuhr, mussten sie dem Kondukteur einschärfen, dass er nicht durch die anderen Wagen durchfahren dürfe.

Ich weiß nicht, wie die Sache ausgegangen ist, weil ich nach zwei Stunden zum Abendessen gehen musste. Aber ich las am nächsten Tage mit Befriedigung in den Blättern, dass der Polizeidirektor, der Minister des Innern und unsere zwei Bürgermeister am Platze erschienen waren.

Auf Reisen

Ich fuhr nach Tirol. Das Kupee zweiter Klasse war gut besetzt. Neben mir saß ein würdig aussehender Herr mit langen Koteletten, offenbar der Gatte der beleibten Dame, welche so stark transpirierte und wie eine Moschusseife roch.

Die drei jungen Mädchen, welche aus ihren Reisetäschchen Ansichtspostkarten hervorholten und abwechselnd Lachkrämpfe bekamen, schienen die Töchter des Ehepaares zu sein. Der Herr mit den Koteletten versuchte mich in ein Gespräch zu verwickeln.

Ich muss hier eine Eigentümlichkeit meines Charakters erwähnen. Ich besitze ein überaus sanftes Temperament. Wenn mich aber im Friseurladen oder in der Eisenbahn ein Fremder anspricht, verspüre ich ein sonderbares Prickeln in der Kopfhaut. Ich begreife in solchen Augenblicken, dass es Kannibalen gibt, welche ihre Mitmenschen auseinander sägen lassen. Ja, ich beneide sie um die Macht hiezu.

Wenn der Herr mit den Koteletten eine Ahnung gehabt hätte, wie ich in Gedanken mit jedem Gliede seines Körpers verfuhr, er würde geschwiegen haben, er würde nicht den Mut gefunden haben mir zu erzählen, dass es warm mache und dass eine Reise im Winter verhältnismäßig angenehmer sei, weil man sich gegen Kälte leichter schützen könne als gegen Hitze.

Er ahnte nichts und übersah es, dass in der Art, wie ich ihm den Zigarrenrauch in das Gesicht blies, etwas Gefahrdrohendes lag.

Er übersah es so vollständig, dass er mir versprach, aus

seinen Reiseerlebnissen Beispiele anzuführen, welche die Richtigkeit seiner Behauptung klarlegen sollten.

In diesem Augenblick erinnerte ich mich, dass ich meine schwer genagelten Bergschuhe angezogen hatte; ich wartete, bis er den ersten Satz seiner Erzählungen begonnen hatte, und stieß ihm dann gegen das linke Schienbein, dass ihm die Augen nass wurden.

Wenn er glaubte, dass ich mich nach seinem Befinden erkundigen würde, täuschte er sich.

Ich verhielt mich schweigend und bemerkte mit Genugtuung, dass ihn die Rohheit meines Benehmens verstimmte.

Er wandte sich an seine Gemahlin. »Bei dieser Hitze hätten wir auch was Besseres tun können als reisen.«

»Dir zuliebe können wir nicht im Winter nach Tirol fahren«, erwiderte die beleibte Dame ziemlich gereizt.

»Tja! Aber 'n Vergnügen is es nun gerade nich.«

»Otto, willst du den Mädchen auch diesen Genuss verderben?«

Die Frage klang so drohend, dass niemand gewagt hätte, sie mit »ja« zu beantworten. Der Herr mit den Koteletten auch nicht. Er setzte sich zurück, rieb das Schienbein und las die Annoncen im Berliner Lokalanzeiger.

Vielleicht dachte er darüber nach, weshalb seine Meinungsäußerungen so geringen Beifall fanden.

Die beleibte Dame warf ihm noch einen feindseligen Blick zu, welcher genügte den Mann auf eine halbe Stunde totzumachen. Dann ließ sie über ihre Züge den Ausdruck mütterlichen Wohlwollens gleiten und schenkte ihre Aufmerksamkeit den Töchtern.

»Ella! Hilde! Kinder, was habt ihr?«

Die ältere, eine Blondine, unterdrückte ihren beängstigenden Lachanfall. »Ach, Mama! Die Karte von Rudolf!«

»Zeig sie mal!«

Ella reichte eine bunte Ansichtskarte herüber. Ich saß so nahe, dass ich das Bild sehen konnte. Ein dicker Student, auf einem Bierfasse sitzend, in der einen Hand die Pfeife, in der andern den Maßkrug. Die Mama las halblaut vor:

>»Ihr kneipt Natur
>In Wald und Flur;
>Ich kneipe hier
>Bei Wurst und Bier.«

Es war schrecklich, wie die Mädchen aufs Neue kichern mussten; sie hielten ihre Taschentücher vor, bissen darauf und ließen die Augen in Tränen schwimmen.

Die beleibte Dame lächelte gütig und streifte mich mit einem Blicke, in welchem viel Mutterstolz lag.

Ich sah deutlich, dass sie mich auf Umwegen zum Sprechen bringen wollte, und beschloss ihr für diesen Fall auf den Fuß zu treten; es war ein Glück für sie, dass der Zug hielt und die Kupeetüre aufgerissen wurde.

Ein Herr wollte einsteigen, aber die beleibte Dame erklärte energisch, dass kein Platz frei sei.

Es entspann sich ein lebhafter Wortwechsel, in welchen auch der Mann mit den Koteletten eingriff. Er schöpfte Mut aus der Gewissheit, auf der gleichen Seite zu stehen wie seine Frau, und seine Haltung gewann an Festigkeit mit jedem Satze, welcher von ihr beifällig aufgenommen wurde.

Anfänglich sekundierte er, dann übernahm er die Führung und zuletzt gehabte er sich so erschrecklich zornig, dass ihm die Gemahlin ängstlich abwehrte.

»Aber, Männchen, beruhige dich doch! Du bist ja entsetzlich in deiner Wut …«

»Nein, Mausi, lass mich! Ich dulde nicht, dass man euch zu nahe tritt.« Und er brüllte wieder zur Kupeetüre hinaus: »Was glauben Sie eigentlich? Was fällt Ihnen ein? Sehen Sie nicht, dass hier Damen sitzen? Diese Damen stehen unter meinem Schutze, haben Sie mich verstanden? Unter meinem Schutze! Ich dulde absolut nicht …«

»Aber Männchen!«

Die beleibte Dame klammerte sich ängstlich an ihn, als fürchte sie, dass er im nächsten Augenblicke etwas sehr Unbesonnenes tun würde.

Er machte sich sanft aus der Umarmung los und schrie, dass seine Ohren sich blau färbten.

»In Deutschland nimmt man Rücksicht auf die Damen. Da könnte so etwas nicht passieren, verstanden! Haben Sie in Österreich noch nicht gelernt, wie man sich gegen Damen zu benehmen hat? Aber Sie irren sich, wenn Sie glauben. Ich dulde absolut nicht …«

»Männchen, setze dich zurück! Ich bitte dich …«

»Nein, Mausi! Ich will mal sehen, ob man …«

In diesem Augenblicke kam der Schaffner und erkundigte sich nach der Ursache des Lärmes. Der Herr draußen sagte sie ihm.

Der Schaffner konstatierte, dass nur sechs Personen im Kupee seien, während vorschriftsmäßig acht Platz hätten. Er schob den Herrn zur Türe herein, schlug zu und pfiff, worauf sich der Zug in Bewegung setzte.

Der Mann mit den Koteletten beugte sich zum Fenster

hinaus und rief dem Beamten mit der roten Mütze zu: »Natürlich! Das sind österreichische Zustände! Das sind echt österreichische Zustände!«

Als keine Antwort erfolgte, zog er sich endlich zurück und sah so martialisch um sich, als hätte ich ihm niemals in das Schienbein getreten.

Ich beobachtete den neuen Fahrgast. Ein fetter, blonder Herr mit Gesichtspickeln. Seine wasserblauen Augen sahen verständnislos in die Welt; an seinen dicken, runden Fingern glänzten fünf oder sechs Brillantringe.

Ich musste sie bemerken, weil er häufig die rechte Hand mit einer schönen Geste an den Mund führte und sich räusperte.

Er versuchte der Reihe nach die drei Mädchen anzulächeln, aber er begegnete sehr abweisenden Mienen.

Die beleibte Dame schoss ihm Blicke zu, welche ihm durch und durch gingen.

Er fühlte sich sehr unbehaglich und wollte das eisige Schweigen brechen.

»Entschuldigen Sie, meine Herrschaften, aber ich bin sehr gegen meinen Willen hier eingedrungen und bedaure lebhaft die Störung.«

Niemand schenkte ihm Gehör.

»Sie dürfen mir glauben, dass ich lieber in einem leeren Kupee fahre als in einem vollen. Noch dazu, wann geraucht wird. Ich bin Tenor.«

Die Wirkung seiner Worte war großartig. Die drei jungen Damen wandten sich ihm lebhaft zu und die Mama glättete sämtliche Falten, welche ihre Stirne durchfurcht hatten.

»Sie sind Berufssänger?«, fragte sie.

»Aber ja«, antwortete der Herr mit den Gesichtspickeln,

»ich bin Mitglied der Wiener Hofoper, wann Sie gestatten. Sperlbauer Pepi is mein Name.«

»Sie sind hier zum Sommeraufenthalt?«, fragte die beleibte Dame wieder.

»Ja; ich erhole mich von den Bayreuther Strapazen.«

»Sie haben bei den Festspielen mitgewirkt?«

»Aber ja; ich habe im Ring mitg'sungen, wann Sie gestatten.«

Ein betäubender Lärm erhob sich. »Ella! Mama! Hilde! Im Ring! Das ist ja gottvoll! Und wie er das sagt! Ist er nicht süß? O, er muss uns etwas in das Album schreiben!«

»Kinder! Wir dürfen doch den Herrn nicht plagen.«

»Ach, Mamachen!«, schmollte die Älteste, »denk nur, was für Augen sie bei Röpkes machen werden, wenn wir einen Vers von einem echten Sänger haben. Bitte! Bitte! Mein Herr!«, fügte sie schmelzend hinzu und sah den Tenor seelenvoll an.

»Können Sie grausam sein?«, fragte die Mutter.

»Aber bitte, wie können Sie glauben?«, erwiderte Pepi Sperlbauer, »ich schätze mich glücklich, wann ich so hübschen jungen Damen eine Gefälligkeit erweisen darf.«

Er sah dabei jede mit seinen wasserblauen Augen an und lächelte gewinnend.

Fräulein Ella reichte ihm errötend ihr Album und einen Bleistift.

Er netzte ihn und sah zur Decke auf. »Wann ich nur wüsste, was ich Ihnen schreiben soll.«

»O bitte! Irgend etwas. Eine Zeile. Einen Vers.«

»Vielleicht etwas von Wagner?« Pepi Sperlbauer sprach den Namen aus, als wenn er mit drei A geschrieben würde.

»Entzückend! Ja, das wäre herrlich!«

Der Sänger schrieb und überreichte mit einem innigen Blicke das Album der Besitzerin.

»Ich bedaure nur«, sagte er, »dass ich bei der nächsten Station mich von der liebenswürdigen Gesellschaft trennen muss. Aber freilich, Sie werden froh sein, wann der Eindringling fort ist.«

»O, wie schade! Mama! Ach Gott, wie können Sie denken!«

»Eine gewisse Störung habe ich doch verursacht«, meinte der Tenor mit einer kleinen Verbeugung gegen den Herrn mit den Koteletten.

Dieser fühlte, dass er etwas sagen sollte. »Na, pardong! Ich hatte natürlich gar keine Ahnung, verehrter Meister, aber …«

Er kam nicht weiter, weil seine Frau ihn durch einen fürchterlichen Blick in die Kissen zurückwarf.

Und weil der Zug hielt. Pepi Sperlbauer erhob sich und verabschiedete sich mit vielen Verbeugungen und herzlichen Händedrücken.

Er winkte leutselig mit dem Hute, als wir weiterfuhren. Fräulein Ella ließ ihr Taschentuch wehen und trat erst nach geraumer Weile vom Fenster zurück.

»Wie schade, dass er schon aussteigen musste!«

»Er wäre vielleicht geblieben, wenn nicht jemand so roh gegen ihn gewesen wäre«, sagte die Mama mit scharfer Betonung.

Der Herr mit den Koteletten vertiefte sich anscheinend in den Lokalanzeiger, welcher ihn vor den Blicken der Gattin schützte.

»Was hat er nur in das Album geschrieben?«, fragte Hilde.

»Ach ja, das Album!« Ella öffnete es hastig und las vor:

>»Ehrt eure deutschen Meister,
so bannt ihr gute Geister.
Pepi Sperlbauer.«

»Wie hübsch! Wie geistvoll!«, riefen die Töchter.

»Es ist aus den Meistersingern«, erklärte ihr Vater und sah über den Lokalanzeiger herüber.

»Und es ist offenbar eine Anspielung, dass man sich gegen gottbegnadete Künstler nicht so roh benehmen soll«, sagte die Mama.

Die Sau

Eines Tages begab es sich, dass die Sau des Gütlers Peter Salvermoser auf die Wanderschaft ging und durch den Zaun in das benachbarte Anwesen des hochwürdigen Herrn Pfarrers gelangte.

Sie nahm ihren Weg über die Blumenbeete, wobei sie achtlos Hyazinthen und Krokus in die Erde trat und auch mehrere Zentifolien knickte.

Nicht weniger roh benahm sie sich auf den Gemüsebeeten. Sie zog so lange Salatstauden aus dem Boden, bis sie den Geschmack derselben als unzulänglich erkannte; hierauf fraß sie verschiedene Sorten Monatrettiche und wollte eben untersuchen, ob in der tiefer gelegenen Erdschicht noch etwas Genießbares gedeihe, als sie von Fräulein Kordelia Furtwengler bemerkt wurde.

Diese war Köchin und Vorsteherin der pfarrlichen Haushaltung. Eine robuste Person mit gut entwickelten Formen und von resolutem Gebaren.

Sie griff ohne langes Besinnen nach einem handlichen Stecken und eilte zornig hinaus um den frechen Eindringling zu treffen.

Da sie aber, wie alle Frauenzimmer, in den eigentlichen Kriegslisten wenig bewandert war, hub sie zu früh das Feldgeschrei an, sodass der Feind ihr Nahen von weitem bemerkte und rechtzeitig die Flucht ergreifen konnte.

Auf derselben richtete die Sau erhebliche Verwüstungen an, da sie das Loch im Zaune nicht allsogleich fand, sondern erst in mehrerem Hin- und Herlaufen suchen musste.

Während sie ärgerlich grunzend heimkehrte, besah

Fräulein Kordelia den Schaden und jammerte in so lauten Tönen, dass der hochwürdige Herr seine Morgenandacht unterbrach und sich nach der Ursache der frühen Störung erkundigte.

Beim Anblick des Geschädigten wurde die Köchin von Rührung übermannt und sie konnte nur mühsam unter verhaltenem Schluchzen das Geschehnis berichten.

Der Pfarrer vernahm es mit ersichtlichem Missvergnügen. Zunächst, weil er selbst ein Freund der essbaren Gartenfrüchte war, dann aber, weil die Missetäterin gerade dem Peter Salvermoser gehörte. Mit diesem hatte es seine eigene Bewandtnis.

Er war im Pfarrhofe übel angeschrieben als Freigeist und lauer Christ, der im Wirtshause nicht selten über kirchliche Einrichtungen böse Reden führte; ja, es war ruchbar geworden, dass er über die Korpulenz des hochwürdigen Herrn einige unflätige Witze gemacht hatte.

Auch als Nachbar benahm er sich gröblich und drohte in geringfügigen Dingen mit Gericht und Advokaten.

Darum beschloss der Pfarrer, in diesem Falle von der christlichen Langmut abzusehen und auf vollen Ersatz des Schadens zu dringen.

In dieser Absicht ließ er dann vom Bürgermeister einen Sühneversuch anstellen und erschien selbst, um seine Beschwerde vorzutragen. Er tat es mit vielem Nachdruck und hätte wohl auch die meisten Pfarrkinder überzeugt, allein auf Salvermoser machten seine Worte keinen Eindruck. Peter war ein Mann von rauen Sitten, dem der Kampf des Lebens wenig Respekt vor der Obrigkeit belassen hatte; überdies las er täglich die Zeitung und wusste deshalb mehr als mancher andere.

»I zahl durchaus gar nix«, sagte er, »indem dass i meiner Sau des net ang'schafft hab.«

»Auf diesen Einwurf war ich gefasst«, erwiderte der Pfarrer, »allein, man haftet auch für den Schaden, den ein Haustier betätiget. Also will es das Gesetz.«

»Wos?«, schrie Peter mit gehobener Stimme, »wo schteht dös? Des gibt's gor it, dass so was g'schrieben is. Aba i kenn mi scho aus. Der Adel und die Geischtlichkeit ham 's Gsetz allemol no so draht, wia s' as braucht ham.«

»Du muaßt net so reden«, mischte sich der Bürgermeister ein, »mir san net do zum Streiten, sondern zum Vergleicha.«

»I brauch koan Vergleich. I zahl durchaus gar nix. Wann der Herr Pfarrer was will, nacha soll er mein Sau verklag'n.«

»Salvermoser«, fiel hier der Diener Gottes ein, »deine Worte sind roh und verraten ein böses Gemüt.«

»Soo? Do war mi schlecht, bal mi net zahlt, wos da Herr Pfarra gern möcht! Des glaab i gar net, dass Sie dös sagen derfa. I zahl meine Steuern so guat wia der Adel und die Geischtlichkeit! Des muaß i wissen, ob Sie des sagen derfa, Herrschaft Sternsakrament!«

Jetzt bedeckte der Geistliche sein Haupt und sprach im Gehen zu dem Bürgermeister: »Es sei ferne von mir, hier noch länger zu weilen! Ihr sehet selbst, dass gütige Worte an dem Frevler verschwendet wären.«

Dann begab er sich stehenden Fußes an die Bahn und fuhr nach München, woselbst er den Rechtsanwalt S. R. aufsuchte.

Derselbe war ein vortrefflicher Jurist und mit allen Geheimnissen der Streitkunst gar wohl vertraut. Er nahm sich des Prozesses mit Freuden an und begann ihn sofort durch eine spitzfindige Klage, worin er ausführlich darlegte, dass der beklagtische Gütler für das Benehmen seiner Sau voll und ganz einzustehen habe.

Allein auch Peter Salvermoser fand den Advokaten, welchen er suchte, und dieser sagte in allem das Gegenteil von dem, was S. R. behauptete.

So kam es, dass sich der Prozess in die Länge zog und die Gemüter der Streitenden sich immer mehr erhitzten.

Sie führten auch außerhalb der Gerichtsschranken einen erbitterten Krieg gegeneinander und der Pfarrherr sah sich gezwungen, des Öfteren von der Kanzel herunter seine Pfarrkinder eindringlich zur Tugend und Frömmigkeit anzuhalten, auf dass sie nicht würden wie Peter Salvermoser.

Dieser hingegen tat seinem Feinde Abbruch, wo er nur konnte. Er verminderte heimlich die Anzahl der pfarrlichen Hühner und Enten, er streute vergifteten Weizen in den Taubenkogel des hochwürdigen Herrn und sorgte dafür, dass die Forellen in dem Fischkalter des Wassers entbehrten.

Auch die tugendsame Kordelia Furtwengler wurde in Mitleidenschaft bezogen. Ihre Lieblingskatze verschwand auf rätselhafte Weise und niemand im Dorfe glaubte an den natürlichen Tod des treuen Tieres. Sie selbst wurde gröblich beschimpft von Anna Maria Salvermoser, Ehefrau des mehrgenannten Gütlers, als sie mit derselben im Bäckerladen zusammentraf. Sie erfuhr hiebei, dass sie eine wampete Lous sei, und noch mehreres andere aus dem Sprachschatze unseres Volkes.

So dauerte der Krieg in heftiger Weise fort, bis endlich das Gericht nach zwei Jahren genügendes Material gesammelt hatte um zu einem Erkenntnisse zu gelangen. Es verkündete nunmehr, dass die Sau nicht in den Garten gekommen wäre, es hätte denn der Zaun nicht ein Loch gehabt. Hiefür träfe niemanden das Verschulden als den Eigentümer des Zaunes.

Und damit hatte der Pfarrherr den Prozess verloren. Viele wunderten sich darüber, am meisten S. R.

Als die Kunde von dem Geschehnisse in das Dorf gelangte, überkam ein tiefer Ingrimm den hochwürdigen Herrn. Er begab sich in die Küche zu Kordelia Furtwengler und erklärte der Erstaunten die ganze bodenlose Schlechtigkeit unseres Staatswesens.

Nicht so Peter Salvermoser. Dieser gewann Vertrauen in die Einsicht der von Gott gesetzten Obrigkeit und freute sich in seinem schlichten Gemüte.

Der Rauchklub

Wenn einer von den geneigten Lesern nach Kraglfing kommen sollte, was ja am Ende auch nicht ausgeschlossen ist, da wird er im Nebenstübel des Wirtshauses einen blau und weiß gefärbten Schild bemerken mit der Inschrift:

Rauchglupp Kraglfing

Was ist das?

Allererstens ist es ein Schreibfehler vom Schreinermeister Wagerer, der es nicht besser versteht, und es soll »Rauchklub« heißen. Des Zweiten und Letzten aber ist es ein Zeichen, dass man auf dem Lande nach und nach das Bedürfnis fühlt, nicht bloß Feuerwehr-, Veteranen- und Schützenvereine, sondern auch andere Vereine zu haben.

Es ist am Land wie in der Stadt. Wenn so sechs oder sieben Leut alle Abend beisammensitzen, dann geht ihnen das Gefühl auf, als müsst es so sein, als erfüllten sie eine Pflicht. Und je weniger oft einer sonst von Gehorsam oder Pflicht wissen mag, desto merkwürdiger und wichtiger kommt es ihm vor, dass er im Wirtshaus so pünktlich ist, und er findet eine ordentliche Genugtuung darin. So, dass er sich selber vorredet, was er für ein gewissenhafter Mensch ist.

»So gern tät ich heut daheimbleiben«, sagt er zu der Frau oder gar zu sich selbst, »so gern; ganz froh wär ich, wenn ich nur einmal ausrasten dürft, aber es geht nicht, es geht wirklich nicht. Ich muss zum Unterwirt. Ein wahres Kreuz ist es, aber was willst machen?«

Und im Wirtshaus fängt er dann zu sinnieren an; alles

gewinnt eine gewisse Bedeutung. Der Platz, den er mit lauter Draufsitzen blank gehobelt hat, zeigt ihm die Spur gewissenhafter Tätigkeit; das Krügel, welches er jeden Abend zur Hand nimmt, gewinnt er lieb, schier wie einen langjährigen treuen Gefährten in der Arbeit.

Und was ihm nur der Wirt verdankt! Was ihm nur *der* Mann Dank schuldig ist. Der muss ihn doch anschauen wie einen Brotgeber und Herrn! Er sieht ihn gern in der Stube hantieren; da fühlt er sich recht als Gönner und überzählt in Gedanken die Liter und Hektoliter, welche er weggetrunken hat.

Das ist ein saures Stück Arbeit, was er hinter sich hat, das Bier muss fort aus der Welt und er hat sein redlich Teil getan. Man sieht, es kann sich einer als etwas Bedeutendes vorkommen und tut doch nichts anderes als Bier trinken.

Den Übrigen geht es ebenso; allein die bloße Übereinstimmung genügt nicht, man muss ihr Form und Gestalt geben, und da es einmal deutsche Eigentümlichkeit ist, über alles und jedes, besonders über Gesetze und Vorschriften, herzhaft zu schimpfen, aber für das Wirtshaussitzen Statuten zu machen, gründet man einen Verein, dessen Bestimmungen jedem Mitgliede das erste halbe Jahr heiliger sind als die zehn Gebote Gottes und die Staatsgrundgesetze. Denn was ein richtiger Anhänger ist, lässt alles hinten, Weib und Kind, um für das Blühen und Gedeihen der »Concordia« oder des »Kegelklubs« oder des »betrunkenen Wagscheitels« seine ganze Persönlichkeit einzusetzen.

Und … ja so, da wäre ich jetzt beinahe in das Predigen hineingekommen und ich habe doch bloß vom Kraglfinger Rauchklub erzählen wollen. Ich bin nämlich so glücklich gewesen einer Generalversammlung desselben beizuwohnen. Und das kam so.

Der Lehrer und der Förster haben mit mir Tarock gespielt. Beim vorletzten Umgang, Schlag sechs Uhr, sind auf einmal die sämtlichen Mitglieder des Vereins gekommen, und weil sie mich nicht hinausschaffen wollten, vielleicht auch weil sei meinten, ich könnte am Ende korrespondierendes Mitglied werden, haben sie erlaubt, dass ich der lehrreichen Beratung zuhören durfte. Zum Zeichen meiner Dankbarkeit will ich den Hergang gewissenhaft und wahrheitsgetreu erzählen.

Als die sämtlichen Mitglieder erschienen waren, nahm der Vorstand, der Badermeister Lippel, den Schlüssel und sperrte das Vereinsarchiv auf. Dasselbige war ein hoher Kasten, in welchem viele Pfeifen hingen, welche nun insgesamt in die Hände ihrer Besitzer gelangten.

Der Förster machte mich aufmerksam, dass dies ein sehr feierlicher und wichtiger Moment sei. Kein Mitglied ist nämlich berechtigt sich selbst die Pfeife zu holen oder gar sie mit nach Hause zu nehmen. Jeder ist gehalten den Tabak zu rauchen, welcher vom Ausschusse als jeweiliger Vereinstabak bestimmt wird, und es wird genau Protokoll geführt, wie viele Pakete Tabak ein jedes Mitglied im Monat verbraucht. Am Schlusse des Jahres wird verkündet, wer den größten Konsum aufweisen kann, woran sich etwa eine Belobigung für bewiesene Anhänglichkeit reiht.

Wenn mich der Förster nicht angelogen hat, so ist die Anerkennung jedem Mitgliede mindestens so viel wert als eine Belobigung von Seite der königlichen Kreisregierung.

Also, nachdem diese Zeremonie vorüber war und die Unruhe des Pfeifenstopfens und Anzündens sich gelegt hatte, stand der Herr Vorstand auf und tat einen kräftigen Räusperer.

»Bst! Bst!«, machten die anderen.

»Meine Herren!«, fuhr der Herr Vorstand fort. »Meine Herren! Indem dass unser Verein schon zwei Jahre besteht, und indem, dass er besteht, trotz aller Angriffe und Hindernisse …«

»Aha! Da moant er sei Frau damit«, sagte der Förster.

»Das muss ich mir schon verbitten«, schrie Herr Lippel, »verstehen S' mich, ich lass mich von keinem Menschen durchaus nicht zerblecken …«

»Ruhe, Ruhe! Ausreden lassen! Was war denn jetzt dös! Lassen S' doch unsern Herrn Vorstand mit Eanere Witz aus«, ermahnte der Protokollführer, bis sich die Entrüstung gelegt hatte.

»Jawohl, meine Herren! Zwei Jahre hat unser Verein schon seine segensreiche Wirkung geübt und immer haben wir, oder hätten wir, muss ich leider sagen, seine Fahne hochgehalten, wenn das nicht unmöglich wäre. Aber wir haben immer noch keine, obwohl ich schon bei der Gründung gleich gesagt habe: ›Eine Fahne gehört zu allererst her.‹ Und das ist auch der Grund unseres heutigen Beisammenseins. Wir müssen endlich einmal uns entschließen, ob wir wie die anderen eine Fahne haben wollen oder ob der Verein zugrund gehen soll. Ich bitte Ihnen, dass Sie jetzt Ihre Meinung abgeben …«

»… Bravo! Recht hat er! Bravo! …«

Jetzt stand der Andreas Rogler, Bauer von Kraglfing, auf und schrie: »Staad sein ein bissl! Ich hab auch ein G'sätzl zum Hersagen. Meine Herrna! Überall wo man hinschaugt, ist ein Bannür, überall steht geschrieben und gedruckt: ›Wir

88

wollen dem Bannür treu bleiben‹, das Bannür gült als ein Zimbolium der Eintracht und der Dreie. Desweng haben sie auch bei alle Vereinigungen eine Fahnen. Bei der Militari, bei die Turner, bei die Schützen. Und unsere Veterana hamm sogar zwoa! Warum sollen denn mir koan Fahnen hamm! Gerade so gut, als bei uns die Eintracht und die Dreie notwendig is, braucha mir aa ein Zimbolium. Ich bin firti.«

»Bravo!«, schrie der Vorstand; »das is amal ein Manneswort.«

»Dös hast schön ausweni g'lernt, Roglerbauer«, sagte der Förster.

Beinahe wäre wieder ein Streit ausgebrochen, wenn nicht der Hofbauer schon dagestanden wäre und mit dem Krugdeckel geklappert hätte. »Bst! Bst!«

»Meine lüben Vereinsbrider, Kameraden! Oha! Jetzt waar i beinah in mei Veteranared neikomma! Also meine Herrna! Indem dass der Rogler von dö zwoa Fahna g'redt hat, die wo wir bei unserm Veteranaverein hamm, und indem dass i scho zehn Jahr Vorstand bin, muaß i sagn: Wann er spötteln hat wollen, nachher zünd i eam a Licht auf, wann er aber dös ernst moant, alle Anerkennung. Respekt, sag i, und Recht hat er. A Fahna muss her. (Bravo!) Denn, meine Herrna, als alter Vorstand kenn i die G'schichten. Wo a Fahna is, da is aa a Fahnaweih! (Bravo! Bravo!)

Und wo a Fahnaweih is, da kemma Leut z'samm. (Bravo!) Da kemma Verein z'samm aus sechs Stunden in der Rund. (Bravo!) Und da braucht der Wirt was (Bravo!), und wenn der Wirt was vodeant, bringe mir unsere Säu und Kaibln o um a schön's Geld an. (Bravo, Bravo!) I sag allaweil: Rühren muaß si was. Und no oans! Was gibt's denn

Schöners, als wann der Verein mit da Fahna und d'Musi voro aufziagt. Dös is a Leben und macht an Ansehn. (Bravo!) So, jetzt wissts ös.«

Wenn ich ein Reichstags- oder Landtagsberichterstatter wäre, könnte ich vielleicht beschreiben, was für einen Eindruck diese Rede machte. So bin ich leider nicht imstande es zu tun. Ich denke mir aber, dass die lauteste Rede von Bebel oder Vollmar, wenigstens was den Erfolg anbelangt, ein Pfifferling dagegen ist.

Man hat in Kraglfing schon lange gewusst, dass der Hofbauer ein gesundes Maulwerk hat, aber so – das hätt ihm doch keiner zugetraut.

Alles hat geschrien und mit Händen und Füßen getrommelt – und was die Hauptsache war, alle ohne Ausnahme haben sich überzeugen lassen.

Das soll ein anderer nachmachen!

Es ist also der Beschluss einstimmig gefasst worden, dass der Verein Rauchklub eine seidene Fahne erhält. Die Kosten seien zwar groß, meinte einer, aber die gute Sach verlangt es, da gibt es kein Räsonieren.

Ich habe nichts mehr zu erzählen, als dass der Herr Badermeister Lippel ein Hoch auf den Hofbauern ausbrachte; er betonte, dass der Verein glücklich sei, so edle Männer als Mitglieder zu haben, die sich aufopfern und das Herz auf dem rechten Flecke haben. Worauf dann der Hofbauer erwiderte, dass auch ein solcher Vorstand ein seltenes Exemplar sei, der sich so unvergessliche Verdienste um den Verein erwerbe.

»Unser Herr Fürstand soll leben, hoch, hoch, hoch! Mit gedämpfter Stimme hooch!«

Der Interviewer

Zu Deutsch: der Zusammenkünftler. Der Mann, der mit Ihnen zusammenkommt, ohne dass Sie ihn gerufen haben.

Er kennt Ihre Marke, unter der Sie im Publikum kursieren, und will, dass Sie Ihre Eigenart recht originell zum Ausdruck bringen.

Erlauben Sie sich also nicht, diesem wildfremden Menschen reserviert entgegenzukommen.

Seien Sie vom ersten Augenblicke an »herzig und liab«, wenn das Ihr Firmenzeichen ist, oder »biderb grob« oder »geistvoll und sarkastisch« und glauben Sie ja nicht, dass Sie den Mann durch gleichgültiges Benehmen täuschen können.

Er weiß, wie Sie sind, und prüft genau, ob Ihre Konversation musterecht ist.

Beobachten Sie den Mann, während Sie Indifferentes sagen. Seine Gesichtszüge verraten eine innere Qual, die sich bis zur Hoffnungslosigkeit steigert, wenn Sie Ihr Charakteristisches lange zurückhalten.

Es kommt nicht … es kommt nicht … da! Es ist Ihnen, ohne dass Sie es wissen, ein Aperçu entfahren, noch dazu eines aus Ihrem innersten Wesen heraus. In den Augen des Zusammenkünftlers flammt das Feuer des Verständnisses auf, er schleckt seinen Bleistift ab und schreibt drauflos.

Sie sind festgenagelt, mein Lieber; man hat Sie.

Sagte ich schon, dass Wien die Stadt dieser »Zusammenkünfte« ist? Wenn nicht, dann möchte ich es hiermit nachgeholt haben.

In Deutschland werden fast nur Staatsmänner ausgebohrt und jedenfalls geht man mit dem Experiment nicht unter Richard Strauß hinunter.

Diesem begabten Musiker sind allerdings schon so viele Würmer aus der Nase geholt worden, dass es verwunderlich erscheint, wenn noch einer drin sein sollte.

Aber reden wir von Wien! Das ist die Stadt, wo immer jemand mit einem zusammenkommt. Man braucht keinen Rosenkavalier vertont zu haben, es genügt, dass man vom zweiten Stockwerk herunterfällt oder ein aussterbender Fiaker ist, um über seine Weltanschauung oder gehabte und noch zu habende Schmerzen eine druckreife Meinung äußern zu dürfen.

Wenn im Deutschen Reich ein Mann aus dem Volke von einem Automobil überfahren wird, so erscheint bei dem Verunglückten zuerst ein Arzt, in Wien aber der Zusammenkünftler.

»Wöiches woarn Ihre Gedanken, als Sie bemerkten, dass das Rad über Sie hinwegginge?«

»Woarn Sie im erst'n Schmärz bewusstlos?«

»Wöiches woarn Ihre Gefiehle im Hinblick auf Ihre Gattin und die zahlreichen Kinder?«

Ein geschulter Wiener wird diese Fragen immer so beantworten, dass aus seinem Schmerzenslager ein Duft von Treuherzigkeit in die Zeitung weht, und wenn das Malheur in der inneren Stadt passiert ist, wird er nicht verfehlen, den Stephansturm in rührende Beziehung zu seinem überfahrenen Zustande zu bringen.

Aber der Fremde steht einem Zusammenkünftler dann doch etwas hilflos gegenüber.

Ich denke dabei nicht gerade an einen sich ereignet

habenden Unglücksfall, es ist schon bitter genug, wenn jemand zu einer Vorlesung oder zu Aufführung seines Theaterstückes in die Donaustadt reist. Hier gilt also das, was ich von der Hausmarke sagte. Die Redaktion sagt ihrem galizischen Kundschafter, dass der Mann sarkastisch sei, regierungsbissig, respektlos.

Also muss etwas auf diese Eigenschaften Bezug Habendes in den Bericht.

Der fremde Schriftsteller steht auf, zieht zunächst einmal die Unterhosen an, denkt an gar nichts und gähnt.

Es klopft.

Ein Zimmermädchen schiebt durch die Türspalte eine Visitenkarte herein.

»Siegfried Parketöl, Vertreter der ›Interessanten Welt‹.«

Was will man machen?

Der Fremde lässt Herrn Parketöl bitten. Und nun kommt ein kleiner Mann herein, von fleischiger Nase und mit klugen, listigen Augen, Augen wie die einer Kanalratte.

Der Zusammenkünftler.

Er hat sich seine Rolle ausgedacht; er wird volkstümlich und Vertrauen erweckend sein.

»Guat Murg'n! Särvus!«

Er blinzelt den Fremden an, als erwarte er schon im Gegengruß etwas Sarkastisches, Respektloses, Regierungsbissiges.

Es kommt nichts.

Der Fremde ist bloß höflich.

»Wöiche besonderen Verhältnisse haben Sie im Auge gehabt bei der Verabfassung Ihres neien Stückes?«

Der Fremde sagt, er habe nur ganz allgemein, verstehen Sie, und so weiter.

»Oba bittä!« Herr Parketöl lächelt Vertrauen erweckend. Ihm gegenüber sollte man nicht so zurückhaltend sein.

Der Fremde versteht ihn nicht.

Er glaubt wirklich, dass er Daten für die Literaturgeschichte deponieren müsse.

»Ich wollte also den Konflikt schildern, der sich einerseits aus der Überspannung des Pflichtgefühls, andererseits aus menschlichen Leidenschaften …«

»Ah wos! Ah wos!«

»Wie?«

»Lieba Freind! Vor mir brauchen S' Ihnen oba würklich keine Resärve aufzuerlegen!«

»Ja, ich verstehe nicht …«

»Also sagen S' ma nur dos: Wöiche Überspanntheiten und von wöicher Regierung haben Sie geißeln wohlen?«

»Regierung?«

»Oba jo! Lieba Freind, net woah, das Publikum erwoatet von Ihnen dennoch eine gewisse Satire, etwas Pikantes, etwas Prickelndes …?«

»Sie wollten doch wissen, was ich in diesem Stücke …«

»No freili!«

»Wie gesagt, ich wollte in dramatischer Steigerung den Konflikt beruflicher und menschlicher Gefühle …«

»Jetzt hören S' oba auf! Mir können Sie dos würklich sag'n, gegen wöiche Regierung Sie Ihre satirische Geißel geschwungen haben.«

»Davon ist in diesem Stücke also wirklich nicht …«

»Wem erzählen S' denn dos, lieba Freind? Wann i an Konflikt hamm will – net woa? – oder eine dramatische Steigerung, nachdem geh ich zum Schönherr Koarl oder zum Hofmannsthal, aber von Ihnen erwoatet man doch was anderes, so a bisserl was Despektierliches. Hm?«

Der Fremde versteht nicht.

Obwohl ihm Herr Parketöl auf die Schulter klopft und mit jeder Minute herzlicher und familiärer wird, kommt ihm nichts Respektloses aus. Er kennt weder seine Rolle noch seine Pflicht gegen einen Zusammenkünftler.

Parketöl horcht angestrengt.

Jetzt? Jetzt?

Nichts.

Er geht niedergeschlagen weg.

Denn was hilft es ihm, dass er am selbigen Tag in die »Interessante Welt« schreibt, er habe den fremden Dichter in sprühender Laune angetroffen und dieser habe auch sowohl Bezug nehmend auf das neue Stück als im Allgemeinen nach allen Seiten hin seiner bekannten Satire die Zügel schießen lassen.

Das glaubt ihm kein Zusammenkünftler, also kein Wiener. Er hätte was Prickelndes bringen müssen.

Erster Klasse

Bauernschwank in einem Akt

Als der Einakter »Erster Klasse« im September 1910 in München uraufgeführt wurde, war Thoma als Stückeschreiber wahrlich kein Unbekannter mehr. Insbesondere »Die Lokalbahn« (1902) und »Moral« (1908) waren durchschlagende Erfolge gewesen.

Und wir begegnen in »Erster Klasse« einer der populärsten Figuren Thomas aus dieser Zeit wieder: dem bäuerlichen Landtagsabgeordneten Josef Filser. Der kommt hier freilich etwas besser weg als weiter vorn im »Briefwexel«. Und man ist fast schon wieder versucht ihn als einen zu sehen, der seiner Zeit weit voraus ist: jetzt als Vorreiter biologischen Landbaues!

Personen

Kaufmann Stüve aus Neuruppin
Assessor Alfred von Kleewitz ⎱ junges Ehepaar
Lotte von Kleewitz ⎰ aus Norddeutschland
von Scheibler, königlich bayerischer Ministerialrat
Sylvester Gsottmaier, Ökonom
Josef Filser, Ökonom und Abgeordneter
Marie Filser, dessen Ehefrau
Ein Schaffner
Ein Zugführer

Die Handlung spielt in einem Eilzugkupee erster Klasse.
Ort: Oberbayern

Erste Szene

Im Kupee sitzen am offenen Fenster einander gegenüber von Kleewitz und seine Frau. Neben Kleewitz sitzt Stüve, neben Frau von Kleewitz sitzt von Scheibler. Von Kleewitz und seine Frau sehen sich unverwandt mit verliebten Blicken an; wenn sie sich unbemerkt glauben, spitzen sie die Lippen und küssen in die Luft; bald tritt sie ihn, bald er sie auf den Fuß. Von Scheibler liest eifrig in einer Zeitung. Stüve klopft ungeduldig mit dem Fuße auf den Boden, zieht öfters die Uhr und schmatzt nervös.

Stüve (wieder auf die Uhr sehend) Vier Uhr fünfzig … um sieben sollen wir in München sein. Diese Bummelkarre heißt sich Schnellzug! *(Kleine Pause)* In einer Stunde hat der Zug mindestens sechsmal gehalten; bei jedem Hundestall haben sie hier 'ne Station, und wenn 'n Wirtshaus daneben steht, is es 'n Kreuzungspunkt. *(Kleine Pause)* Wenn ich von Köln bis Berlin fahre, halte ich keine sechsmal auf der ganzen Strecke, und was nich hunderttausend Einwohner hat, is überhaupt keine Schnellzugstation. *(Zieht wieder die Uhr.)* Das is 'n Verkehr! Ja? Was? Ich will mal das Kursbuch nachsehen. *(Er steht auf und holt aus dem Netz eine kleine Reisetasche, die er öffnet. Er zieht den großen Hendschel heraus und blättert nervös darin. Dabei dreht er Kleewitz den Rücken zu und sieht zum Publikum heraus.)*
Kleewitz (zu seiner Frau, sehr verliebt) Lo!
Frau von Kleewitz (schmachtend) Mäuschen!
von Kleewitz Du!
Frau von Kleewitz Süßes! (Sie küssen in die Luft.)*

Stüve (hat den Hendschel aufgeschlagen) München – – hundertachtundvierzig … *(Zu Kleewitz)* Pardong! Wissen Sie vielleicht, wie die letzte Station geheißen hat?

von Kleewitz Nee!

Stüve Natürlich nich! *(Zu von Scheibler)* Pardong! Wissen Sie? *(Von Scheibler sieht ihn über die Zeitung weg fragend an.)*

Stüve Wie der Ort heißt, wo wir das letzte Mal gehalten haben?

von Scheibler Unterdingharting.

Stüve Unter…?

von Scheibler (hält die Zeitung wieder vor) Dingharting.

Stüve Das ist schon wie Chinesisch. Unterdingharting … *(Im Buche lesend)* Vier Uhr achtunddreißig … *(sieht auf seine Uhr)* also mindestens zehn Minuten Verspätung! Nee, das ist eine Bummelei! Unerhört! *(Er wirft das Kursbuch zornig in die Tasche, klappt diese zu, steht auf und legt die Tasche wieder ins Netz.)*

von Kleewitz (benützt die Situation, wie vorhin) Lo!

Frau von Kleewitz (schmachtend) Süßes!

Stüve (setzt sich wieder) Ich will mal ordentlich Skandal machen. *(Zu Scheibler)* Wollen Sie meine Beschwerde unterschreiben?

von Scheibler Welche Beschwerde?

Stüve Gegen diesen Schwindel, dass so was 'n Schnellzug sein soll.

von Scheibler Das ist ein fahrplanmäßiger Schnellzug.

Stüve So? *(Scheibler zuckt die Achseln)* Na, das ist Ansichtssache. Wir in Preußen haben andere Eilzüge.

von Scheibler Das entspricht jedenfalls einem Bedürfnisse, wenn gehalten wird.

Stüve Vielleicht ist 'n rascher Verkehr auch 'n Bedürfnis. Nicht wahr?

von Scheibler Es gibt eben Eilzüge, die halten.

Stüve Eilzüge gibt's ja gar nich in Bayern. Dreißig Kilometer in der Stunde ist hier schon Express.

von Scheibler Wir fahren von München bis Nürnberg in der Stunde …

Stüve (einfallend) Nee! Wir fahren von Berlin nach Zossen zweihundert Kilometer per Stunde, von Berlin nach Hamburg hundertzehn Kilometer, wir fahren von Köln nach Berlin fünfundsiebzig Kilometer. Das is 'n Tempo! Ja?

(Scheibler zuckt die Achseln und liest wieder in seiner Zeitung. Stüve nimmt aus seiner Tasche einen Tintenstift und macht ihn zurecht, er nimmt sein Notizbuch und will eben zu schreiben anfangen, da pfeift die Lokomotive und der Zug hält mit einem Rucke an. Man hört die Stimme des Zugführers.)

Zugführer Mitta–ding–harting! Mitta–ding–harting!

Stüve (auffahrend) Was?! Schon wieder halten? Nee, das geht übern Hutrand! *(Zu Kleewitz)* Pardong! *(Er stürzt ans Fenster und schreit hinaus.)* Hören Sie, das is 'ne Schweinerei! Das is 'ne Gemeinheit. *(Sehr laut)* Schaffner! Schaffner!

Zweite Szene

Schaffner (von außen) Was is denn? *(Sein Kopf taucht im Fenster auf.)*
Stüve Ich will wissen, warum der Zug hier hält.
Schaffner Han?
Stüve (sehr scharf) Warum hält der Zug?
Schaffner Ja, weil er halt halt! *(Ab.)*
Stüve (zum Fenster hinaus) Kann ich Auskunft verlangen?
Ja? *(Man hört Milchkübel klappern. Eine Ochse brüllt. Käl-
ber blöken.)*
Stüve (nach rückwärts zu Scheibler) Ich bitte, kommen Sie
als Zeuge! Sie laden hier Milch ein. Und 'n Ochsen laden sie
ein. *(Wütend hinausschreiend)* Schweinerei!
*von Scheibler (ist aufgestanden, entschuldigt sich bei Frau
von Kleewitz und sieht auch hinaus.)* Tatsächlich. Sie laden
Vieh ein. *(Setzt sich wieder.)*
Stüve (nach rückwärts) Na, hören Sie! Das lässt man sich
doch nicht gefallen! *(Brüllt hinaus)* Schaffner!
Schaffner (erscheint am Fenster) Han?
Stüve (jede Silbe betonend) Ich mache Sie darauf aufmerksam, dass ich an Ihren Eisenbahnminister schreiben werde.
Schaffner Braucha S' a Briafmark'n? *(Der Ochse brüllt.)*
Stüve Und morgen steht's in der Zeitung. Dafür garantiere
ich Ihnen.
Schaffner I glaab's a so.
von Scheibler Sie, das ist nicht zum Scherzen. Wir wollen
hier nicht sitzen bleiben!
Schaffner Ja no! Wenn der Ochs net einigeht!
von Scheibler Das ist ihre Sache; wir wollen fahren.

Stüve Sagen Sie doch dem Ochsen, dass das 'n Schnellzug ist. Bitte, sagen Sie ihm das von mir!

Schaffner Kennt er Eahna?

von Scheibler Ich verbitte mir Witze.

Stüve Wo ist denn der Zugführer? *(Brüllt über den Schaffner hinaus)* Zugführer! *(Der Ochse brüllt. Der Zugführer erscheint am Fenster.)*

Dritte Szene

Zugführer Hö! Hö! Was gibt's denn?

Stüve Hören Sie, wir halten hier schon vier Minuten …

Zugführer Ja no!

Stüve Ich mache Sie darauf aufmerksam: Wenn ich den Anschluss nach Frankfurt versäume, bezahlt mir der Staat den Schaden.

Zugführer Regen S' Eahna no net auf! Da Zug geht scho wieda.

Stüve Ich verlange alles bei Mark und Pfennig, das sage ich Ihnen!

von Scheibler (zum Zugführer) Ich bin der Ministerialrat von Scheibler. Ich muss Ihnen sagen, dass ich diese Verzögerung nicht verstehe. *(Der Schaffner ab.)*

Zugführer (salutiert) Entschuldigung, Herr Ministerialrat, aber dieser Ochse, net wahr, ist widerspenstig.

von Scheibler Sehen Sie zu, dass wir jetzt fortkommen.

Zugführer Zu Befehl, Herr Ministerialrat! *(Ab. Scheibler liest wieder.)*

Stüve (zieht die Uhr) Ich bekomme den Anschluss nicht mehr. Der Frankfurter Zug fährt mir vor der Nase weg. *(Er holt seine Tasche aus dem Netz, sucht das Kursbuch.)*
von Kleewitz (zu seiner Frau) Lo!
Frau von Kleewitz Süßer! *(Der Ochse brüllt sehr laut.)*
Stüve (im Kursbuch lesend; sehr nervös) Um sieben Uhr einunddreißig ab nach Frankfurt; Billett lösen, Gepäck aufgeben, 'n Telegramm abschicken! Sieben Uhr einunddreißig! Wenn ich den Zug nicht erwische, is der Auftrag futsch! *(Außen hört man laut schreien: Wiah! Hü! Wiah! Hau'n mit da Goaßl aufi! Wiah!)*
Stüve (stürzt ans Fenster; brüllt) Schaffner! *(Der Schaffner erscheint am Fenster.)* Haben Sie noch nich genug Rindvieher im Zug?
Schaffner Jo! Gnua!
Stüve Ich sage Ihnen, Sie erleben was! Geben Sie Acht, was Sie erleben! Sie kennen mich schlecht! Das ist 'n Schweinestall! *(Der Zugführer erscheint neben dem Schaffner.)*
Zugführer No, no! Also, ich bitt sich net so aufzuregen!
von Scheibler Aber der Herr will doch den Anschluss nicht verpassen.
Zugführer Der Zug wart' schon.
Stüve 'n Deibel tut er.
Zugführer Bei uns in Bayern wart' jeder Zug. *(Außen schreit es: Wiah! Hat'n scho! Hat'n scho!)*
Zugführer No also! *(Zu Stüve)* Was wollen S' denn? *(Zu Scheibler verbindlich)* Ich möchte gehorsamst melden, net wahr, dass dieser Ochse jetzt bereits drin is, und ...
Stüve Dann fahren Sie doch, in Deibels Namen!
Zugführer (sieht ihn strafend an) ... und dass also jetzt keine weiteren Hindernisse nicht mehr vorhanden sind, indem

105

dass mir den Zug jetzt ablassen kinnen, sondern er geht
jetzt ohne weiteres.

von Scheibler (ungeduldig) Gut!

Zugführer Ich wollte betreff dieses bemerkt haben, dass
also koa Grund zur Beschwerde nicht vorhanden ist, sondern dass wir diesen Ochsen nach der Regierungsent-
schließung …

Stüve (brüllt) Fahren Sie!

Zugführer … einparkieren müaßen. Ich wollte dieses bemerkt haben. *(Verschwindet vom Fenster. Man hört ihn
rufen)* Fertig! *(Die Lokomotive pfeift, der Schaffner pfeift,
der Zug setzt sich in Bewegung.)*

Stüve Nee, wirklich! Wir fahren! *(Zu Scheibler)* Erlauben
Sie, dass ich mich vorstelle: Friedrich Wilhelm Stüve, Vertreter der Firma Gebrüder Klausing in Neuruppin. *(Scheibler nickt, verhält sich aber zurückhaltend.)*

Stüve Ich habe aus dem Gespräch vorhin entnommen, dass
Herr Ministerialrat … nicht wahr?

von Scheibler Ja, ja. *(Sieht wieder in seine Zeitung.)*

Stüve Ich möchte um alles in der Welt nicht, dass Herr Ministerialrat – nich wahr – mir die Bemerkung übel nehmen, die
ich mir über bayrische Verkehrsverhältnisse … nich wahr?

von Scheibler (wie oben) Ja – ja.

Stüve Ich soll morgen mit 'ner Frankfurter Firma ab-
schließen. Komm ich, erhalt ich den Auftrag, komm ich
nich, kriegt'n 'n anderer. Ich sehe aber ein, dass die Verwaltung am Ende nischt dafür kann, wenn hier 'n Ochse eingeladen wird, aber ich hätte am liebsten den ganzen Ochsen
bezahlt, wenn ich nur den Anschluss kriege.

*(Scheibler setzt den Zwicker auf und sieht Stüve über die
Gläser an.)*

106

Stüve (spricht sehr rasch) Es ist mir sehr angenehm mit einem Herrn von der Regierung zu sprechen. Wir suchen Fühlung besonders mit der bayer'schen Regierung, weil wir auch Kunstdünger fabrizieren. Wir wollen es erreichen, dass wir gerade von der Regierung empfohlen werden, dass die Leute von ihren eigenen Beamten hören, ihr sollt und müsst Kunstdünger nehmen von Gebrüder Klausing in Neuruppin. Die Firma is Ihnen vielleicht bekannt; chemische Fabriken für Farbstoffe, alles Mögliche und Kunstdünger. Wir verarbeiten Guano auf Hyperphosphat und erzielen die kolossalsten Resultate. Die Leute, die heute noch mit Kuhmist arbeiten, haben ja gar keine Ahnung vom Zeitgeist! Ich sage immer, wie Recht unser Kaiser hat mit dem bekannten Worte: Volldampf voraus! Was hilft mir denn die alte Geschichte und die Gewohnheit oder Pietät oder Tradition, oder wie man's heißen will? Ich will nu einfach keinen Kuhmist mehr, ich will Kunstdünger! Nicht wahr? Hab 'ch Recht?

von Scheibler (ihn noch erstaunter betrachtend) Ja – ja!

Stüve Sehen Sie, das freut mich, dass Sie das sagen, Herr Ministerialrat, nich wahr? Aber gerade hierzulande hält die Regierung die Hand noch immer über den Kuhmist statt die Leute einfach zu zwingen dem modernen Geiste Rechnung zu tragen. Nehmen Sie mir die Bemerkung nich übel, aber die Leute hier sind eben noch etwas beschränkt. Wenn ich hier mit so'n Dorfschulzen spreche, ist der Mann imstande und sagt mir: »Ja, mein Vater und Großvater ist auch mit Kuhmist aufgewachsen und warum soll ich da 'ne Änderung machen?« Ja, du lieber Gott! Vor fünfzig Jahren hat's alles Mögliche nich gegeben. Vor fünfzig Jahren haben wir auch noch keine Kolonien gehabt und keine Flotte und keen

Luftschiff und die ganz kolossale Stellung, die wir jetzt einfach haben. Das ist eben der Zeitgeist! Das ist eben die Entwicklung! Das is eben der Kunstdünger! Nich wahr? Aber das ist die Aufgabe der Regierung den Leuten das klarzumachen, dass sie endlich mal raus müssen aus dem Kuhmist und dass das hier nicht geschieht … das ist reaktionär. Sagen Sie doch selbst, Herr Ministerialrat.

von Scheibler Ja … ja.

Stüve Sehen Sie, unsere Firma hat sich das zum Wahlspruch gemacht: Fort mit dem Stalldünger! Das ist mit goldenen Lettern in die Bücher von Gebrüder Klausing eingetragen und das ist die Parole, mit der wir siegen oder untergehen. Wir sind Kinder einer neuen Zeit und ich sage immer, diese Zeit soll uns auf'm Posten finden, und wenn die ganze Welt sagt: Kuhmist! Wir sagen: Kunstdünger. Das ist unser Schlachtruf. Jawohl! Wenn Sie gestatten, ich will Ihnen mal den Katalog …

von Scheibler (höflich ablehnend) Ich danke – wirklich.

Stüve Herr Ministerialrat, Sie sollen und müssen den Katalog sehen. Sie werden staunen über die kolossalen Anerkennungen, die wir seit einer Reihe von Jahren erhalten haben, und über die Gutachten der größten Autoritäten des In- und Auslandes und Sie werden sagen, ja, wenn das so ist, dann begreife ich nicht, wie meine eigene Regierung dem Kunstdünger gegenüber noch kühl bleiben kann. Ich werde Ihnen mal den Katalog zeigen. *(Er steht auf, holt wieder seine Tasche aus dem Netz und nimmt daraus einen Katalog.)*

von Kleewitz (die Situation benutzend) Lo!

Frau von Kleewitz Fred!

von Kleewitz Schatz!

Frau von Kleewitz Süßer!

von Kleewitz Liebling! *(Scheibler hat wieder in seiner Zeitung gelesen; Stüve beugt sich zu ihm vor und zeigt ihm den Katalog.)*

Stüve Sehen Sie! Hier diese herrlich entwickelte Pflanze auf dem Titelbild ist das Produkt der künstlichen Düngung; dieses degenerierte Produkt aber, was Sie hier sehen, entwickelt sich aus Stalldünger. Der Künstler wollte damit den Unterschied bemerklich machen, nich wahr? *(Scheibler sieht flüchtig hin und nickt.)*

Stüve (noch eifriger) Hier links haben Sie das Motto der Firma Gebrüder Klausing in einem Verse: Nimmer sich beugen, kräftig sich zeigen, rufet die Arme der Götter herbei. Is von Goethe. Und rechts die Devise: Fort mit dem Stalldünger! Und nu kommen die ersten dreiundzwanzig Seiten, nischt wie Anerkennung von praktischen Landwirten, Vereinen, Verwaltern, Rittergutsbesitzern, Grafen und Baronen ... *(Der Zug hält mit einem plötzlichen Ruck.)*

von Kleewitz (sieht zum Fenster hinaus) Was ist? Wir halten auf offener Strecke?

Frau von Kleewitz (ebenso) Um Gottes willen, was ist denn?

Stüve (aufstehend) Was ist los?

(Man hört außen die Stimmen des Schaffners und des Zugführers:) Der Ochs! Der Ochs!

von Scheibler (ist auch aufgestanden) Was rufen die Leute?

Stüve Ich hör wieder mal was von 'nem Ochsen.

von Scheibler Heda! Zugführer!

Zugführer (erscheint am Fenster) Wünschen die Herrschaften?

von Scheibler Ist was passiert?

Frau von Kleewitz Um Gottes willen.

Zugführer Na, na! Die Herrschaften können ganz beruhigt sein. Der Unfall ist schon vorüber.

von Scheibler Welcher Unfall? So reden Sie doch!

Zugführer Ja, der Ochs waar uns beinah auskemma!

Stüve Na, so was!

Zugführer De Tür is aufganga, net wahr? Halt der Ochs den Kopf außa … net wahr? Und woaß ma ja nia, was so einem Viech einfallt, aber zum Glück schaugt der Lokomotivführer grad die Gegend a bissel an, net wahr, und siecht den Ochsen außaschaug'n. Und natürlicherweis ziagt er glei an Westinghauser, indem dass er glaabt, net wahr, dass keine weitere Unvorsichtigkeit von diesem Ochsen sich passiert. Ziagt er an Westinghauser. Net wahr?

von Scheibler Und deswegen halten wir auf freiem Feld?

Zugführer Ja no! Was woaß so a Rindviech von der Gfahr?

von Scheibler Rufen Sie den Lokomotivführer …

Stüve Aber dann kommen wir ja nicht weiter!

von Scheibler Ja so! *(Zum Zugführer)* Na, Sie werden das Weitere hören.

Zugführer Wenn da Herr Ministerialrat woll'n, nacha hol i an Lokomotivführer …

von Scheibler Ich werde in München Gelegenheit finden.

Schaffner (erscheint am Fenster neben dem Zugführer) Herr Zugführer, da'r Ochs frisst scho wieda ganz grüabi. *(Ab.)*

Zugführer No also! Nacha fahr ma wieda. *(Zu von Scheibler)* Ich möchte bloß betreff des Ochsen sag'n, dass der dienstliche Befehl darauf lautet, net wahr …

Stüve Reden Sie nich lange! Mensch!

Zugführer … dass, bald ein Unfall in Aussicht ist oder wahrgenommen wird, für den Fall, dass …

von Scheibler Gehen Sie endlich!

Zugführer Jawoll! *(Ab. Man hört außen schreien: Fertig! Auf geht's! Der Schaffner pfeift; die Lokomotive pfeift; der Zug fährt an.)*

von Kleewitz Lo! Bist du erschrocken?

Frau von Kleewitz Ja, Mäuschen.

von Kleewitz Hast du Schmerzen?

Frau von Kleewitz Nein, Süßing. Aber nervös, weißt du …

Stüve Na, ich muss sagen, so 'ne Sache is eklich. Da braucht man nich auf der Hochzeitsreise zu sein. Die kann auch 'n normalen Menschen nervös machen. *(Zu von Scheibler)* Ich verstehe gar nich, wie so was menschenmöglich is. Ich kenne doch weiß Gott den ganzen Kontinent, aber so was wie in Bayern … *(Er zieht die Schultern hoch.)*

von Scheibler Sie dürfen mir glauben, dass das Ausnahmen sind – übrigens *(zu Kleewitz gewandt)* werde ich dafür sorgen, dass solche Dinge nicht mehr vorkommen.

Stüve Herr Ministerialrat, sagen Sie mal, sind Sie eigentlich geborener Bayer?

von Scheibler Ich bin Unterfranke.

Stüve Also nich aus dieser Gegend hier?

von Scheibler Nein, warum?

Stüve Ich finde das Volk hier so originell! So naiv! Ich sage immer zu meinem Chef, die haben ja noch keene Ahnung vom zwanzigsten Jahrhundert, noch nich mal vom achtzehnten. 's is ja nich zum Blasen, was das für Leute sind.

von Scheibler N – na!

Stüve Ich habe mir sagen lassen, dass hier jeder schon als Kind mit 'n paar Monaten Bier trinkt und 'n Rettig isst, *(lacht hölzern)* ha … hm … ha … ha … is ja sehr komisch, aber ich bitte Sie, wo kriegen sie da die Intelligenz her …

ha … hm … ha … ha … nee! nee! Ich sage nur, so was von naiv!

von Scheibler Da haben Sie doch nicht ganz das Richtige gehört.

Stüve Aber ich bitte Sie, Herr Ministerialrat, ich meine doch das selbstverständlich nich als Beleidigung und ich bin doch der Erste, der das anerkennt, dass es in Bayern sehr tüchtige Leute gibt und Künstler und Gelehrte, aber ich meine, was hier so in der Gegend als Bauer lebt, nee, die kenn ich aus eigener Anschauung un ich muss sagen, so was Naives habe ich in meinem Leben nie gesehen … ha … hm … ha … ha … nee, die kenn ich nu ganz genau!

von Scheibler (zuckt die Achseln) Tja!

Stüve Ich habe mir sagen lassen, wenn hier eener an Kirchweih nich 'n paar Löcher in' Kopp kriegt, fühlt er sich in seiner Standesehre beeinträchtigt … und … und … und wenn eener 'n Schatz hat, *(zu Frau von Kleewitz)* Pardong! Hm … ha … ha … hm … ha … ha … denn muss er über 'ne Hühnerleiter steigen … hm … ha … ha …

von Scheibler Sie lassen sich viele Geschichten erzählen.

Stüve Das gibt sich im Gespräche, nich wahr? Ich bin nett zu den Leuten und da schütten sie mir nu ihr Herz aus. Es sind ja Kinder! Und wenn ich 'n bisschen bayer'schen Dialekt spreche, da freuen sie sich wie die Schneehasen.

von Scheibler M … hm … so … so … *(Er nimmt ostentativ seine Zeitung und liest wieder. Pause.)*

Stüve (wendet sich gegen Kleewitz und Frau, lächelt viel sagend und nickt ihnen wohlwollend zu) Na … Sie machen wohl Ihre Hochzeitsreise ins bayer'sche Gebirge? *(Kleewitz sieht ihn kühl, abweisend an, gibt keine Antwort.)*

Stüve (trällert einen Berliner Gassenhauer) Hochzeitsreisen, das is wundaschön … Ja, in dem Zustande fühlt man am besten den Zauber der Natur; jeder fein empfindende Mensch sucht sich da 'ne Idylle aus und will vom Lärm der Welt unberührt bleiben. Nich wah?

von Kleewitz (mit Betonung) Ja – – Allerdings!

Stüve (versteht die Andeutung nicht) Sehen Se! Ich kann mich absolut in die Situation denken. Ich kenne das zwar nich aus Erfahrung, hm … ha … ha … hm … wenigstens nich aus legitimer Erfahrung … hm … ha … ha … ha …, aber so viel Dichter is ja jeder gebildete Mensch um sich in seiner Phantasie 'ne Vorstellung von der Sache zu machen. *(Er zwinkert vertraulich mit den Augen)* Na, wo fahren Sie nu hin? Wo bauen Sie Ihr erstes Nest?

von Kleewitz Ach bitte, ich bin nicht gesprächig.

Stüve Aber erlauben Sie mir! Das war ja nur 'n Scherz! Es fällt mir doch gar nich ein, in Gegenwart einer Dame *(verbeugt sich gegen Frau von Kleewitz)* unzart zu sein. So viel Kavalier is man doch, Gott sei Dank!

(Der Zug hält. Man hört die Stimme des Schaffners:) Oba…ding…harting! Oba…ding…harting!

von Scheibler Was … schon wieder?

Stüve Nu ja … Bayern …

von Scheibler (zu Kleewitz) Verzeihen Sie … *(Geht ans Fenster; er spricht hinaus)* Ja … Kondukteur! Halten wir denn an jeder Station? *(Der Schaffner erscheint am Fenster.)*

Schaffner Dös is grad a bissel.

von Scheibler Mir ist es lang genug! Ich muss schon sagen, dass ich das unerträglich finde.

Schaffner Herr Ministerialrat! Da steigt do allawei oana ei!

von Scheibler Wie?

Schaffner Er kimmt scho! *(Ab.)*

Vierte Szene

An der Kupeetüre wird heftig gerüttelt und die Klinke probiert; endlich wird die Türe aufgerissen und Josef Filser erscheint im Rahmen.

Filser (einsteigend) 's Good beinand! Herrschaftsaxen, aba da is' voll!

Stüve Sie, guter Mann!

Filser Han?

Stüve Hier is erster Klasse.

Filser desweng bin i ja do! *(Zu seiner Frau, die außen steht)* Lang ma'r an Koffer eina. *(Er nimmt einen bäuerlichen Koffer in Empfang und schiebt ihn herein.)* So … und tua ma aufs Hauswes'n …

Frau Filser Ja, d'Oar kriagst ja no!

Filser Freili – Oar hab i aa. Tua s' no her! *(Er nimmt ihr einen Korb ab und stellt ihn ins Kupee.)* Gell, Alte, schaugst ma aufs Hauswes'n!

Frau Filser Jo, i schaug scho.

Filser Schreibst ma's glei, bal 's Blassl stiert. *(Während dieses Gespräches dreht Filser den Passagieren und dem Publikum die Rückseite zu.)*

Frau Filser I schreib scho.

Filser Und treibst as zum Hierangl und net zum Seppenbauern; dem sei Stier is ma z'lüaderli. Hoscht g'hört?

Frau Filser I ho's guat g'hört. Und dös muaß i dir sag'n.

Filser Ja, pass auf! Bal da Posthalta nomal um a Fackei kimmt, gibst eahm dös schlechter.

Frau Filser Dös ko'st da denka.

Filser Dass d' as fei kennst; i hon eahm 's Ohrwaschl g'mirkt.

Frau Filser I kenn's a so.

Filser Und an Pfarra muaßt halt dennascht a Schmalz geb'n.

Frau Filser Zweg'n was denn?

Filser Ja no, sinst verschmacht's eahm. Nimmst halt oas von hintern Hafa her, bal's aa'r a weng schmiargelt.

Frau Filser Koan anders scho gor it. Und pass auf, dass d' fei a Geld aa hoambringscht. Net wieda wia 's letzt' Mol··...

Filser Eppas bleib' scho ...

Frau Filser (eifernd) Ja no, eppas! Zwoa Mark is aa eppas und muaßt di do schaama und Sünd'n fercht'n, bal dös schöne Geld ...

Schaffner (brüllt außen) Fertig! Fertig! *(Schlägt die Türe heftig zu. Man sieht nunmehr die Frau Filser nicht mehr, hört aber ihre laute Stimme und muss ihre Worte verstehen.)*

Frau Filser ... bal dös schöne Geld alssammete hi werd! Tat i mi do scho Sünd'n fercht'n ...

Filser (zum Fenster hinaus) Is scho recht und tua mir aufs Hauswes'n ...

Frau Filser Und 's letzt Mal hoscht aa g'sagt, du bringst da gnua hoam, und an Dreck hoscht hoambracht und i tat mi do scho schama ...

(Man hört den Schaffner schreien! Fertig)

Frau Filser (sehr laut) Und i tat mi na do scho schama!

Filser I schaam mi ja. Und jetzt bfüat di Good und dös sag a da, dass d' ma 's Blassl net zum Seppenbauern treibscht. Den sei Stier is ma gar z' lüaderli!

Frau Filser Dass d' na du net lüaderli bischt, dössell sag' a da, und i waar dahoam und hätt 's G'frett mit dö Deanschtbot'n ... *(Der Schaffner pfeift, die Lokomotive pfeift.)*

Frau Filser (noch lauter) Und kunnt mi brav plag'n und du bracht'st koa Geld hoam, wie dös letzt Mal, und dössell waar ma z'dumm, dössell sag a da glei. *(Die Lokomotive pfeift noch einmal.)*

Filser Jetzt halt amal 's Mäu und sag g'scheid bfüat Good und tua ma'r aufs Hauswes'n schaug'n … *(Man hört nun die gellende Stimme der Filserin mehr und mehr verklingen.)*

Frau Filser Ja, schaug aufs Hauswes'n, bals du 's Geld allsam durchitatst und i müaßt mit dö Deanschtbot'n haus'n und du warst woaß Gott wo …

Filser I muaß ja!

Frau Filser (schreiend) An Dreck muaßt, dass d' as woaßt, du dappiga Kerl du!

Filser Jetzt pfüat di Gott – pfüat di Gott! *(Die Lokomotive pfeift.)*

Frau Filser I lauf auf und davo, dös sag i dir, bal wieda 's Geld allsamt hin is, mir war's gar z' lüaderli, du dappiga Hanswurscht, du dappiga! *(Die Stimme verklingt völlig. Kleine Pause. Filser hat sich umgedreht und geht einen Schritt ins Kupee hinein. Er schiebt den Hut zurück und kratzt sich hinterm Ohr.)*

Filser Herrschaft! Sie ko's halt! Ah … ah!

Stüve (zu den anderen) Ich spreche doch selbst bayer'sch und habe keen Wort verstanden … hm … ha … ha … hm …

Filser (ohne auf Stüve zu achten) Wo tua'r i jetzt an Koffer hi? *(Er versucht den Koffer über den Passagieren im Netz rechts und links unterzubringen; dabei stößt er Stüve an.)*

Stüve 'n bisschen sachte!

Filser Han? *(Er gibt seine Versuche auf und schiebt den Koffer unter die Bank)* So! Und wo tua'r i jetzt d'Oar hi?

(Er versucht nun den Korb über Scheibler ins Netz zu stellen.)

von Scheibler (ungnädig) Stellen Sie 'n doch nicht gerade über mich!

Filser Weg'n an Abafall'n, moanen S'? Ja, da gang's scho gelb auf! No, stell'n ma'n halt da aufi! *(Er stellt den Krob über Stüve ins Netz.)*

Stüve Mir schadet's nich so viel, meinen Sie! Nee! Nich hier!

Filser No – nacha! *(Er nimmt neben von Scheibler Platz, gegenüber von Stüve, setzt den Korb auf seine Knie, zieht das Sacktuch und wischt sich Kopf und Stirne.)* Jetzt hat's aba pressiert. *(Spricht an Scheibler hin)* I hon mi beim Wirt vahalt'n, weil da Viechhandler da g'wen is, der ma'r a Kuah o'kafft hat, und jetzt möcht er an Kaf zruckschlag'n, weil d' Kuah grad vier Lita Milli gab, sagt a, und i hätt garatiert auf zeh' Lita, und hoaßt mi oan Spitzbuam hi und den andern her. Wos, sog i? Vier Lita, sog i? Schaug 's Auter o, sog i! Dös muaßt na scho an andern vazähl'n, sog i, dass a Kuah mit dem Auter grad vier Lita gab, und, sog i, was hätt'n na 's Kaibi g'suffa?

von Scheibler (indigniert) Was wollen Sie denn?

Filser Ja no, da tat si a jeda gift'n. Kam er do mit da Garatie. Was woaß denn i, hab i g'sagt, sag' i, was du dera Kuah z' fress'n gibscht; du ko'st ihr ja aa Sagkleib'n z' fress'n geb'n, sag i. Und überhaupts, vo koana Garatie woaß i durchaus gar nix. *(Von Scheibler greift nach der Zeitung.)*

Filser Ja, weil's wahr is! Weil dös a ganz an ausg'schamter Mensch is, der Kötzinger Jakl. Is er Eahna nix bekannt?

von Scheibler (unwirsch) Wie?

Filser Ob er Eahna nix bekannt is? So a Kloana, Krummhaxeter is'; a greans Hüatl hat er auf mit an Gamsbart und grad vaweg'n schaug'n kon er. Den hamm S' gwiss schon g'sehg'n. *(Von Scheibler wendet sich sehr unwillig ab und hält seine Zeitung vor.)*

Filser (zu Stüve) Is er Eahna nix bekannt, da Kötzinger Jakl?

Stüve (lacht) … Sie sprechen … hm … ha … ha … mit mir… hm … ha … ha … was?

Filser In Raisting hat er an Hof, a vierz'g Tagwerk umanand, a drei Ross', oba er handelt in da Gegend, mit dem vodeant er si 's mehra Geld, der Lump, der o'drahte.

Stüve (jovial) Nee … wie … was?

Filser Wia'r er a Kuah mög'n hätt, waar i der Ehrenmo g'wen, net? G'rad schö hot a ma to. Siechst, sagt a, du hoscht halt a Viech beinand, sagt a, dass ma Reschpekt hamm muaß, hat a g'sagt. Und jetz, hosch g'hört, kam er gor daher mit da Garatie. *(Er spricht immer lauter.)*

Stüve Hm … ha … ha … Das is großartig!

Filser (schreiend) Wos?, sog i! Vier Lita, sog i! Du Leutbetrüaga, du ganz hundshäutena, hab i g'sagt! Schamst di du gor it,sag i, hat d'Kuah an Auta wia'r a böhmische Kindsamm …

von Scheibler (energisch) Jetzt verbitte ich mir das aber!

Filser Han?

von Scheibler Jawohl! Wir sind hier nicht im Wirtshaus! Gehen Sie zu Ihresgleichen, aber nicht hier herein!

Filser (kleinlaut) Ja, nix für unguat, aba dössell derf ma do sag'n, was wahr is.

von Scheibler Ach was! *(Hält die Zeitung ostentativ vor sein Gesicht.)*

Filser (deutet mit dem Daumen auf Scheibler und spricht

leise zu Stüve) Vielleicht is er bekannt mit'n Kötzinger Jakl? Da'r a nix auf eahm kemma lasst?

Stüve Hm … ha … ha … hm! Der Kerl is großartig … was?

Filser Na, der is so großartig net. *(Hält sich die Hand vor den Mund und flüstert)* Lass'n S' Eahna mit dem it ei! An ausg'schamta Bazi is a, dös derfa S' g'wiss glaab'n.

Stüve Hm … ha … ha … Sie! Sagen Sie mal, haben Sie sich heute schon ordentlich begossen?

Filser Wia?

Stüve (macht die Geste des Trinkens) Feste? Was?

Filser A Maß beim Untawirt und oans bein Obawirt und an etla Halbi bein Rösslwirt, nacha wer' all's beinand sei.

Stüve (jovial) Sagen Sie mal, wie kommen Sie sich hier vor?

Filser Wo i fürikimm?

Stüve Tja?

Filser Ja, vo Mingharting kimm i füri …

Stüve Ich meine, wie es Ihnen hier gefällt?

Filser G'fallt? *(Stüve nickt.)* Ja, braucht ma scho it g'falln. I bleib it do, i kimm scho wieda außi.

von Scheibler (hinter seiner Zeitung vor) Hoffentlich bald …

Filser Han?

von Scheibler (die Zeitung absetzend, mit scharfer Betonung) Hoffentlich – bald!

Filser (zu Stüve, indem er die Hand vorhält) Sie, der is bekannt mit'n Kötzinger Jakl. Dös spann i guat. *(Filser schielt misstrauisch auf Scheibler hinüber; Stüve gähnt und zieht die Uhr.)*

von Kleewitz Lo!

Frau von Kleewitz Süßer!

von Kleewitz Maus!

Filser (wendet sich Kleewitz zu) Han? Ham Sie mi g'moant?

119

von Kleewitz (sehr kurz) Nee. *(Sieht weg, zum Fenster hinaus. Kleine Pause. Stüve gähnt wieder; Filser gähnt laut nach.)*

Filser (gähnend) Ja, dös is was. Vier Lita Milli, sagt a. Garatie, sagt a.

Stüve Nu hören Sie mal auf mit Ihrer Kuh! *(Klopft auf den Korb Filsers)* Da haben Sie Eier drin? Nich?

Filser Oar hon i, ja.

Stüve Die werden 'n bisschen teuer, was? Wenn Sie hier erster Klasse fahren?

Filser Na – na!

Stüve Ich kenn euch. Ihr denkt einfach, in der Stadt müssen sie bezahlen, was ihr verlangt.

Filser De koscht'n gar nix.

Stüve Nanu!

Filser Weil i s' selm friss.

Stüve Weil … hm … ha … ha … na Mahlzeit! Vielleicht steigen Se ooch im Hotel erster Klasse ab und essen die Eier an der Table d'hôte? … *(Zu den anderen)* Der Kerl is großartig! *(Filser zieht eine Zigarre aus der Tasche und beißt die Spitze ab.)*

Stüve Hören Sie mal, da trinken Sie auch gehörig Bier zu den Eiern?

Filser I trink's aa ohne Oar.

Stüve Wie? Ohne …

Filser (nimmt Zündhölzer aus der Tasche) Oar.

Stüve Das glaube ich! So een Mossl nach dem andern?

Filser Freili nachanand; auf oamal net. *(Filser will die Zigarre anzünden.)*

Frau von Kleewitz (erregt) Fred!

von Kleewitz Lo!

Frau von Kleewitz (hält sich ihr Taschentuch vors Gesicht)
Der Mensch raucht!

von Kleewitz (zu Filser) Sie! Das geht nicht!

Filser Was?

von Kleewitz Solche Zigarren raucht man hier nicht.

Filser Warten S' no, bis s' brennt; de Ziehgarn hat sechs
Pfenning kost.

Frau von Kleewitz Ich will aussteigen!

von Kleewitz Ich dulde nicht, dass Sie rauchen!

von Scheibler Das verbitten wir uns!

Filser Hö! Hö! No net so gach! *(Schiebt die Zigarre wieder
ein. Zu Kleewitz)* I will it, dass S' Vadruss hamm vo da Frau.
Bal de amal o'fangen, hörn s' as Garez'n so g'schwind nimmar auf.

von Kleewitz Das möchte ich Ihnen auch raten.

Filser (zu Stüve) 's Garez'n bal s' amol ofanga, geht koan
End nimmar her. I kenn's ja z'guat!

Stüve Wie sagen Sie?

Filser Es is überall'n des Gleiche. Am Land und in da Stadt.
Bal si amal oane was einbild't, bringst as nimma weg. Mi
hätt ja der Herr bedauert.

Stüve Is auch besser, dass Sie Ihre Stinkadores wieder ein-
gesteckt haben.

Filser Kenna Sie s' scho vor'n Raacha?

Stüve Das ist Kartoffelkraut.

Filser San S' g'wiss a Preuß, weil S' d' Kartoffi so schnell
kenna?

Stüve Na, schimpf'n Sie nicht über Preuß'n, von uns könnt
ihr bloß lernen.

Filser I schimpf ja net.

Stüve Wenn ihr nur so wärt.

Filser I sag grad, dass ös enka G'wachs glei kennt habts.

Stüve Das kann ich Ihnen sagen, unsere Leute sind 'n bisschen heller.

Filser Enka G'wachs glei kennt habts.

Stüve (ebenso) Ein bisschen heller und fleißiger.

von Scheibler (mit Nachdruck) Und nüchterner.

Filser Han?

Stüve Und die lernen noch was dazu …

Filser Werd scho Not sei.

Stüve Die streben vorwärts, das kann ich Ihnen sagen.

Filser Ja, is denn dös gar so hart, 's Kartoffibau'n?

Stüve Kommen Sie nur mal zu uns rauf und lernen Sie was.

Filser I ko ma scho gnua.

Stüve (zieht den Katalog, auf dem Filser sitzt, unter ihm weg und zeigt ihn) Haben Sie das schon gelesen?

Filser Jetzt net.

Stüve (blättert im Katalog) Prospekt von Gebrüder Klausing in Neuruppin. Abteilung Futtermittel. Na, mit was füttern Sie Ihre Kühe?

Filser (lacht gemütlich) I? Ja, mit koane Leberknödel net.

Stüve Ich wette, Sie haben keine Ahnung, wie viel Trockensubstanz Sie geben müssen.

Filser (gemütlich) Da woaß i gar nix.

Stüve Und die Futternorm von Professor Schulze kennen Sie ooch nicht. Protein plus Amide plus Fett?

Filser Mi hol'n 's Fuatta vo da Wies'n, aba net aus der Apothek'n.

Stüve Ihr seid nicht rationell, Kinder, das is es! Ihr glaubt immer, was euer Großvater gefüttert hat, is heute auch noch richtig.

Filser Warum nacha net?

Stüve Warum nich?

Filser Ja?

Stüve Weil's ne andere Zeit is! Weil wir die kolossalen Erfolge der Wissenschaft haben!

Filser Was geht denn dös de Küah o?

Stüve Sehr viel, Verehrtester.

Filser Und de Küah müassen jetzt was anders fress'n?

Stüve Allerdings.

Filser Warum fressen nacha Sie dös Nämliche wia Eahna Großvata?

Stüve Ich?

Filser Ja. Oder fressen Sie auf oamal was anderst's?

Stüve Wissen Sie was? Ich gebe Ihnen den Prospekt mit; vielleicht geht Ihnen dann 'n Licht auf.

Filser Geh?

Stüve Ihr wollt alle nischt lernen. Die Erfahrung habe ich hier hundertmal gemacht. Darum seid ihr noch so zurück.

Filser Wia is na dös, dass ös in Preiß'n allaweil inser Viech kaffts?

Stüve Wir?

Filser Ja, ös. Aba dös hat ma no nia g'hört, dass vo Preißen a Viech zu ins abakimmt.

Stüve Hm … ha … ha … was glauben Sie? Mehr wie genug!

Filser Ja – zwoahaxete. *(Er lacht von nun an bei jedem Wort, das Stüve spricht.)*

Stüve Ihr mit euern plumpen Witzen! Lernen Sie was, das ist klüger. Kennen Sie Kartoffelschlempe? Melasse? Torfmehlmelasse?

Filser Und dös fressen s' bei enk all's?

Stüve Hätten Sie nur 'ne Ahnung davon!

Filser Dös siech i scho; in Preiß'n möcht i net amal als a Kuah sei.

Stüve Vielleicht als Ochse?

Filser Erst recht net; ha hätt i Nahrungssorg'n, weil's z' viel gibt ... Oh!

(Der Zug hält. Der Schaffner schreit.)

Schaffner Hinta–ding–harting! Hinta–ding…harting!

(Man hört die lauten Stimmen von singenden Bauernbur-schen und die Klänge einer Ziehharmonika.)

Einsteig'n! Sakerament! Machts a bissel g'schwinder! *(Der lärmende Gesang wird immer lauter.)*

Fünfte Szene

Filser Was gibt's jetzt da heut? *(Er steht auf und stellt sich breit vors Fenster, die Hinterfront gegen die Passagiere.)* Da ruck'n Rekrut'n ei ... *(Der Lärm dauert fort.)* Jessas, da is ja da Gsottmoar! *(Schreit)* Festl! Gsottmoar! Hö! Gosttmoar! *(Er pfeift durch die Finger.)* Festl! Da geh zua-wa!

Gsottmaier (hinter der Szene) Was is? Ah! Da Sepp!

Filser Da geh no eina!

Gsottmaier (hinter der Szene) Wo eini?

Filser Do eina! Geh no her, sog i! *(Filser geht vom Fenster weg und setzt sich. Am Fenster erscheint Sylvester Gsott-maier.)*

Gsottmaier (sehr laut und fröhlich) Bischt do, du plattata Mistgablbaron? Du g'schneckelta Englända?

Filser (ebenso lustig lachend) Du Haderlump, du ganz miserabliger!

Gsottmaier Du Bazi, du luftg'selchta!

Filser Mach no, dass d' einakimmst, Festl!

Gsottmaier Do eina?

Filser Platz gnua! San ma recht zünfti!

Gsottmaier Was tat denn i bei de Großkopfet'n?

Filser Bin i aa do!

Gsottmaier Du g'hörst scho dazua! *(Dieses ganze Zwiegespräch ist sehr laut geführt worden.)*

von Scheibler (hat die Zeitung zornig zusammengelegt und ruft wütend) Muss man sich hier alles bieten lassen?

Schaffner (hinter der Szene) Herrgottsakrament! Steig amal ei!

Gsottmaier Da kon i net eina!

Schaffner (hinter der Szene) Jetzt is koa Zeit mehr! Rei, sag i! *(Er reißt die Türe auf, schiebt Gsottmaier ins Kupee und schlägt die Türe heftig zu. Dann pfeift er und sofort setzt sich der Zug in Bewegung.)*

Gsottmaier Herrschaftsseit'n, da waar i jetzt!

Filser (lacht) Bei die Großkopfert'n. Hock di no hi!

Gsottmaier Mit Erlaubnis. *(Setzt sich zu Stüve.)* Soo! *(Rückt den Hut.)* Herrschaftsax'n no amal.

Filser Jetzt bist in den recht'n Viechwag'n drin.

Gsottmaier Und di verroll'n s' wieda in d' Stadt?

Filser Freili!

Gsottmaier In denselb'n Stall, wo s' d' Maul- und Klauenseuch ham?

Filser D' Maulseuch scho' a weng. *(Beide lachen.)*

Gsottmaier Hat di dei' Alte recht g'lobt, wiasd' fort bist?

Filser Ja, sie hat ma a guat's Zeugnis geb'n.

Gsottmaier Übern Fleiß?

Filser Do warscht du a nimma fleißi. *(Beide lachen.)* Zahnt hat s' wie a Hausmoda.

Gsottmaier Und hat da d' Federn ausg'rupft. Ja, dö kennt di halt, du Spitzbuab'nhäuptling.

Filser Du Schelchhauser … *(Beide lachen.)*

Gsottmaier Sie werd eahm denka, dass dir a schönere unterkam in der Stadt.

Filser Koa schiachere g'wiss net.

Gsottmaier Wo Holz dahoam is.

Filser Dös leicht brennt.

Gsottmaier Nimm di fei z'samm'! Ös habts jetzt a schlechte Zeit.

Filser Mir?

Gsottmaier Jetzt kimmt oana fei mit an Muattamal auf.

Filser A Kreuz is' scho. *(Beide lachen.)* Wo's eppa g'we'n is?

Gsottmaier Unterm Krawattl amal g'wiss.

von Scheibler (räuspert sich, dann scharf zu Filser) Sie!

Filser Han?

von Scheibler Davon unterhält man sich nicht!

Filser Ah so?

Gsottmaier (zu Filser) Was hat er?

Filser I sag dir's nacha scho. *(Ruhiger)* Hast a G'schäft in da Stadt?

Gsottmaier (kratzt sich hinter den Ohren) Ja, aba koa schön's net.

Filser Wia nacha dös?

Gsottmaier In meiner Milli hätten s' a Wassa g'fund'n, hat ma da Speckmoar g'schriem, und dös kimmt ma g'spaßig für.

Filser (lacht) Mir net.

Gsottmaier So, moanst?

Filser (lacht) Du o'drahter Spitzbua! In deiner Milli ver-reckat no lang koa Fisch! *(Lacht herzhaft.)*

Gsottmaier (stimmt ebenso lustig ein) Und in der dein loa-chen d'Frösch! *(Patscht sich auf die Knie.)*

Filser Macht nix! G'suffa werd s' do!

Gsottmaier O du elendiga Habafeldtreiba! Du ganz ausg'schamta! *(Beide lachen unbändig zusammen. Von Scheibler sieht sie indigniert an.)*

Gsottmaier Da Kötzinger Jakl hat ma's scho vazählt, wias d'n ausg'schmiert host.

Filser I – eahm?

Gsottmaier Um hundert Mark guatding.

Filser I – eahm?

Gsottmaier Du eahm, ja! Du Heiliger, du ganz g'spaßiger! *(Beide lachen wieder unbändig.)*

Filser Ah! So was! *(Zwinkert ihm mit einem Auge zu und lacht wieder.)*

Gsottmaier I bin ma schlauch gnua, hat a g'sagt, aba der is no da größer Lump, sagt a, und schaug'n kon er wia'r a Schwaiberl, bal er oan ausschmiert.

Filser I – eahm?

Gsottmaier Ja, du.

Filser A Herrschaft! Ah! Ah! *(Lacht.)*

Gsottmaier Mei Liaba, da hast Zeit g'habt, dassd' eahm net unterkimmst, der haut di brav her.

Filser Er – mi?

Gsottmaier Dö hundert Mark haut er dir aba, hat er g'sagt, drei Stecka müass'n hin wer'n, sagt er, und bal zehn Mi-nischter daneb'n stengan, sagt er, dös is eahm ganz Wurscht und er lasst di rum, dassd' am Leb'n verzagst.

Filser Er mi?

Gsottmaier Ja!

Filser Nach'm Handl schimpft oana gern. Und überhaupt kam er jetzt mit der Garatie daher und i hab ja gar koa Garatie durchaus gor it geb'n.

Stüve Er spricht schon wieder von seiner Kuh … hm … der Kerl ist großartig.

Gsottmaier Wia host denn dös g'macht, dass de Kuah so a groß' Auta g'habt hot?

Filser Is lauta Natur! *(Er zwickt das linke Auge zu; Gsottmaier ebenso. Beide lachen um die Wette.)*

Gsottmaier Wia hoscht denn dös g'macht?

Filser (schaut bedeutsam auf Scheibler hinhüber und zwinkert Gsottmaier zu) I woaß gar it, was du moanst.

Gsottmaier Du Plana, du abscheilinga!

Filser Pass auf! I vazähl da amol was! *(Beide lachen.)*

Filser Wo hat's denn nacha dir in dei Milli einig'regn't? Han?

Gsottmaier Da hoscht Recht! Es muaß aa einig'regn't hamm.

Filser Freili.

Gsottmaier Wia kam denn sinscht a Wassa eini? *(Er zwickt das linke Auge zu; Filser ebenso; beide lachen um die Wette.)*

Filser Lacha müaßt i, bal s' di amal schö dawischat'n. *(Legt die Handgelenke übereinander.)* Kaffts Radi!

Gsottmaier Aufs Kohl, hoscht g'hört?

Filser Gsottmoar! Gsottmoar! Lass di vermahnen. Unrecht Guat gedeiht net! *(Lacht gemütlich.)*

Gsottmaier Dös mirkst da.

Filser Du Wassakünstla, du ausgschamta! *(Beide lachen.*

128

*Von Scheibler hat schon während des ganzen Gespräches
Unruhe und Indignation gezeigt; platzt jetzt los.)*

von Scheibler Ich würde mich schämen mit so etwas zu
prahlen.

Filser Han?

von Scheibler Mit Milchpantschen zu prahlen!

Gsottmaier I?

Filser Mir?

Gsottmaier Ja, was waar denn jetzt dös!

Filser Bal mir insere G'spaß hamm, bekümmert dös koan
andern durchaus gor it.

von Scheibler (sehr gereizt) Ich bin Beamter; merken Sie
sich das!

Gsottmaier Ah so!

von Scheibler In meiner Gegenwart reden Sie nicht von
strafbaren Handlungen!

Filser Strafmassi? Wo is denn er strafmassi?

Gsottmaier Dös muaß si erscht aufweis'n.

*(Von Scheibler wendet sich unwillig ab und schaut in seine
Zeitung.)*

Filser (zu Gsottmaier) Pass auf! Hast g'hört … *(hält die
Hand vor)* … da Kötzinger Jakl und … *(deutet heimlich mit
dem Daumen auf Scheibler)* und … vastehst mi scho? I
glaab, dass do a Freundschaft vorhand'n is.

*Gsottmaier (deutet heimlich mit dem Daumen auf Scheib-
ler)* Er … und da Jakl? *(Filser nickt zustimmend.)* Freund' –
sagst d'? *(Filser nickt. Gsottmaier pfeift durch die Zähne.)*
Ah, jetza! Z'weg'n dem is er belzi?

Filser Freili. Was is denn? Hoscht heut koan Schmai net?
(Gsottmaier zieht aus der Rocktasche sein Schmalzlerglas)
Hau a Pris her! *(Er nimmt das Glas und haut sich eine Prise*

auf die Hand. Während er schnupft, sieht ihn Frau von Kleewitz entsetzt an.)

Frau von Kleewitz Fred!

von Kleewitz Lo!

Frau von Kleewitz Es ist fürchterlich! *(Sieht durch ihr Lorgnon die zwei Bauern an.)*

Gsottmaier (zu Filser) Lass da sag'n, du kunnt'st mir an G'falln toa z'weg'n dera Sach da!

Filser Z'weg'n da Milli?

Gsottmaier Ja. Sagst d'as halt de Großkopfet'n, dass ma für'n Reg'n nix ko.

Filser (lacht gemütlich) Dass ma den Bauernstand schützen muaß.

Gsottmaier Freili. *(Lacht gemütlich.)*

Filser Muaß i halt an Schirm aufspanna über di? Du ganz schelcher!

Gsottmaier Dass i net nass wer. *(Lacht herzhaft.)*

Filser Liaba d' Milli! *(Beide lachen wieder laut und herzlich.)*

Gsottmaier I sag's allawei, es is guat, dass ma di drin hamm. Du kennst di aus.

Filser Auf d' Lumperei, moanst?

Gsottmaier Na, lass da sag'n, ohne G'spaß. Du bischt a Mann.

Filser (lacht gemütlich) Jetzt lobst d' mi? Gell?

Gsottmaier I muaß di scho lob'n, weilsd' a richtiga Mo bischt. I lass nix auf di kemma, lass da sag'n, und bal de andern aufdrahn, na bin i scho do! Vastehst?

Filser I vasteh di scho.

Gsottmaier Gell?

Filser I hör di scho geh'. Du Schwammerling.

Gsottmaier Du Spitzbua, du o'drahta! *(Beide lachen sehr laut.)*

Stüve Sagen Sie mal, Sie unterhalten sich famos? Was?

Gsottmaier Han?

Stüve Ich spreche doch selbst sehr gut bayer'sch, aber ich habe noch nich rausgebracht, warum Sie so lachen.

Gsottmaier Weil mi halt 's Leb'n g'freut.

Filser (zu Gsottmaier) Pass auf, lass da sag'n. Den Herrn hamm s' obag'schickt, dass a de preißisch Ökonomie ei'führt.

Gsottmaier Von ob'n aba?

Filser Jo.

Gsottmaier Da wern d' Küah lacha.

Stüve In 'n paar Jahren wird's Ihnen allen 'n bisschen dämmern.

Gsottmaier Na werd's Tag, moanen S'!

Filser Drum krah'n de Preiß'n scho a so.

Stüve Aber vorläufig is es Nacht im schwarzen Bayern.

Gsottmaier Ah, den schaug o!

Filser Nacht is bei ins?

Stüve Nich zu knapp! Hm … ha … ha … hm!

Filser Nacha müäßts ös Nachteul'n sei, weils so fleißi umanandafliegts bei ins.

Gsottmaier Und überall'n a Fuatta find'ts. *(Filser und Gosttmaier lachen laut.)*

Stüve Das ist lustig, was? Wenn man so intellijent ist? *(Die beiden lachen noch lauter.)*

Gsottmaier Ah, do legst di nieder!

Stüve (ärgerlich) Das kann ich Ihnen sagen: 's Pulver habt ihr hier nicht erfunden.

Filser Ös habts aa bloß an Schwefl dazua hergeb'n. *(Erneutes Lachen.)*

Stüve (ärgerlich) Blöken könnt ihr, sonst nischt. Wenn ich bei uns mit 'n Landbewohner spreche, das ist was anderes.

Gsottmaier Ah?

Stüve Da weeß heute jeder, wie viel's geschlagen hat.

Filser Ös habts halt recht laute Glock'n. *(Neues Lachen.)*

Stüve (ärgerlich) Wenn 'ch hier zu eenem sage, er soll mal 'n bisschen modern sein … du lieber Gott!

Filser Glaabt er nix.

Stüve Oogen macht er – so groß. *(Zeigt es und zieht die Brauen hoch.)*

Gsottmaier Braucht's scho, sunst siecht er über dös groß Mäu net umi.

Stüve (sich steigernd) »Modern!«, sagt er. »Modern! *(Macht den Dialekt nach)* Ist tös was zum Ess'n?«

Filser Dös glaabt neamd.

Stüve Hm?

Filser Wenn's was zun Ess'n waar, gebats as ös net her. *(Gsottmaier schlägt sich auf die Knie und lacht.)*

Gsottmaier Lass net aus, Seppi!

von Scheibler (zu Stüve) Warum geben Sie sich Mühe? Den Leuten werden Sie nie was beibringen.

Stüve Die Erfahrung habe ich nu schon lange gemacht.

Filser Hamm S' gar koan Glaab'n g'fund'n? *(Auf Gsottmaier deutend)* Probiern S' as amal bei eahm!

Gsottmaier Na, mei Liaba!

Stüve Was is mir das egal! Is ja nur euer Schaden!

Filser (gibt Gsottmaier den Katalog Stüves) Do ko'st jetzt deine Küah auf Lateinisch fuattern. Brauchst koa Heu aa nimma.

Gsottmaier Ah, dös kenn i guat. Inser Bezirksamtmann möcht ins ja aa neumodisch macha.

Filser Der erst herkemma is? A Baron is a?

Gsottmaier Ja. Der wo d' Pletsch'n so hänga lasst. Und schiagln tuat er aa.

Filser I kenn an scho.

Gsottmaier Jetzt halt a Versammlunga ab, vastehst, zur Hebung der Viehzucht.

Filser Und lest's aus'n Büachi außa.

Gsottmaier Bei mir is er in Stall g'wen und is eahm glei d' Brill'n o'glaffa und wischt as mit'n Schneiztüachi o und sagt er *(er macht affektiert Hochdeutsch nach):* »Hier«, sagt er, »hat es nicht den richtigen Temperatur«, sagt er, »dieser Stall ist zu warm.« Ah was, sag i, meine Küah hamm ja koa Brill'n. Für de is' scho recht. *(Filser und Gsottmaier lachen wieder sehr laut.)*

von Scheibler Wenn Ihr Bezirksamtmann ...

Filser (unterbricht ihn) I kenn s' guat, de sell'n. *(Lacht.)*

Gsottmaier (affektiert wie oben) »Hier hat es nicht den richtigen Temperatur«, sagt er und wischt oiwei 's Glasl o. Ah, sag i, meine Küah hamm ja koa Brill'n. *(Lacht ausgelassen mit Filser.)*

von Scheibler Wenn Ihr Bezirksamtmann dafür sorgt ...

Filser (unterbricht ihn) Bei'n Oktobafest laffas' umanand mit die Schiffhüat und weiße Handschuah, und bal s' a Kuah o'rüahr'n, schaug'n s' hi, ob s' net o'farbt.

Gsottmaier Und balsd' an Ochs'n an Schwoaf aufhebst, schaug'n s' weg.

Filser Weil's eah'r graust. *(Beide lachen, dass ihnen der Atem ausgeht.)*

von Scheibler Wenn Ihr Bezirksamtmann sich um die Viehzucht kümmert ...

Gsottmaier (unterbricht ihn) Da drucka s' d' Aug'n zua.

Filser 's letzt Mal is oana von Ministeri dabei g'wen, a ganz a g'wappelter, und schaugt mein Ochs'n o und nacha sagt er: *(affektiert hochdeutsch)* »Disses Tier«, sagt er, »hat ein schönes Oiter«, sagt er, »wie viel gibt es Mülch«?

Gsottmaier (lachend) Dei Ochs?

Filser Ja, sog i, melka S' 'n amal, nacha wern S' as scho sehg'n, was er für a g'spaßige Milli gibt. *(Beide lachen wieder ausgelassen.)*

Gsottmaier Der hätt gschaugt ... ha ... ha ... ha ... ha!

Filser (wie oben) Disses Tier hat ein schönes Oiter ... ha ... ha ... ha!

Gsottmaier (hat ein großes rotes Taschentuch herausgezogen und schnäuzt sich) Zur Hebung der Viehzucht! Ha ... ha ... ha!

Filser (lärmend) Geh, hau a Pris her! Du Fei'spinna!

Gsottmaier (ebenso; indem er das Schmalzlerglas hinüberreicht) Da hoscht'n, du Tropf, du eiskalta! *(Filser haut sich eine Prise auf die Hand und schnupft.)*

Frau von Kleewitz Fred!

von Kleewitz Lo!

Frau von Kleewitz Es ist schauderhaft!

Filser Disses Tier hat ein schönes Oiter ... ha ... ha ... ha ...

von Scheibler Jetzt bitte ich mir endlich mal Ruhe aus! Wir sind hier nicht im Wirtshaus!

Gsottmaier An Unterhaltung is überall'n erlabt.

von Scheibler Solche nicht.

von Kleewitz Ich danke dafür.

Stüve Und ich ooch.

von Scheibler Ich werde überhaupt kontrollieren lassen, ob Sie erster Klasse fahren dürfen.

Gsottmaier I zahl mei Sach scho.

Filser Eahna bekümmert's do nix!

von Scheibler Das werden wir dann schon sehen. Und Ihre Wirtshauswitze dulden wir einmal nicht.

Stüve (zu Scheibler) Bei uns kommt so was nicht vor, dafür garantiere ich Ihnen.

Filser Jetz wer i aba belzi. Was is denn fürkemma bei ins? Überhaup's is dös mei Freund *(auf Gsottmaier deutend)*, und bal mir dischkrier'n, geht dös neamd durchaus gar nix o.

Gsottmaier Und beleidigt hamm mir überhapts neamd.

von Scheibler Jawohl haben Sie …

Filser (schreiend) Dös is it wohr, sag i. Mir hamm insere Spaß g'habt und nacha is' gar. Und überhaup's is dös mei Freund …

Gsottmaier (schreiend) Und beleidigt hamm mir gar neamd.

von Scheibler (ebenfalls lauter) Sie haben mich beleidigt. Ich bin selbst Beamter, ich bin selbst im Ministerium …

Filser (schreiend) Dös hab i net schmecka kinna und überhaupt bekümmert mi dös gar nix.

Gsottmaier (schreiend) Und woana werd ma'r aa net müaßen, wanns ös glei d' Ochsen melka wollts.

Filser Und überhaupts bekümmert mi dös gar nix!

von Scheibler Das wollen wir sehen.

Frau von Kleewitz (kreischt) Um Gottes Willen! Fred! Fred! *(Klammert sich an Kleewitz an.)*

von Kleewitz Lo!

Frau von Kleewitz Die Menschen werden tätlich.

Filser (immer noch schreiend) Dös waar guat! Wann i mit an Freund dischkrier, müaßt i mir Grobheit'n mach'n lass'n. *(Steigert die Stimme)* Und um koa Minischteri bekümmer i mi durchaus gar nix.

Gsottmaier Aba scho gar nix. *(Der Zug hält.)*

von Scheibler (springt erregt ans Fenster und schreit hinaus) Zugführer! Schaffner! Zugführer!

Sechste Szene

Schaffner (außen) Trudering! Tru–der–ing!

von Scheibler Zugführer!

Zugführer (hinter der Szene) Glei! Glei!

Schaffner (außen) Tru–der–ing!

Zugführer (erscheint am Fenster) Wünschen Herr Ministerialrat?

von Scheibler (erregt auf Gsottmaier und Filser deutend) Wie kommen die beiden Menschen in erste Klasse? Ich verlange …

Zugführer (will Scheibler beschwichtigen und winkt mit der Hand) Pst! Pst!

von Scheibler Ich verlange, dass Sie kontrollieren.

Filser (schreiend) Kontrollier no grad!

Zugführer Herr Ministerialrat …

von Scheibler Ich verlange es auf der Stelle.

Zugführer (hält die Hand vor den Mund; sehr eindringlich) Herr Ministerialrat … dös is ja der Herr Abgeordnete Filser.

von Scheibler (erschrocken) Wa…?

Zugführer Ja!

von Scheibler (räuspert sich stark) Hem! Ja … ich danke … ich danke. *(Der Zugführer ab. Die Rekruten hinter der Szene singen ein Lied.)*

(Von Scheibler setzt sich verlegen nieder.)

Stüve Was is nu mit der Kontrolle?

von Scheibler Es ist in Ordnung.

Stüve Wieso in Ordnung?

von Scheibler Es ist in Ordnung, sage ich Ihnen.

Stüve Er hat aber doch nich …

von Scheibler (ärgerlich) Was kümmert denn das mich? Überhaupt *(auf Gsottmaier und Filser deutend)*, wenn Sie sich mit den Herren unterhalten, müssen Sie sich gefallen lassen, dass sie Ihnen antworten.

Stüve Sie finden, dass … äh … dass …

von Scheibler (sehr bestimmt) Ja. *(Der Zug setzt sich in Bewegung. Pfeifen. Die Rekruten singen noch lauter wie vorher.)*

Rekruten
    Ring hamm ma'r aa
    An die Finga,
    Mir san de luschtinga
    Truderinga!

Stüve Sie finden … jetzt, dass … äh … diese Leute …

von Scheibler Ach, lassen Sie mich zufrieden! Die Herren wollen doch gar nichts von Ihnen. *(Kleine Pause. Gsottmaier pfeift leise durch die Zähne und zwinkert Filser zu. Filser antwortet ebenso.)*

von Scheibler (räuspert sich; zu Filser) Ich möchte … hem … den Herren sagen, dass ich … hem … den Irrtum von vorhin … hem … bedaure … Es war … hem … wirklich nur 'n Irrtum …

Filser (gemütlich) Nix für unguat! Mir hamm halt a bissel insern G'spaß g'habt …

von Scheibler Nu, natürlich!

Filser Und beleidinga hamm mi Eahna gar it woll'n.

von Scheibler Das weiß ich doch …

Filser Also nacha hamm mir anand nix in übi.

von Scheibler (freundlich lächelnd) Aber durchaus nicht!

Gsottmaier Mi san halt Bauern, net? Und bal mir aa net so fein daherred'n kinna als wia d' Stadtleut, net, desweg'n san mir do richtige Leut, net?

von Scheibler Es schätzt niemand den Bauernstand höher wie ich …

Gsottmaier (sein Schmalzlerglas ziehend) No also, nacha! Mög'n S' aa'r a Pris?

von Scheibler Ich will's mal versuchen. Ist es Schmalzler, nich wahr?

Filser A guata! Nummera oans! *(Scheibler versucht Tabak auf die Hand zu schütten.)* So … a paar Mal hi'haun und jetzt aufi damit! *(Scheibler schnupft.)*

Stüve (sich anbiedernd) Vielleicht lassen Sie mich auch mal probieren.

Gsottmaier No, gengan S' halt her, Sie Preiß! *(Er schüttet Tabak auf Stüves Hand.)* Sie bringan dös Eahna Lebtag it z'samm!

Stüve (zu Scheibler) Die Leute sind eigentlich ganz gemütlich. *(Er schnupft.)* Furchtbar harmlos.

von Scheibler Wissen Sie das erst seit heute?

Stüve Na … ich meine nur … hm … ha … ha … hm … man versteht ja nich jedes Wort … äh …

von Scheibler Dann müssen Sie sich eben bemühen den Dialekt zu verstehn …

Stüve Ich spreche ja ganz gut bayer'sch, aber hm … ha … ha …

Filser (zu Scheibler) Lass ma's guat sei; er red't halt aa, wia'r er's vasteht.

138

Gsottmaier Er muaß ja a scharf's Mäuwerk hamm, sinscht vakafft er ja gar nix!

Stüve Vielleicht mach'n wir noch 'n Geschäft zusammen?

Filser Na – na! Und bal i möcht, mög'n meine Küah net.

Gsottmaier No, oa Kaibl hätt' i; dös plärrt an ganz'n Tag. Dös kunnt'n ma vielleicht zu an Preiß'n macha. *(Filser und Gsottmaier lachen herzhaft; von Scheibler stimmt ein; auch Stüve lacht.)*

Frau von Kleewitz Fred!

von Kleewitz Lo!

Frau von Kleewitz Verstehst du das?

von Kleewitz Nee!

von Scheibler (zu Filser) Die Parlamentssession geht schon morgen an?

Filser Freili, regier'n ma wieder amal; in d' Händ g'spieb'n is schon. Woll'n ma halt schaug'n, was S' für a Fleißbillett kriag'n im Ministeri.

von Scheibler (jovial) Wir werden uns gut verstehen.

Filser Ja, mei Liaba, a bissl streng müass'n ma scho sei. G'rad dass a Reschpekt vorhanden is.

von Scheibler (verlegen lachend) Nu ja … hm … hm … nu … ja!

Filser (jovial) No, mir san scho z'fried'n mit'n Ministeri; sie tean ja, was ma woll'n, aba luck lass'n derf ma halt do net, sinscht kunnt'n s' oan auskemma.

Gsottmaier Du werscht wieda was z'sammregier'n, du Hoderlump, du abscheilinga!

Filser So regiern ma scho, dass ös brav zahl'n müassts.

Gsottmaier Dös ham ma g'spannt.

Filser No grad Steuern zahln, dass enk 's Geld net stinkat werd.

Gsottmaier (ernster) Du – du – Filser, lass dir sag'n; mit 'n Bier müassts staad toa, sunst derlebts was.

von Scheibler Das müsst ihr richtig verstehn – die Herren haben da keine leichte Aufgabe.

Gsottmaier (grob) Mir a net mit'n Zahln.

Filser (zu Gsottmaier) Pass auf, lass da sag'n: Mir halt'n scho zruck. *(Auf von Scheibler zeigend)* Aufbessert werd nix mehr.

Gsottmaier Hoffentli, dass ma net 's Hemad a no hergeb'n müaß'n für die Beamt'n.

von Scheibler (verlegen lachend) Mein lieber Mann …

Filser (einfallend) Nixi – nixi! Dös is gar wor'n. *(Reibt den Daumen am Zeigefinger.)* Da gibt's nix mehr.

von Scheibler (verlegen) Aber Herr Abgeordneter …

Filser (energisch) Aus is', sag i. Tuat ma Leid, aber i kann nix mehr genehmigen.

Gsottmaier (zu Filser) Jetzt g'fallst ma.

Filser Gell? Da kennst mi schlecht, balst moanst, i bin grad zum Jasag'n drin. Bal i amal nimma mag, is' gar wor'n, da bin i hart mit der Regierung.

von Scheibler (jovial) Na – Herr Abgeordneter …

Filser Nixi! Tuat ma Leid, aber ös habts scho gnua kriagt.

von Scheibler Sie haben ja vollkommen Recht …

Filser Dös hab i aa.

von Scheibler Kommen wieder alle Herren gesund zurück?

Filser G'sund und schö rausg'fress'n, die Pfarrer wern si wieder schö g'leibt hab'n.

von Scheibler Das hört man gerne.

Gsottmaier Jetzt kinnts wieda was aushalt'n.

Filser Brauchst scho a G'sundheit; zehn Monat lang nix wia dischkuriern.

Gsottmaier Müaßts halt guat schmieren, dass enk 's Mäu net hoaßlauft.

Filser Dös g'schiecht scho. No, a paar hamm ma schon dabei, dö konna net ausrinna. Bal dö anfanga, spitz'n s' im Ministeri, *(zu von Scheibler)* gelln S'?

von Scheibler Hm. Nun ja … hm … hm …

Filser (zu von Scheibler) Es san wieder oa scharf g'lad'n, hab i g'hört. Ös werds enk wieder z'sammanehma müass'n.

von Scheibler Nun ja … hm … hm …

Filser Dass' koan' reißt. Es hänga a paar Wetta umanand.

Gsottmaier Da stech'n dö Pfarrer …

Filser Wia die Weps'n.

von Scheibler Jedenfalls werden wir alle viel Arbeit finden.

Filser A bluatige Arbeit!

Gsottmaier Warum gehst denn nei, bal's di net freut?

Filser Ja, no, bals' oan braucha, ko'st d' aa net a so sei.

von Scheibler Das ist das richtige Wort!

Gsottmaier Geh, hör auf, Seppi! Du bischt ja grad froh, dassd' vo deiner Alt'n los bischt.

Filser No, eppas Guats muaß aa dabei sei! *(Beide lachen.)*

Filser Na, derfst as glaab'n, mi hamm viel z'toa. Heuer woll'n s' wieda a paar schpringa lass'n von Ministeri.

von Scheibler Wie?

Filser Dass a paar schpringa müass'n von Ministeri. *(Zu Scheibler)* Hamm S' nix vanumma?

von Scheibler (verlegen) Ich … äh – wüsste nicht, dass einer von den Herren amtsmüde wäre.

Filser Auf d' Müadigkeit kimmt's net o. Vo dera Arbet muaß oana oft bei da bescht'n Kraft weggeh'.

Gsottmaier Habts wieda was in Sinn, han?

Filser Na, na, i net. Und vielleicht, dass ma wieda gnädig is aa. De andern san aa ganz g'führige Leut – *(zu Scheibler)* dös müassen S' selm sag'n.

von Scheibler (verlegen) Ja – ja.

Filser Und bal ma siecht, das s' oan sein Will'n tean, nacha lass'n mir scho wieder red'n aa mit ins. Net?

von Scheibler Ja – ja.

Gsottmaier Aba a diam seids bäri auf de Großkopfet'n?

Filser Bal s' krauti wer'n, müaß' ma scho. No, da hoaßt's halt, schtaad sei oder schpringa.

Gsottmaier Da zahnan s'? Han?

Filser Ja, da wer'n s' katholisch! *(Beide lachen ausgelassen. Zu Scheibler)* A diam mög'n S' ins scho gar net, gell?

von Scheibler Hm … ja … wenn das Ihre Überzeugung ist …

Filser Na … na! A diam schaugn s' ins scho o üba d' Brill'n, dass ma's halt kennt: Beiß'n tat'n s' gern. *(Filser und Gsottmaier lachen, von Scheibler stimmt verlegen ein.)*

Gsottmaier Bal s' kunnt'n! Ha … ha … ha!

Filser Und net o'g'hängt waar'n! Ha … ha … ha! *(Der Zug hält. Man hört den Schaffner rufen.)*

Schaffner Ost–bahn–hof! Mün–chen Ost–bahn–hof!

Gsottmaier Halt! Da muaß i aussteig'n!

Filser I aa. *(Steht auf und pfeift durch die Finger zum Fenster hinaus.)* Aufmacha!

von Scheibler Das geht so auch. *(Er öffnet die Türe von innen.)* Lassen Sie nur, Herr Abgeordneter, ich reiche Ihnen die Sachen schon hinaus.

Filser Geh zua, Gsottmoar. *(Gsottmaier geht zuerst hinaus.)*

Gsottmaier 's Good beinand!

Filser Also, pfüad Good!

von Scheibler (während Filser hinaussteigt) Gut'n Tag! Adieu! Und nicht wahr, Herr Abgeordneter, der Irrtum …
Filser (sich umdrehend) Is scho recht. Dös hon i scho lang vagess'n. *(Er steht nun außen und spricht zum Wagen herein.)* Da drob'n waar mei Kuffa. *(Von Scheibler holt den Koffer mühsam aus dem Netz.)*
von Scheibler So! Hier ist er.
Filser Dank schö! Und san S' so guat, meine Oar!
von Scheibler (den Korb nehmend) Das sind die?
Filser De san's.
von Scheibler (den Korb vorsichtig hinausreichend) Hoffentlich ist keines zerbrochen.
Filser Auf oans gang's it z'samm. Dank schö. Also, pfüad Good!
von Scheibler Und nich wahr … den Irrtum …
Filser Ah was, dös bekümmert mi gar nix.
von Scheibler Dann adieu.
Filser (im Abgehen; schreit) Gsottmoar, halt a wengl. *(Die Rekruten, die auch ausgestiegen sind, singen lärmend.)*
Rekruten   Ring hamm ma'r aa
                An die Finga,
                Mir san de luschtinga
                Trudaringa!

Während des Gesanges fällt der Vorhang.

Heimkehr

Die Erzählung »Heimkehr« erweckt den Verdacht, dass Ludwig Thoma sich darin so manches von der Seele schreibt, was er selber am eigenen Leib erfahren hat müssen. Er tut zwar einiges, um dies zu verschleiern: Der aufstrebende junge Dichter in dieser Geschichte ist kein Bayer und sein Stück ist offenbar ein eher rührseliges Versdrama. Aber wenn man daran denkt, was Thoma in seinen »Erinnerungen« über die Aufführung seines Einakters »Die Medaille« 1901 in Berlin erzählt, kommt einem doch manches bekannt vor. Jedenfalls war das Stück in der Reichshauptstadt nur mäßig erfolgreich und Thomas anfängliche Berlin-Begeisterung legte sich nach seinen eigenen Aussagen relativ schnell.

Als sich der Vorhang gesenkt hatte, setzte im Hintergrund des Zuschauerraumes kräftiges Klatschen ein und pflanzte sich abgeschwächt bis in die ersten Reihen fort.

Ein junger, schwarz gekleideter Mann, dessen bartloses Gesicht im Lampenlicht bleich erschien, trat hinter der dritten Kulisse einige Schritte vor und verbeugte sich.

Er besaß nicht Gewandtheit genug, um auch nur die Nächstsitzenden im Publikum zu erkennen oder irgendwie in seiner Haltung Bedacht zu nehmen auf die abschätzenden und prüfenden Blicke, die durch Lorgnons und Operngläser auf ihn gerichtet wurden.

»Jung!«, sagte in gedehntem, genießendem Tone eine üppige Dame in der ersten Reihe, wobei sie die Augen beinahe schloss und den Neuling durch einen schmalen Spalt musterte.

Nicht weit von ihr legte sich ein wohlbeleibter Herr in seinem Stuhle zurück und starrte durch einen sehr großen Feldstecher unverwandt auf die Bühne.

»Provinz!«, sagte er, aber in der Äußerung lag Anerkennung, nicht etwa Geringschätzung.

Er war zufrieden und das gleiche Gefühl schien sich in dem Gemurmel der übrigen Zuschauer auszudrücken.

Der junge Mann hatte sich dreimal ohne Hast verbeugt, nach rechts, nach links, nach der Mitte zu.

»Runter! Runter! Was ist das für 'ne schlappe Manier?«, schrie hinter der Kulisse ein kleiner Mann, der die Arme halb erhoben hielt, wie um den Takt zu schlagen, indes er gespannt horchte.

»Auf!«, kommandierte er, als diesmal etwas dünner das Geräusch von Händeklatschen hinter die Bühne drang. »Auf!« Und den jungen Mann nach der Kulisse zu schiebend rief er sehr aufgeregt: »Machen Se doch raus! Rasch! Sie verderben sich ja den Erfolg!«

Der Dichter schien einen Augenblick zu zögern, was den Direktor veranlasste einen verzweifelten Blick nach oben zu richten und einen bis beinahe ins Publikum dringenden Schrei auszustoßen: »Mensch!«

Da schritt der junge Mann wieder hinaus vor die grellen Lichter, hinter denen ein riesiger schwarzer Raum gähnte.

Das Klatschen setzte stärker ein, als er erschien, und da verneigte er sich vor den Gönnern.

»Ganz frisch!«, murmelte wieder die Dame in der ersten Reihe und erhob sich.

Neben und hinter ihr folgten andere, Stühle klappten zurück, erst einige nacheinander, dann viele zugleich.

»Vorhang, Lüdecke! Oder Sie sind entlassen!«

Der Vorhang senkte sich rasch und wieder lauschte der Direktor, sprungbereit, mit weit geöffneten Augen.

»Auf!«, brüllte er, als diesmal zögernd, dann anschwellend, dann wieder aussetzend und im ganzen schwach geklatscht wurde. Noch einmal trat der Dichter vor und kam rasch zurück.

Der Direktor zeigte ihm ein verärgertes Gesicht und so fragte er: »Glauben Sie …?«

»Was glaube ich?«

»Dass es durchgefallen ist?«

»Es! Es! *Sie* sind abgefallen, nicht das Stück … Wenn Sie rausgehen wie 'n krankes Pferd! Vorspringen sollen Sie, eins … zwei! Wie 'n Löwe! Aber … na …«

Er dämpfte seine Stimme und sagte mit unheimlicher Ruhe: »Lüdecke!«

Der Mann trat auf ihn zu und er durchbohrte ihn mit einem Blick.

»Was sage ich immer? Was sage ich bei jeder Premiere?«

Pause. Und nun kam ein sehr starker Ausbruch: »Den Vorhang sollen Sie blitzartig heben und senken! Lasse ich mir das von Ihnen bieten, dass Sie jeden Erfolg ruinieren? Ich lasse es mir nicht bieten.«

»Enschuljen, Herr Direktor, aba …«

»Nichts aber! Zwei Hervorrufe könnten wir heute mehr haben …«

Der Dichter, der den Auftritt ernst nahm, wollte beschwichtigen. »Ich meine, darauf kommt es doch nicht so sehr an …«

»Junger Mann …« Der Direktor war kaum etliche Jahre älter, aber es tat ihm wohl, dies zu sagen; er wiegte sich in den Hüften und genoss die Wiederholung der Worte. »Junger Mann, ich will hoffen, dass Sie unser Hausdichter werden. Ich will hoffen, dass Sie noch häufig hier eine Uraufführung erleben. Wenn Sie aber mal *meine* Erfahrung haben, wenn Sie mal öfter im Feuer gestanden sind, dann werden Sie wissen, was ich weiß. Mit dreimal Vorhang gibt es nu mal nicht den großen Erfolg. Und wenn 'n Shakespeare oben steht. Sagen Se, ich hab's gesagt. Aber jetzt entschuldigen Sie mich.«

Der geschäftige Mann wollte wegeilen, blieb aber wieder stehen und sagte gütig: »In 'ner Viertelstunde erwarten Se mich im Büro. Wir wollen doch den Abend zusammen verbringen.«

Und dem Theaterarbeiter warf er noch einen fürchterlichen Blick zu. »Was ich tu, werd ich mir überlegen, Lüdecke!«

Dann eilte er weg.

Der Dichter Franz Paul Eisenreich fühlte sich unbehaglich, als er so allein bei den Arbeitern stand, die sich um Lüdecke versammelten, und die Bühne kam ihm plötzlich recht nüchtern und aller blinkenden Täuschungen beraubt vor.

In seinem Büro war der Direktor mit der wichtigsten und, wie es schien, auch unabhängigsten Person seines Theaters, dem Herrn Kassierer Zierrath, in ein eifriges Gespräch verwickelt, das einem Fremden manches Mal leidenschaftlich vorgekommen wäre.

Direktor Gelbmann freilich hielt im Ganzen sein Behagen an einer abgerundeten und im berechneten Tonfalle vorgetragenen Rede fest und kam nur in Hitze, wenn Herr Zierrath sich in Worten und Gebärden zu sehr vergriff.

»Was ich sage, ist Folgendes …«

»Was Sie sagen, ist …«

»Ist Folgendes, lieber Zierrath, und ich muss bitten, dass Sie mich nicht unterbrechen; und überhaupt, glauben Sie, dass ich mir grob kommen lasse? Ich lasse mir nicht grob kommen …«

»Also gut …«

»Man sachte mit die jungen Pferde, wie der Berliner sagt, Zierrath, und hören Sie mir zu. Höre ich Ihnen nicht auch zu? Ich behaupte doch selbst nicht, ja, ich denke doch selbst nicht daran, dass es prima war …«

»Prima!«, schrie der Kassier auf und fuhr sich verzweifelnd mit beiden Fäusten in den wolligen Haarschopf.

»Oder sagen wir zweitklassig«, beschwichtigte der Direktor, »ich denke wirklich nicht so. Immerhin sage ich mir, dass ich nicht alles nach dem Erfolg bemessen kann. Ich habe Aufgaben.«

Gelbmann steckte die rechte Hand zwischen zwei Brustknöpfe seines gut sitzenden Cutaway und sah nicht unbedeutend aus.

Aber Zierrath, der ihn kannte, ließ sich nicht einschüchtern.

»Kommen Sie wieder mit ihrer Aufgabe? Dann weiß ich schon. Jedes Mal, wenn es nichts ist, kommen Sie mit dem Wort. Aber ich will Ihnen was sagen …«

»Sagen Sie nichts, Zierrath.«

»Ich sage Ihnen doch was und ich muss. Wissen Sie was? In der ganzen Saison haben Sie nichts wie Aufgaben. Seit drei Monaten haben Sie Aufgaben, und Aufgaben sind Ausgaben, aber keine Einnahmen …«

»Hm!«, machte der Direktor.

»Sagen Sie nicht ›hm‹! Sagen Sie ›leider‹!«

»Zierrath, in gewissem Sinne haben Sie vielleicht Recht …«

»Was liegt daran, ob ich Recht habe? Der Kassenbericht hat Recht und dem können Sie nichts erzählen von Ihren Aufgaben.«

Gelbmann zog seine Hand aus dem Brustschlitz und verlor überhaupt viel von seiner Sicherheit.

Immer ging es ihm so in seinen Zwiegesprächen mit

151

dem Kassierer, der ihn stets von seinen Höhenflügen herunterzog auf die nüchterne Erde mit ihrem Defizit. Noch einmal versuchte er heute zu entrinnen.

»Ich hätte sagen sollen: Sie haben *scheinbar* Recht, Zierrath.«

»So?«

»Ja. Lächeln Sie nicht! Wenn man Erfolg mit was Literarischem hat, wenn man einem Anfänger unter die Arme greift, wenn man der Erste ist, der ihn entdeckt …«

»Wenn! Wenn!«

»Lassen Sie mich ausreden!«

»Wenn man den Neuen und das Neue findet, dann ist man alles zusammen: der kluge Geschäftsmann, der verdienstvolle Entdecker …«

»Sind Sie's?«

»Dann rühmt einen die Welt und rühmt einen die Presse als Maecenas, als Pfadfinder …«

»Sind Sie's?«

»Werd ich's, wenn ich nie was probiere?«

Hier hatte er sich auf einen festen Boden gestellt und das machte seinen Peiniger verstummen.

Aber er fasste sich schnell.

»Dann probieren Sie was Richtiges!«, sagte er.

»Weiß man's vorher?« Gelbmann seufzte ehrlich. »Nichts weiß man und wenn es so leicht wäre, dann wär's keine Kunst das Neue zu finden. Immer suche ich, immer glaube ich es zu haben und dann …«

Er schaute betrübt vor sich hin und war mit einem Male gebrochen.

»Und dann …«, sagte Zierrath, »… dann is es nischt, dann is es Talmi, als wie dieses Gundelin …«

»Gwendolin, Zierrath.«

»Von mir aus Gwendolin. Aber Gwendolhin – Gwendol-her, ich geb Ihnen nichts dafür und das Schlimme ist, das Publikum gibt Ihnen auch nichts dafür. Es hat abgelehnt.«

»Nu … abgelehnt …«

»Abgelehnt!«, wiederholte Zierrath bestimmt, »es hat es weggestoßen. Erzählen Sie doch mir nichts von dreimal Vorhang! Dreimal ist keinmal.«

»Das weiß ich so gut wie Sie. Wenn ich hinter der Bühne stehe und es rauscht nicht wie ein Platzregen, dann ist es faul. Und es war faul, es war ein Getröpfel.«

»Nu also.«

»Gott, tun Sie nicht, als ob Sie was gewusst hätten! Niemand weiß es vorher.« Gelbmann kreuzte die Hände unter dem Rücken und ging auf und ab. »Wer kann es diesem vielköpfigen Ungeheuer recht machen! Ich hab doch die Zeiten erlebt! Zuerst, da war alles der Realismus und dann war's das Mystische und dann das Romantische. Gut!« Gelbmann stampfte auf den Boden. »Jetzt gebe ich ihnen Verse, was Keusches, Sonniges mit dem Hauch der Jugend – und? Und? Nu, was is jetzt, Zierrath?«

Der Kassierer blieb unbewegt, obwohl sein Direktor in den letzten Sätzen eine gute Steigerung gebracht hatte.

»Hm!«, murmelte er.

Gelbmann griff es auf. »Jetzt sag ich zu Ihnen, machen Sie nicht ›hm‹! Reden Sie, wenn Sie was wissen! Nichts wissen Sie!«

Zierrath setzte sich halb auf den Schreibtisch und ließ nachlässig sein linkes Bein baumeln. »Hm!«, machte er noch einmal und fügte im ruhigsten Tone bei: »Vielleicht hat Doktor Warschauer Recht.«

Der Direktor blieb mit einem Ruck stehen und fragte: »Haben Sie ihn gesprochen?«

»Natürlich habe ich. Das letzte Mal, wie er das Geld beschaffte.«

»Was sagt er?«

Zierrath zog die Achseln hoch. »Ihr habt nicht die guten Tipps«, sagte er. »Warum hat sie der andere?«

Gelbmanns Gesicht verzog sich fast schmerzlich. Immer der andere. Dessen Schatten über seinen Weg fiel. Dann brauste er auf. »Was tu ich mit dem Geschwätz?«

»Er wird doch reden dürfen für sein Geld ...«

»Es ist nicht sein Geld, er bekommt's von andern, und es ist auch gar nicht seine Rede. Die hat er auch von andern.«

»Aber ...«

»Bleiben Sie mir weg mit der Weisheit! Wenn der Erfolg heute gekommen wär, dann hätt ich den Warschauer hören mögen ...«

Es klopfte.

»Herein!«, rief Gelbmann unwirsch und dann stand Franz Paul unter der Türe.

»Ach ja, richtig!«, sagte der Direktor in nachlässig-gedehntem Tone, »übrigens, die Herren kennen sich noch nicht? Herr Zierrath, unser Hauptkassierer – Herr Eisenreich ... richtig, wir sollen noch 'n Glas Wein zusammen trinken. Ich habe mich mit 'n paar Herrschaften verabredet, die Sie kennen lernen wollen, in Werners Weinstube. Ist es Ihnen passend?«

»Gewiss!«, sagte Franz Paul und lächelte.

Gelbmann wandte sich an Zierrath. »Wollen Sie ...«

»Ich danke bestens, Herr Direktor, aber ich habe noch zu arbeiten.«

»Wie Sie wünschen … Darf ich bitten, Herr … äh … Eisenreich?«

Am Fuße der Treppe wartete der Schauspieler Willy Schönau, seinen mächtigen Schlapphut tief in die Stirne gedrückt.

»Guten Abend, Schönau, Sie kommen doch mit?«

»Mi … mit? Fi–fisch! Zum Teufel noch mal, die Stimme ist belegt! Finden Sie nicht?«

»Nee«, sagte Gelbmann, »aber wenn Sie lieber heimgehen …«

»Heim?Pfui! Pfui über das schlappe Kastratenjahrhundert! Tod und Teufel, nehmt mich ganz, wie ich da bin! Wohin geht die Fahrt, Direktor?«

»In Werners Weinstube …«

»Soo!« Schönau stieß Franz Paul an und rief: »Ha! Ich kenne dich, Spiegelberg!«

»Lassen Sie das Deklamieren, wenn Sie belegt sind«, sagte Gelbmann. »Noch dazu in der kalten Luft!«

Schweigend schritten sie die hell erleuchtete, verkehrsreiche Straße hinan, Franz Paul in gehobenem Gefühle, das seinen Augen einen fröhlichen Glanz verlieh und das ihm die Füße elastisch hob. Neben ihm der Schauspieler mit schön getragenem Haupte. Er hatte der Weisung des Direktors und seiner eigenen Ängstlichkeit gehorchend ein Taschentuch vor Mund und Nase gepresst und versuchte dahinter ab und zu einige Vokale halblaut zu singen.

Linkerseits, so gänzlich mit seinen Gedanken beschäftigt, dass er an Entgegenwandelnde anstieß, ging mit trip-

pelnden Schritten, den Kopf zu Boden gesenkt, Herr Gelbmann.

Aber Franz Paul bemerkte es nicht, dass der Direktor wider alle Regeln der Gesittung kein Wort zu ihm
sprach.

Er war in Träume verloren, die fröhlich in die Vergan-
genheit zurückschweiften und dann wieder in rosige Fernen
der Zukunft flatterten.

War denn nicht alles erfüllt, was er gehofft hatte, einstmals, da liebe Menschen sich um sein aufs Ungewisse ge-
stelltes Dasein sorgten und hämische Kleinbürger seinen
Lauf ins Freie bemängelten? Hier, in dieser großen, fremden Stadt, in der er niemanden kannte, hatten von der Bühne herunter seine tönenden Verse geklungen, seine Verse,
an denen er sich so oft in seinem Dachzimmer auf und ab
wandelnd berauscht hatte, bei deren Niederschrift er so oft
vor Freude aufgesprungen war um sich ihre Wirkung in
glänzenden Farben auszumalen.

Wenn sie hinwegdonnerten über atemlos horchende
Zuschauer, gesprochen von ragenden Helden und wunder-
samen Frauen, wie mussten sie in allen Herzen zünden, wie
mussten sie andern den Rausch ins Blut tragen, den er selber empfand! Und nun war es so gewesen, stundenlang,
während er hinter gemalter Leinwand und Pappe wie im
Paradies gesessen war und jeden Vers heimlich mitgespro-
chen und auf ein Neues erlebt hatte.

Dass sie nicht wild von ihren Sitzen aufgesprungen waren und die Hände sehnend nach dem Dichter gestreckt hatten, so wie er sich's wohl in seiner Dachstube geträumt, ja
selbst mit lebhaften Gesten vorgeführt hatte, freilich, das
war so, aber was galt ihm dieses Äußerliche neben dem

156

einen tiefsten Erlebnis, dass viele hundert Menschen seinen
Versen gelauscht hatten?

> Wenn Tau auf Blüten, da die ersten Strahlen,
> Der Morgensonne liebend sie betasten,
> Aufblinkt und plötzlich nun in tausend Perlen
> Den Glanz der Hohen widerspiegelt …
> Gwendolin …

»Was sagen Sie?«, fragte Gelbmann in gereiztem Tone.

Franz Paul merkte nun erst, dass er laut gesprochen hatte, und wurde ein wenig verlegen.

»Verzeihen Sie, ich habe in Gedanken ein paar Verse zitiert.«

»Aus Ihrem Stück? So?«

Das klang fast feindselig und hätte dem Dichter auffallen müssen, wenn er seine Gedanken nicht schon wieder in die schönere Unwirklichkeit geschickt hätte.

Und es war auch feindselig, denn Gelbmann war in seinem Brüten auf dem Punkte angelangt, seinem Kassierer in allem Recht zu geben.

Oder, wenn er es bedachte, waren denn ihre Meinungen je voneinander abgewichen? Hatte er nicht vom ersten Tag an nach dem Erfolg genauso gestrebt wie der weitblickende Mensch, der die Kasse unter sich hatte?

Freilich, er konnte sich diesen Erfolg schmuckreicher ausmalen als der nüchterne Geschäftsmann. Er sah ihn nicht bloß in vollgewichtigen Zahlen, er dachte darüber hinaus und erblickte sich nachlässig hingestreckt in einem Lederstuhl, das Hörrohr des Telefons in der Rechten, hier kurze Befehle, prägnante Anweisungen ausstoßend, dort

diskrete Anfragen der größten Tageszeitungen über Zu-
kunftspläne entgegennehmend.

Er sah auf dem Schreibtische vor sich den Stoß der Zei-
tungsausschnitte, die alle von »unserm genialen Gelbmann,
unserm Zauberkünstler« berichteten, ja, er las im Geiste die
Feuilletons, welche seinen Werdegang beschrieben und viel
sagende Aussprüche von ihm einflochten, und wenn er genug gelesen hatte, wenn er ermüdet war von diesem ewigen
Lobpreisen seiner Vorzüge, sah er sich durch die Vorzim-
mer schreiten, in deren einem die Autoren, in deren ande-
rem die Schauspieler harrten. Mit einem kurzen Nicken
antwortete er auf respektvolle Grüße und »Später! Später!«
sagte der Vielbeschäftigte um in das dritte Zimmer zu
schreiten und dort mit einem berühmten Kunsthistoriker
über Gelbmannsche Regie und Gelbmannsche Pläne geist-
reich zu plaudern. Ha, und dazu den Rauch einer köstlichen
Zigarette einzusaugen und mit zufriedenem Stöhnen durch
die Nasenlöcher zu blasen.

»Was sagen Se?«, fragte er unwirsch, als ein junger
Mensch, schon in der Nähe der Wernerschen Weinstube,
auf ihn zutrat und aufgeregt flüsterte: »…Molluske ist
da …«

»Was heißt das: Er ist da? Wo ist er?«

»Hier, in Werners Weinstube. An dem Tisch, den Herr
Direktor reserviert haben …«

Dem Boten schlug vor Aufregung die Stimme um und
auch Gelbmann hatte schnell jede Träumerei von sich abge-
schüttelt.

»An unserm Tische?«, fragte er zweifelnd.

»Ja. Und er wartet auf Sie, das heißt –« Er nickte gegen
Franz Paul hin. »Ich habe doch gehört, wie er zu Frau Lepi-

ner sagte: ›Nu wollen wir mal sehen, wie dieses junge Talent« – er nickte wieder – »in der Nähe aussieht. Ich bin sehr begierig‹, sagte er noch.«

»Hm! Soo?« Gelbmann war lebendig geworden.

»Krause«, sagte er, »Sie gehen natürlich nicht mit uns hinein, Sie warten, sagen wir, eine kleine Viertelstunde. Gehen Sie spazieren! Adieu!«

Der junge Mensch machte eine hastige Verbeugung und entfernte sich.

Nun wandte sich Gelbmann an den Dichter und seine Stimme klang bedeutungsvoll, beinahe feierlich. »Junger Mann, kommen Sie her!«

Er fasste ihn an der Hand und zog ihn in den Lichtkreis einer Straßenlaterne, sodass er ihm scharf in die Augen sehen konnte.

Dann sagte er, jedes Wort betonend: »Molluske ist da!«

Als Franz Paul sich keineswegs niedergeschmettert, ja, gänzlich unberührt zeigte, fragte er mit ironischem Staunen: »Sie wissen womöglich nicht, wer Molluske ist?«

»Nein, ich …«

»Mensch! Wo sind Sie eigentlich her? Sie sind wie hereingeschneit! Was?«

Franz Paul wollte sagen, dass er natürlich nicht so vertraut mit den Verhältnissen dieser fremden Stadt sei und …

Aber Gelbmann ließ ihn nicht zu Worte kommen, sondern schleuderte ihm die inhaltsschweren Mitteilungen eine hinter der anderen herjagend entgegen.

»Ich will Ihnen sagen, wer Molluske ist. Er ist *der* Kritiker. Verstehen Sie? ›Der‹, groß geschrieben, gesperrt gedruckt und dreimal unterstrichen. Wenn Molluske morgen sagt, Sie sind gut, dann *sind* Sie gut und Sie können 'ne Hypothek drauf nehmen und die ganze literarische Gesellschaft hat ihr Augenmerk auf Sie. Und Sie können überhaupt nicht mehr von der Bildfläche verschwinden. Verstehen Sie, junger Mann? Das ist Molluske und das kann Molluske. Und wenn er morgen sagt, Sie sind *nicht* gut, gehen wir über den Mann hinweg! Dann, puh! Adieu, Herr Franz Paul! Und die ganze literarische Gesellschaft geht über Sie hinweg!«

Gelbmann sah Franz Paul durchbohrend an und prüfte den Eindruck seiner Worte. Der Mensch lächelte unbefangen, oder soll man sagen ungläubig? So ganz unbekannt mit dem Treiben und mit den Triebfedern in der geistigen Welt. Es steckte neben der Borniertheit auch etwas Hartnäckiges in diesen Leuten, die von draußen hereinkamen in den Wirbel. Sie stellten sich gewissermaßen mit gespreizten Füßen hin, als wollten sie sich nicht mitdrehen lassen.

»Ich freue mich ihn kennen zu lernen«, sagte Franz Paul phlegmatisch.

Wahrhaftig, er freut sich!

»Sie sind gut!«, sagte Gelbmann. »Wissen Sie, was unsere größten Dramatiker, unsere gangbarsten Dichter machen würden, wenn sie das hörten? Wenn sie hörten, dass Molluske drinnen ist, nach der Premiere?«

Gelbmann ließ eine Pause eintreten.

»*Zittern* würden sie in der Ungewissheit und vom Boden würden sie aufspringen vor Freude, außer sich wären sie vor Vergnügen, wenn sie berechtigte Hoffnungen hätten. Das würden sie tun, jawohl, und Sie sagen, ich freue mich ihn kennen zu lernen. Was heißt das, wenn Sie sich freuen? Wenn *er* sich freut, das ist eine Sache …«

»Herr Direktor«, sagte Franz Paul beschwichtigend, »ich bin Ihnen sehr dankbar für Ihre Aufklärung, gewiss, und wenn Sie mir sagen, was ich tun soll, ich meine, wenn Sie mir Verhaltensmaßregeln geben wollten, dann werde ich sie natürlich befolgen.«

Gelbmann war schon wieder beruhigt und die Aufgabe diesen Unerfahrenen zu belehren sagte ihm zu.

Er verschränkte die Arme und blickte sinnend ins Leere und sagte dann plötzlich in sehr entschiedenem Tone: »Wissen Sie was? Machen Sie gar nichts! Ich überlege mir gerade – mhm – ja –« Er nahm wieder eine mehr bürgerliche Stellung an, indem er die Hände in die Taschen seines Überziehers steckte. »Ich überlege mir gerade, wenn Molluske Interesse für Sie hat, dann is es, na ja, sagen wir, nicht das Interesse für das, was er bei andern findet, sondern gerade – mhm … ja … mal was anderes … wissen Sie was? Geben Sie sich ganz natürlich! Geben Sie sich noch natürlicher! Verstehen Sie, was ich meine? Junger Mann?«

»Ja …«, sagte Franz Paul etwas unsicher, »… ja und nein … es ist übrigens nicht meine Gewohnheit viel zu reden, besonders Fremden gegenüber.«

»Na, reden Sie wenig – aber … originell müssen Sie sein …«

Gelbmann sah seinem Schützling tief in die Augen, auf sein Verständnis rechnend oder es suchend.

»Ich meine«, erläuterte der Direktor, »Sie brauchen nicht viel zu reden. Behüte! Das wäre unvorsichtig und wäre« – Gelbmann strahlte – »sehen Sie, wäre gerade das Gegenteil von originell. Denn viel reden hört man hier öfter und oft. Sehen Sie, ich meine, Sie können sparsam sein mit

Worten, aber was Sie sagen, verstehen Sie, das muss natürlich klingen, es muss so … von außen her kommen, wie ein erfrischender Lufthauch … es muss …«

Gelbmanns Augen erhielten einen ungemein klugen Ausdruck und sein Wesen verriet Befriedigung darüber, dass er das Schlagwort gefunden hatte.

»Es muss …«, sagte er und ließ eine wirkungsvolle Pause eintreten, »… *Erdgeruch* haben. Verstehen Sie, was ich meine? Erd–geruch!«

Franz Paul überkam es unbehaglich. »Sie meinen …?«, fragte er.

Mit einer Handbewegung schnitt Gelbmann weitere Erörterungen ab und schritt voran durch ein offenes Tor in einen schwach beleuchteten Hausgang. Franz Paul folgte.

An drei Tischen, die man zusammengerückt hatte, saßen etwa ein Dutzend Herren und ebenso viele Damen.

Gelbmann eilte auf sie zu, blieb, ganz plötzlich den Herrn Professor Molluske erkennend, überrascht stehen und begrüßte nun mit überströmender Herzlichkeit diesen unerwarteten Gast.

»Schon gut, schon gut …«, sagte Molluske, der mit Theaterleuten und ihren Gewohnheiten vertraut war, kühl und gelassen.

Eigentlich abweisend; so, als wenn er sagen wollte: »Seien Sie mal ruhig, Gelbmann, und tun Sie nicht so! Ich kenn Sie doch.«

»Schon gut. Stellen Sie mich vor!«

Der Direktor zog Franz Paul, noch ehe er den Überzieher ablegen konnte, hastig am Arme her und setzte ein viel sagendes Lächeln an. »Unser ...«

Er wollte sagen: Sieger von heute, oder so was Ähnliches, verschluckte es aber und sagte nur: »Dichter ... unser Dichter.«

Dann mit einer großen Handbewegung gegen den Kritiker hin: »Molluske!« Nicht mehr und nicht weniger, jedes Detail war überflüssig, nur den Namen, mit bedeutendem Akzente.

Die Herren der Gesellschaft, die sich erhoben hatten, und die Damen, welche durch Lorgnons die Szene beobachteten, lächelten alle, denn sie verstanden die Feinheit.

Molluske verhielt sich prüfend und schaute durch seinen schwarzen Hornkneifer den Neuling an, nicht voll und durchdringend, sondern mit zusammengekniffenen Augen.

Dann machte er der Verlegenheit des jungen Menschen, dem keine passende Redensart einfiel, ein Ende und fragte wohlwollend: »Nu, wie haben Sie die Premiere überstanden?«

»Danke! Sehr gut ...«, antwortete Franz Paul mit einer Verbeugung.

Molluske wiegte das mit buschigen schwarzen Locken bedeckte Haupt sacht hin und her und lächelte gütig. Zu jedem bekannten Autor hätte er jetzt gesagt: »Wir haben's auch überstanden«, oder so etwas Ähnliches, aber es erbarmte ihn dieses Knäbleins und er unterdrückte die Bemerkung.

Und weil er dies tat, freute er sich seiner milden Regung und von diesem Augenblicke an hatte Franz Paul unwissend und ahnungslos seine Zuneigung gewonnen. Ein bedeutsamer Moment für die Zukunft des Dichters hatte sich in der Stille abgespielt.

Man setzte sich wieder, nachdem Franz Paul allen hoheitsvollen Frauen und allen wohlwollenden Männern vorgestellt worden war, und der Dichter musste seinen Platz zwischen Molluske und Frau Lepiner einnehmen. Diese war, was man ihr sogleich ansehen konnte, ein harmloses Frauenzimmer, das in anderen Verhältnissen sicherlich Behagen um sich verbreitet hätte. So aber war ihr, als der Frau eines sehr reichen und im Mittelpunkt vieler Interessen stehenden Mannes, die Aufgabe zugefallen, im geistigen Leben der Stadt eine Rolle zu spielen, und sie durfte nicht etwa wahllos nach allen Seiten hin Güte ausstrahlen, auch nicht ihren wenig ausgebildeten Neigungen folgen, sondern sie musste sich mit an die Spitze bestimmt gerichteter Bestrebungen stellen, musste absprechend und hart sein und wieder leidenschaftlich beteiligt, wie es gerade der Kreis, in den sie eingetreten war, verlangte. Das war nicht vorteilhaft für sie.

Es fehlte ihr die Gewandtheit, zu allem sogleich den vorgezeichneten Standpunkt einzunehmen, und sie schien immer vorsichtig zu tasten und hilflos zu fragen, wohin sie ihre Meinung zu richten habe. Übrigens war Molluske ihr Führer im Irrgarten des Schriftwesens, und da er sich diesem erstaufgeführten Jünglinge hold bezeigte, so konnte sie ohne Bedenken ihren gutmütigen Neigungen folgen.

Das war ihr eine große Erleichterung.

Sie war von peinlicher Unsicherheit befreit und durfte sich einem anwesenden Dichter gegenüber ohne jede Zurückhaltung freundlich und neugierig erweisen.

»Ihr Stück war sehr, sehr hübsch«, sagte sie. »Es hatte für mich so etwas …« – sie suchte nach dem Ausdrucke.

»Unberührtes«, ergänzte Molluske.

»Ja … Unberührtes, so einen Duft von Natürlichkeit … ich war wirklich ganz benommen davon, besonders in der Szene, wo der Page vor seiner Herrin steht, im Walde. Das hatte wirklich etwas von Frühling, wie ein Bild von …« Sie suchte wieder.

»Schwind«, ergänzte Molluske.

»Wie ein Bild von Schwind und man fühlte so einen Hauch von Jugend und ich hatte eigentlich den Eindruck von etwas Neuem … Herr Eisenreich… oder darf ich sagen Herr Franz Paul?«

»Ich bitte, gnädige Frau.«

»Ja? Dann sage ich Franz Paul. Ich finde es zu hübsch, wenn unsere Dichter zwei Vornamen haben. Das gibt einem gewissermaßen das Recht sie dabei zu nennen und das hat gleich etwas mehr Familiäres oder mehr Vertrautes.«

»Sagen Sie Wärmeres«, fiel Molluske ein.

»Ja, Wärmeres, und klingt doch ganz anders, als wenn man sagen würde Herr Eisenreich, oder so … finden Sie nicht auch?«

»Mir ist es jedenfalls lieber, gnädige Frau …«

»Ja? Sehen Sie, das freut mich, das nimmt mir gleich das Gefühl, als ob Sie mir fremd wären und … wovon sprach ich? Ach ja … von der Szene im Walde. Sagen Sie, Franz Paul, Ihr Stück ist doch in Versen?«

»Ja …«, antwortete unser Dichter einfach, ernst und schlicht und überließ es Herrn Molluske, ein feines Lächeln aufzusetzen über diese Frage, die nach dem Anhören von fünf Akten und einem Vorspiele nicht berechtigt erschien.

Doch Frau Lepiner merkte es nicht und fuhr unbeirrt fort: »Ich finde es zu interessant, wie sich darin die Meinungen ändern, denn wenn ich denke, wie das noch vor 'n paar Jahren war, wo wir doch gar nichts mit Versen zu tun haben wollten …«

Molluske räusperte sich, und indes er die Lippen zusammenkniff und die Brauen hochzog und mit dem rechten Zeigefinger etwas nervös auf den Tisch trommelte, sah er starr vor sich hin, irgendwohin in einen leeren Raum.

Das erkannte nun die gute Kommerzienrätin nach ihrer Erfahrung als eine Korrektur und eine Mahnung zur Umkehr.

»Ich meine«, sagte sie, »früher hat man ganz selten was in Versen gehört und man glaubte« – Frau Lepiner sagte dieses »man« nicht ohne eine kleine spitze Abwehr der ihr widerfahrenen Korrektur – »man glaubte, dass der Realismus das allein Richtige sei und, sehen Sie, Franz Paul, da wundert es mich nun eigentlich, dass Sie den Mut hatten gleich mit Versen zu kommen.«

»Liebe gnädige Frau«, fiel hier Molluske ein, »darf ich für unsern jüngsten Priester im Musentempel antworten?«

Er wartete nicht auf die Erlaubnis, sondern nahm sogleich den Kneifer ab und hielt ihn tändelnd in der rechten Hand, was ein sicherer Beweis war, dass nunmehr eine bedeutsame, jedenfalls aber eine längere Aussprache folgen werde.

Er rutschte auf seinem Stuhle vor, dass sein Hinterhaupt auf der Lehne ruhte, und sah mit halbgeschlossenen Augen zur Decke auf, was als weiteres Zeichen gelten konnte.

Dann begann er: »Tja – Realismus und Versdrama – und wenn man schon vom einzig Richtigen sprechen will, was von vornherein nicht einzig richtig, sondern einzig unrichtig ist. Sie, verehrte gnädige Frau, sehen Gegensätze, wo ich eine Entwicklung sehe, die ganz gut und organisch auch wieder eine Rückentwicklung sein kann. Ich sage ›kann‹, ich sage nicht ›muss‹.«

Molluske spielte lebhafter mit dem Kneifer und kaute mit Genuss an seiner Weisheit, bevor er sie ausspuckte. Und er schloss die Augen noch etwas mehr, etwa so, wie es Katzen machen, wenn sie in behagliche Stimmung geraten und schnurren.

»Ich bin Ihnen eigentlich dankbar, verehrte gnädige Frau, dass Sie diese Frage aufgeworfen haben, denn sie ist von allgemeiner Bedeutung. Freilich« – er neigte sein Haupt leichthin gegen Frau Lepiner – »freilich ist sie nicht ganz scharf gefasst, denn Ihre Gegenüberstellung von Realismus und Versen, oder sagen wir Versdrama, gibt uns keine deutliche Vorstellung davon, ob Sie mehr auf den dramatischen Typus oder ob Sie mehr auf die Form Gewicht legen. Ich denke dabei an Zustandsdrama, an Entwicklungsdrama, ich denke an das analytische Drama …«

»Darf ich mir eine Bemerkung erlauben?«, rief hier ein Herr Wünsche mit durchdringender Stimme vom unteren Ende des Tisches herauf.

Als Sohn reicher Eltern hatte er sich naturgemäß, und zwar nicht ausübend, sondern kritisierend, auf die Literatur geworfen und bereits zwei Aufsätze in einer Theaterzeitschrift veröffentlicht, und da nun in Molluskes kaum begonnenen Ausführungen irgend etwas das Räderwerk seiner Vorstellungen berührt hatte, wollte er den Wecker ablaufen lassen.

Er hätte nichts Schlimmeres tun können. Molluske

schien von einer Lähmung betroffen zu werden, so zuckte er zusammen, dann aber gab er mit einem energischen Ruck seine bequeme Stellung auf, setzte sich in seinen Stuhl zurück, und indem er den Kneifer ungestüm auf die Nase setzte und Herrn Wünsche durchbohrend anblickte, sagte er, jede Silbe betonend: »Ich bin nicht gewohnt unterbrochen zu werden.«

Die Tischgesellschaft richtete missbilligende Augen auf Herrn Wünsche.

Der Dichter Franz Paul aber, der das alles viel zu ernst nahm, errötete lebhaft und heftete seine Blicke in echter, ungekünstelter Verlegenheit auf die Tischdecke. Und damit hatte er sich die Neigung Molluskes völlig gewonnen.

Der strenge Mann, der bei seiner langjährigen genauen Betrachtung der Literatur kaum einmal auf Schüchternheit gestoßen war, wurde hier, wo sie sichtbar in Erscheinung trat, beinahe gerührt.

Und er beschloss über den Jüngling mehr Gutes zu schreiben, als er eigentlich dachte.

»Lieber Doktor«, sagte nun Frau Lepiner, die von der Pause im Gespräch bedrückt wurde, »lieber Doktor, Sie sind also der Ansicht, dass unsere Dichter wieder Verse machen dürfen?«

»Gute Frau Kommerzienrat, verehrte gnädige Frau, wenn man Sie hört, könnte man wirklich zu der Vermutung kommen, wir hätten hier gewissermaßen polizeiliche Vorschriften gegen den Unfug der gebundenen Form erlassen. Wäre ich nicht unterbrochen worden, so hätte ich Sie vielleicht daran erinnern dürfen, dass ich, dass wir, kurz dass die Kritik Stellung nahm gegen die schädliche Meinung, als könne der Vers über alle Mängel in der Erfindung, in der Handlung wegtäuschen. Wäre ich nicht unterbrochen worden, so hätte ich vielleicht gesagt, dass wir den Dichtern das heitere Spiel mit der Form durchaus nicht verwehren wollen, ich hätte gesagt, dass die moderne Dichtung, nachdem sie nunmehr durch die gute, wenn auch harte Schule des Realismus hindurchgegangen ist, dass die moderne Dichtung jetzt wieder freiere Tummelplätze aufsuchen mag und darf, ich hätte vielleicht gesagt, dass in dieser Sichauslebungsperiode, in dieser Lustamdaseinsperiode, welche die graue Nietzscheanische Nebelperiode überwunden zu haben scheint, auch der Vers wieder zu seinem Rechte gelangen mag …«

Molluske war eben daran, den Kneifer abzunehmen und wiederum auf seinem Stuhle vorzurutschen, als ihm einfiel, dass er es eigentlich abgelehnt hatte hier weitere Perlen zu verstreuen.

Er ließ darum den Kneifer auf der Nase, zog die Achseln hoch und schloss: »Aber ich bin eben verhindert worden davon zu sprechen und ich muss darauf verzichten mich eingehender darüber zu äußern. Nur so viel, liebe gnädige Frau, um Ihre Frage kurz und bündig zu beantworten. Ja. Der Dichter darf wieder Verse machen, und die Verse unseres Franz Paul « – er sagte wirklich: unseres Franz Paul – »haben mir sehr gut gefallen.«

In der ganzen anwesenden Gesellschaft befand sich niemand, der im vertrauten Umgange mit dem großen Kritiker von diesem unmittelbar nach einer Erstaufführung jemals ein mündlich abgegebenes Urteil gehört hätte.

Im Gegenteil.

Gerade Molluske hatte das Sphinxtum der Kritiker während und nach der Aufführung in Mode gebracht, den steinernen Gesichtsausdruck, den starren Blick; und viele glaubten, er habe sich nur deshalb einen Radmantel gekauft, um ihn nach der Premiere malerisch um die Schultern und die untere Gesichtshälfte zu schlagen und wie das verderbenschwangere Schicksal schweigend und unnahbar das Theater zu verlassen.

Und hier sagte er nun geradeheraus und wortdeutlich, die Verse unseres Franz Paul hätten ihm sehr gut gefallen.

Ein Flüstern lief an der einen Seite des Tisches hinauf und kam an der andern herunter und Frau Lepiner sagte zu Frau Dolly Kärntner: »Er ist so ganz anders wie sonst!«

Den Direktor Gelbmann aber befiel eine wilde Freude und er verschaffte ihr auf seine Art Luft.

Er rief aufgeregt und sehr befehlend: »Ober! Ober! Kommen Sie mal her!«

Als der Kellner diensteifrig herbeigeeilt war, fragte Gelbmann so laut, dass es nicht überhört werden konnte: »Was haben Sie für Sekt?« Und die Augen bedeutsam rollend fügte er bei: »Französischen Sekt?«

Der Kellner nahm eine straffere Haltung an und zählte einige bekannte Marken her.

Der Direktor benahm sich wie ein Feldherr auf der Bühne, der wichtige Meldungen empfängt und rasche Entschlüsse fassen muss. Er kniff die Lippen zusammen, dachte blitzartig nach und gab die Befehle.

»Heidsieck Monopole ... hören Sie ... mit Korkbrand ... und hören Sie ... gut frappiert ...«

Die Gesellschaft musste es bemerken und sie bemerkte es auch: Gelbmann verstand die Situation und Gelbmann feierte die Situation.

Wenn er es tat, so hatte er Recht, keine ängstliche Zurück-haltung dabei zu bewahren. Diese anwesende Gesellschaft hätte über allem andern schnell das eine vergessen, wer eigentlich den von Molluske begünstigten Dichter entdeckt hatte, und es war nicht überflüssig sie daran zu erinnern.

So müssen wir es verstehen, dass Gelbmann seine Herz-lichkeit mit Brausen überströmen ließ und Runden um den Tisch machte und sehr viel von Taufen sprach, aus denen ein starkes Talent gehoben worden sei, von jungen Bäu-men, die herrliche Früchte versprächen, vom Most, der sich wild gebärde um edler Wein zu werden, und dass er auch den Taufpaten und geistigen Vater und kurz und gut sich selbst nicht unerwähnt ließ.

Alle, mit denen er gerade sprach und anstieß, gaben ihm Recht und alle, die nicht in Hörweite saßen, hängten höhni-sche Bemerkungen daran und so wurde das Gespräch leb-haft und fröhlich.

Bis nun Molluske näher an den Tisch heranrückte und zu dem stillen Franz Paul mit aufmunterndem Lächeln sagte: »Es wäre mir recht interessant, einiges von Ihrem Werde-gange zu erfahren. Das gibt gute Ausblicke und lässt man-ches besser verstehen. Nicht wahr, Sie sind Süddeutscher?«

»Ich bin aus Langenargen am Bodensee«, erwiderte der Dichter.

»Gott! Dieser Bodensee!«, rief Frau Lepiner, »er spielt doch eine merkwürdige Rolle in der Literatur!«

Die übrige Tischgesellschaft aber, die sich von Molluske gute Bemerkungen versprach, horchte auf und selbst Wün-sche, dem Direktor Gelbmann soeben Näheres über die erste Taufe von jungen Talenten mitteilte, mahnte zum Schweigen.

171

»Aus Langenargen«, wiederholte Molluske und hielt seine Hand beschwörend gegen Frau Lepiner auf. »Und wollen Sie mir nicht etwas erzählen von Ihrer Jugend und wie Sie dazu kamen, unter die Dichter zu gehen?«

»Wenn es Sie nicht langweilt«, sagte Franz Paul und errötete auf ein Neues.

»Es langweilt mich ganz und gar nicht«, versicherte Molluske gütig.

»Mein Vater ist Gärtner in Langenargen«, erzählte der Dichter und es fiel nun allen auf, dass er schwäbelte, »mein Vater ist Gärtner und ich hätte eigentlich den gleichen Beruf ergreifen sollen. Aber der Wunsch meiner Mutter war, dass ich Geistlicher werden sollte.«

»Evangelischer?«

»Nein, ich bin katholisch; in unserer Gegend gibt es kaum Protestanten, sie war doch früher unter österreichischer Herrschaft …«

»Aber ja, richtig!«, sagte Molluske.

»Ich wurde in das Konvikt nach Rottweil geschickt und machte eben das Gymnasium durch, ohne besondere Erlebnisse. Aber nach dem Absolutorium und wie ich schon mehr über meine Zukunft, über meine Neigungen nachdachte, über das, was ich eigentlich wollte, da fühlte ich eben stark, dass ich nicht zum Geistlichen passte. Es war insofern kein leichter Entschluss für mich diesen Beruf aufzugeben, weil sich meine Mutter immer mehr an den Gedanken gewöhnt hatte, allein …«

»Einen Augenblick«, sagte Molluske, »verzeihen Sie, wenn ich Sie hier unterbreche. Hatten Sie damals schon schriftstellerische Versuche gemacht?«

»Eigentlich schon; es waren Gymnasiastenversuche, so

eine Hannibal-Tragödie ... und« – Franz Paul wurde nun schon wieder rot – »einige Gedichte ... an ein Mädchen ...«

»Sieh mal an!«, rief Frau Lepiner und griff nach ihrem Lorgnon, aber auch die andern Damen spitzten die Mäulchen.

»Es war ein harmloses Erlebnis«, versicherte der Jüngling aus Langenargen, ehrlich und eifrig.

»Das glaube ich Ihnen ohne weitere Versicherung«, sagte Molluske und lächelte. »Also mit der Geistlichkeit war es dann nichts!«

»Nein. Es ist mir eben schwer geworden meiner Mutter diese Kränkung anzutun, aber ich meine, jeder andere Beruf lässt sich ohne innere Neigung leichter ergreifen als gerade der geistliche.«

»Darin wird Ihnen jedermann zustimmen. Und Sie wurden dann ...?«

»Ich studierte dann Philologie in Tübingen, und in der Universitätszeit verspürte ich sehr stark den Drang in mir selbst etwas hervorzubringen, zu gestalten ...«

»Und was waren so die ersten Versuche?«

»Ich habe eben kleinere Erzählungen geschrieben, die auch in einigen Zeitschriften veröffentlicht wurden; dazwischen hinein machte ich auch Gedichte ...«

Gelbmann warf forschende Blicke auf Molluske, und als er merkte, dass die Züge des Gestrengen ein unvermindertes Wohlgefallen verrieten, war er im höchsten Maße zufrieden mit seinem Schützling. Er sah überrascht, wie schnell sich dieser harmlose Mensch in die Rolle hineinfand, die er ihm vorher mit wenigen Worten anempfohlen hatte. Das war genial gelöst, Natürlichkeit, süddeutsche

Gemütlichkeit – und, o ja … auch Erdgeruch. Bravo!, rief er innerlich.

Franz Paul merkte von all den verschiedenen Gedankengängen, die er angeregt hatte, nichts, sondern setzte mit Sachlichkeit auseinander, wie ihn seine Beschäftigung mit mittelhochdeutschen Dichtern allmählich zu dem Drama »Gwendolin« herangeführt habe.

Die Art, wie er dies tat, zeigte, dass er sein Werk für etwas Rechtes hielt, und auch, dass er mit schwäbischer Gründlichkeit seine seelischen Vorgänge studiert hatte.

Als er zu Ende war, trommelte Molluske leichthin mit den Fingern auf die Tischplatte und versank eine Weile in Gedankentiefe.

»Hm!«, sagte er und diesmal nahm er wirklich den Kneifer ab und rutschte auf seinem Stuhle vor, bis sein Haupt auf der Lehne lag – »Hm! Hier hätten wir nun die klare Geschichte einer Entwicklung. Ein Künstlerleben, besser gesagt, die Anfänge eines Künstlerlebens, geschildert vom Künstler selbst. Abstammung, Heimat, Werdegang, äußere Einflüsse, innerlichen Kampf mit der ursprünglichen Bestimmung, als vertiefendes Element den Einfluss der Mutter, wohl auch der Einfluss der gesamten, durch die Tradition bedingten heimatlichen Anschaungsweise. Hier haben wir verträumte Jugend, Landluft, Scholle, einengende Schulverhältnisse, den Schritt ins Freie und hier haben wir endlich die Gesamtheit aller vorbereitenden, dienlichen und direkt bildenden Vorgänge, wurzelnd in einem Boden, der von jeher der Dichtung im Allgemeinen und der Romantik im Besonderen förderlich war … hm… jawohl!«

Molluske erhob sich mit raschem Entschluss und reichte über den Tisch hinüber unserem Dichter die Hand.

»Ich danke Ihnen für den Abend, Herr Franz Paul Eisenreich«, sagte er, »es hat mich aufrichtig gefreut Sie kennen zu lernen.«

Nach einer Verbeugung gegen die Gesellschaft und einem freundlichen Abschied von Frau Lepiner entfernte sich der Gewaltige, und wie er nun mit dem Radmantel energisch die untere Gesichtshälfte bedeckt hatte, war er wiederum ganz Sphinx, Schweigen und geheimnisvolle Macht.

Die Bedeutung Molluskes offenbarte sich erst, als er die Gesellschaft verlassen hatte.

Alle atmeten auf und wagten sich mit ihren Meinungen hervor und schon der Ton dieser plötzlich durcheinander quirlenden Gespräche zeigte, dass mit einem Male ein Hemmnis weggeräumt war.

Gelbmann fühlte sich in den Mittelpunkt des Kreises gestellt und er fing den Schwall von Glückwünschen, Ausrufungen und Fragen, der über den zukunftsreichen Dichter hereinbrach, mit großem Geschick auf, er antwortete für ihn, lockte Neugierde an und wehrte Neugierde ab und gab mit Achselzucken und vielsagendem Lächeln zu verstehen, dass man die Gunst des Augenblickes voll erkenne und dass man machen werde, was irgend zu machen sei.

Als die erste Aufregung vorüber war, setzte sich Wünsche neben den Dichter, legte eine Hand leicht auf dessen linken Arm und ging methodisch vor.

»Sagen Sie mal, lieber Franz Paul, wie haben Sie eigentlich das angefangen, ich meine, wie haben Sie so spontan das Interesse, man darf beinahe sagen, die ostentativ zur Schau getragene Neigung unseres Doktor Molluske erregt?«

»Was heißt, wie?«, antwortete Gelbmann. »Warum soll er sie nicht erregt haben?«

»Ganz recht«, gab Wünsche zurück, »und ich will das Verdienst des Dichters nicht schmälern – aber so, wie Molluske nun mal ist …«

Gelbmann zuckte die Achseln.

»Ich erinnere mich an den ›Stein der Weisen‹«, sagte Wünsche, »an den ›Blinden von Damaskus‹, ich erinnere mich an so manche Premiere und gerade an dramatische Arbeiten, die man in gewisser Beziehung als verwandt mit ›Gwendolin‹ …«

»Erlauben Sie mir!«

»… na, sagen wir, als entfernt verwandt bezeichnen dürfte, wie hat Molluske das alles abgelehnt!«

»Erlauben Sie mir!«, wiederholte Gelbmann, »wenn Sie nach Gründen für den Beifall, für die Begeisterung eines solchen Kenners suchen, so müssen Sie doch den Gründen in der Sache selbst, in unserer ›Gwendolin‹, nachgehen …«

Gelbmann sagte sehr viel und Wünsche sagte nicht weniger und es kam nun zu heftigen Abschätzungen der literarischen Marktwaren.

Fast alle beteiligten sich daran. Die Preise schwankten auf und nieder und recht eigentlich wollte keine Begeisterung standhalten, denn vor dem ungestümen Widerspruche ließ jeder von seinem Lobe etwas nach und schien bei seinen Zugeständnissen ein schmerzliches Behagen zu empfinden.

Gegen den Schluss hin lagen alle Erzeugnisse der letzten

Saison unterm Tisch und man ging frisch daran, den Dichterheros des letzten Jahrfünftes in Betracht zu nehmen.

Franz Paul hörte von diesen Gesprächen, die für ihn recht lehrreich hätten sein können, wenig oder nichts.

Er rezitierte im Stillen seine Verse und achtete so wenig darauf, das Gespräch mit Frau Lepiner in Fluß zu halten, dass die gute Dame den Entschluss fasste heimzugehen.

Gelbmann begleitete sie nach herzlichem Abschiede von seinem hoffnungsreichen Hausdichter, den er der Obhut Schönaus empfahl.

Auch Wünsches brachen auf mit Dank für den sehr, sehr genussreichen Abend und die übrigen folgten ihnen.

Schönau schlug seinem Schützling vor mit ihn noch ein Glas Bier zu trinken.

»Ein Pi… Pilsner … hörst du, Junge? Der Ton kommt rein. Ich habe die Heiserkeit weggespült. Wir gehen zu Stallmann; ein Pilsner ist gut nach dem süßlichen Zeug und ein vernünftiges Gespräch wird uns erquicken nach dem Gedalber dieser Bestien. Hat einer von ihnen über die Darstellung etwas gesagt? Keiner! Gib nur aus tiefstem Herzen dein Bestes! Wirf es ihnen vor … ha! Doch komm, wir wollen gehen!«

Franz Paul willigte gerne ein. Er war zu froh erregt um diesem ereignisreichen Abend ein Ende zu machen.

Bei Stallmann war kein Tisch mehr frei und so nahmen sie Platz neben einem Herren, der kurz ihren Gruß erwiderte und sich sogleich wieder in seine Zeitung vertiefte.

Schönau war recht gesprächig und es sagte ihm zu den unerfahrenen Jüngling in die furchtbaren Kämpfe einzuweihen, die er mit der Kritik geführt hatte, wobei es sich breit und ausführlich von großen Rollen und kleinen Kolle-gen sprechen ließ.

Franz Paul kam selten dazu, ein Wort einzuwerfen, aber wenige genügten um den Herrn am Tische aufhorchen zu lassen.

Er legte die Zeitung weg und sah seinen jungen Nach-barn prüfend an, und als dieser wieder einmal Schönau zu-stimmte, sagte er lächelnd:

»Entschuldige die Herre, wenn i unterbrech, aber« – er wandte sich an Franz Paul – »Sie müsse mir die Frag scho erlaube, aus welcher Gegend vo Württeberg sind Sie her?«

Der Dichter war nicht unfroh überrascht und gab Aus-kunft.

»So?«, sagte der Herr, »aus Langenarge sind Sie? I bin aus Pfullinge, mein Name ischt Schröfele.«

»Eisenreich«, stellte sich Franz Paul mit einer Verbeu-gung vor.

»Eisenreich?«, wiederholte der Herr. »Ah … des isch … da sind Sie ja der neuaufg'führteschte Verfasser von …«

»Gwendolin«, ergänzte unser Freund errötend. Es freute ihn, dass dieser Fremde und Landsmann seinen Namen kannte.

»Gwendolin … ganz richtig … i hab wohl g'hört, dass heut a Schwob im Feuer g'standen isch, so … so… des trifft si net schlecht, dass mir da z'sammkomme und dass i heut no an schwäbische Dichtersma' treff …«

»Und einen, der seiner Hauptfigur Leben verlieh«, un-terbrach ihn der Mime in tiefem Basse, »mein Name ist Schönau …«

»So … so … freut mi … sehr a'gnehm«, sagte Herr Schröfele und wandte sich wieder an seinen jungen Lands-

mann. »Aus Langenarge? Do rum hab i Verwandte. D'r
Maurermeischter Kollmann in Tettnang ischt a Vetter von
mir ...«

»D'r Kollmann? So? Von dem seiner Frau a Schweschter
hat da Bruder von mei'm Vat'r g'heiret!«

»Bi Goscht!«, rief Schröfele. »Jetzt sag mir no oiner,
was a Zufall ischt! Uf die Weis sind mir zwoi au Vetter,
wisset nix vonanand und treffet uns do mitten in der
Nacht in der Riese'stadt. Auf des hi' trinke mir ... Prosit,
Herr Vetter!«

Er stieß mit Franz Paul an und war offenbar erfreut über
das Begebnis, das am Ende nicht gar so seltsam war, denn
Schwaben sind immer und auf irgendeine Weise zueinan-
der verwandt.

Die Unterhaltung wurde nun angeregt und so lands-
männisch, dass Schönau sich bald mit einer edlen Gebärde
verabschiedete. Schröfele rückte näher zu Franz Paul.

»Jetzt saget Se mir grad amol ... oder halt ... Verwandte
saget du zuanand, isch recht? Und Tobies heiß i.«

Dem Jüngling war es recht und sie tranken Schmollis.

»Jetzt sag mir no' grad amol, Mensch, wie kommscht du
do her?«

»Weil mei' Stück ...«

»Ha no, wie kommt dei' Stück do her? I will's unb'seha
fürs allervortrefflichscht halte, aber deswege isch die Frog
net so unmotiviert. Wie kommt dei' Erschtlingswerk do
her? Des sagscht m'r amol!«

Franz Paul erzählte redselig und nicht ohne Freude am
Gelingen, wie er sein Werk eingereicht habe, wie es baldigst
angenommen und aufgeführt worden sei. Er rühmte Gelbmann, der sich gleich begeistert gezeigt habe, er rühmte das

Theater und die Aufführung und erzählte, wie nun alles zu diesem glücklichen und schönen Abend geführt habe.

Er wurde warm bei der Schilderung und Schröfele, der ihn beobachtete, lächelte mehr als einmal und es lag Güte in der Art, wie er es tat.

Wie aber nun Franz Paul fertig war, strich sich Tobies nachdenklich den Bart und heftete seine klugen Augen auf den jungen Vetter.

»So ... hm ...«, sagte er, »des isch älles recht schö' und m'r wöllet froh sei', dass die G'schicht guet nausgangan ischt ... aber, jetzt lass mi amol ebbes sage. I han dir scho' verzählt, dass i seit guet fufzeh' Johr Redakteur vom Morgeblatt bi', und du ka'scht also annehme, dass i den Schwindel hie' ziemlich kenn. I will dir g'wiss d' Freud lasse und i hoff, dass d'r's guet nausgoht, denn, woischt, Männle, im Sack hoscht as no it, vor it morge d'Augure von d'r Kritik 's Machtwort g'sproche hent ... was moinscht?«

Franz Paul meinte, dass der Mächtigste, namens Molluske, begeistert gewesen sei.

»So?«, schmunzelte Schröfele. »An dem Feuer vom Herr Molluske ka ma für g'wöhnlich koi Supp kocha und du könntescht dei' blau's Wunder verleba, aber vielleicht lässt 'r sei Sonn über dir scheina und lässt di am Leba und du hoscht dein Erfolg ... aber, Franz Paul, was isch no?«

»Wieso?«

»Was hoscht no im Sinn? Hoffentlich it 's Dobleibe, hen?« Tobies sah beinahe besorgt aus, als er das fragte.

»Noi'«, antwortete Franz Paul, »'s Dobleibe hon i gar it im Sinn. Was tu i denn do?«

»Des sag i au und lass di net verhalte, und wenn se d'r no so liebreich kommet, pack auf und gang! Scho' des ischt a

180

G'fahr, 's Interessantwera hie', sei Nummer kriaga, verstohscht? Dia Kerle hent hie' scho meh' wie oin kaputt
g'lobt und g'schmoichelt. Und wenn i vorig g'frogt han, wia
du als Schwob do herkommscht, so hot des sein Grund. Was
hent denn ihr junge Dächs, dass ihr beim erschte Mol in da
Hexakessel springet? Wenn du a rechter Kerle bischt und
mit g'sunde Wurzle im Bode steckscht, worum zoigscht net
z'allererscht d'r Hoimet, was se d'r geba hot? Worum
legscht net do dei' Prob ab, wo du g'lernt hoscht, und worum redscht zu Fremde und net zu Leut, die von deiner Art
sind?«

Franz Paul sagte etwas von großer Bühne und starkem
Echo …

»Des sind Sprüch, Männle!«, unterbrach ihn Schröfele.»Vorläufig muescht wachse, gell? Des ka'scht bloß in
dei'm Bode. Wenn's so weit langt, dass ma d' Langenarger
Frucht in Deutschland verkoschte mueß, ha no, do isch später Zeit derzue. Z'allerletscht hie', verstohscht, wo se heut a
Rarität probieret und morga wegschmeißet. Bi Goscht! Hie'
a'fanga, du hoscht wohl koi Ahnung, was des für a dumms
Lotteriespiel ischt!«

Franz Paul wollte widersprechen, aber Tobies war in
Eifer geraten.

»A Lotterieschpiel, sag i. Und koi' Ernscht und koi' Ehr-
lichkeit isch drin. Herrgott, sei froh, dassd' a Schwob bischt!
Do woischt doch, wie und was! Und so a junger Kerle wie
du mueß überlaufe und drauflosdichte, aber net noch'm Erfolg froga und noch'm Echo! Gib dene Kerle hie' dein kloina
Finger und du schreibscht nimma unbekümmert, wie's d'r
im Kopf und Herza saust und braust, glei kommat die Küm-
mernis, was goht und was d' Richtung ischt und was mo-

dern ischt … Kotz Ranzaduifel! … Mensch, mach no grad, dassd' weiterkommscht, i han so meine Exempel verlebt hie' …«

»Wie g'sagt, i hon nix anders im Sinn, als 's Hoimfahre …«

»Na also, bleib dahoim, wo d' her bischt und mach's wia a richtier Äpfelbaum. Langsam wachsa und noch und noch Frucht traga. Und des, was se d'r hie' gent, verstohscht, d' Kritik und d' Gescheitheit und 's Besserwisse, des legscht oba na als Mischt. Vielleicht dungt 'r.«

Franz Paul begann wieder von der Geneigheit des Herrn Molluske zu sprechen. Aber Tobies sagte:

»Wart's a! Und jetzt verzähl m'r, was tuescht no dahoim? In Langenarge hocka und spintisiera, zue dem bischt doch wohl z' jung?«

»I gang wied'r noch Tübinge und mach weiter.«

»Jetzt hoscht ebbes g'sait und do will i di lobe.«

Tobies stieß kräftig mit seinem Vetter an, und als er nach einem herzhaften Schluck das Glas niedergestellt hatte, rief er aus: »O du liab's Tübinge! Worum stand i net uf d'r Bruck und guck 'num uf d' Alb?«

»Wenn so Hoimweh hoscht, worum bleibscht denn hie'?«

»Ha no, Männle, des hot sein Grund und des ischt bei mir ebbes anders als so bei eme freie Dichter und grasgrüne Anfänger. I han mein Kopf in d' Politik g'steckt und mueß 'n drinn lau. Aber vielleicht später amol gang i hoim und schreib Stueggerter Sonntigsspaziergäng'. So, Franz Paul, jetzt mach! 's isch nimme z' früah und mir sind ja glücklich die Letzschte.«

Sie gingen.

Draußen umfing sie eine feuchte, lauwarme Luft.

»Föhn«, sagte Tobies. »Do werad d' Wasser raschiaße über d' Alb und in Tübinge quietschet die alte Wett'fahna und in älle Dachrinna wird's gurgle. Do müeßt ma jetzt im Dachstüble uf'm Kanapee sitza und die allerg'müetlichscht Pfeif raucha und mit schwäbischer Gründlichkeit über so Froga nochdenka, ob die Vernunft das wahrhaft Wirkliche, das Sein, ischt und ob demgemäß alles Wirkliche notwenig Vernunft und au d' Vernunft notwendig wirklich ischt. Und derzue müaßt ma dicke Hausschuah a'hau' und wissa, dass es z' Mittag Spätzle geit. O mei Schwobaländle!«

Als Franz Paul, der so viele Eindrücke und Flüssigkeiten aufgenommen hatte, im Bette lag, verfiel er sogleich in einen tiefen Schlaf.

Erst in vorgeschrittener Stunde, als unten auf der Straße der Lärm sich immer stärker regte, begann er schwer zu träumen.

Ein sonderbarer Greis stand am Fußende des Lagers.

Er war nackt bis auf eine Schwimmhose, von der ebenso wie von dem mächtigen Körper Wassertropfen herunterrannen. Auch der lange weiße Bart war nass, nicht weniger die Haare, um die ein Schilfkranz geschlungen war.

Der Greis hob warnend den Finger auf und heftete seine Augen streng und missbilligend auf Franz Paul.

»Wer bischt denn?«, fragte dieser mit erstickter Stimme.

In hohlem Basse kam die Antwort: »I bi d'r Seegoischt vom Boddesee. Schand' gnua, dass d' mi net kennscht.«

Und nun sah Franz Paul, dass der grimmige Alte ein gewaltiges Ruder mit mächtiger Schaufel in der Linken trug und dass er es wie prüfend in der Hand wog, als gedächte er baldigst damit zuzuschlagen.

Der Dichter zog ängstlich die Decke höher und fragte leise: »Was willscht no?«

Diesmal redete der Greis noch drohender und sein Gesicht nahm einen grimmigen Ausdruck an. »I will d'r bloß saga, du rotziger Lausbalg, i hau kreuzweis und überzwear drei' und verschlag d'r dei Goscha, wenn it machscht, dass d' weiterkommscht. Gang hoim, du hoscht do nix z' suacha!«

Der Alte hatte das Ruder mit beiden Händen gefasst und zog mächtig aus und Franz Paul streckte mit einem Angstschrei die Arme abwehrend aus; da fühlte er sich an der Hand gefasst und schlug erschrocken die Augen auf.

Ein älteres, stattliches Frauenzimmer stand mit freundlichem Lächeln vor ihm und sagte:

»Sie haben unruhig geschlafen, Herr Eisenreich; ich hätte Sie nicht gestört, aber Sie haben einen Zettel vor die Tür gelegt, dass Sie um zehn Uhr geweckt sein wollten. Es geht schon auf elf.«

Er lächelte auch, aber etwas schmerzlich, und sagte: »Ei ja, Frau Haase, i bin spät heimkomme und i hab wüeschte Träum g'habt.«

»Sie werden die Premiere ordentlich gefeiert haben«, erwiderte die gutmütige Hausfrau, »und hier, sehen Sie, habe ich Ihnen mit dem Frühstück gleich ein Paket Zeitungen bringen lassen. In jeder steht was über Sie.«

Sie nickte ihm aufmunternd zu und ging.

Franz Paul setzte sich auf und griff hastig nach den Zeitungen.

Gleich die erste zeigte unterm Strich die Aufschrift
»Gwendolin – Uraufführung«.

Er flog die Zeilen hastig durch.

»Ein ganz nettes Talent, man könnte, da es im ersten
Aufblühen ist, auch Talentchen sagen. Unverdorben, der
Frische nicht ermangelnd, freilich nicht kühn auf einsamer
Heide emporgeschossen, sondern im Buschwerk der hei-
matlichen Dichtung schüchtern emporgeblüht …«

»Vo' wem isch denn des Zuig?«, murmelte Franz Paul
und blätterte hastig um. Da stand auf der nächsten Seite:
Ernst Molluske.

»Wa …?!« Er wollte seinen Augen nicht trauen. Das
war doch nicht möglich, nach dem, was er gestern von dem
Manne gehört hatte!

Diese unverschämte Art, ihn so von oben herab zu be-
handeln!

Er las weiter, aber es kam nicht anders und es blieb dabei.

Molluske drehte ihn wie ein Nippigfigürchen, das ein
Zufall dem strengen Richter in die Hand gespielt hatte, vor
dem Publikum nach allen Seiten hin, betrachtete es nicht
gerade lieblos, tätschelte dem Büble die Wange, hoffte, es
könne noch mal was aus ihm werden, und legte es beiseite
um zu Wichtigerem überzugehen.

Franz Paul war wie betäubt. Er suchte in seiner Erinnerung nach Gründen, aber er fand keine und der Unerfahre-
ne dachte nicht daran, was ein solcher Mann sich selbst und
seinem Ansehen schuldig ist.

»Ah!«, machte Franz Paul angewidert, ballte die Zeitung
zusammen und warf sie in eine Ecke.

Die andern wollte er gar nicht erst lesen, dachte er, aber

bald genug griff er zögernd nach dem nächsten Blatte und schlug es auf.

»Gwendolin.

Seit gestern sind wir um einen Naturburschen reicher. Es gibt Leute, und darunter sogar nicht unbekannte Kritiker, die sich mit diesem Gewinne zufrieden abfinden. Ich muss sagen, dass ich von der Herzigkeit solcher taufrischen Erscheinungen längst übersättigt bin und dass ich ganz und gar nicht an das Heil glaube, das von der Provinz ausgehen soll. Ich muss sagen, dass ich an die Gefühle, die sich immer singend und jodelnd Bahn brechen müssen, nicht glaube – – –«

Franz Paul las weiter und las den Namen ohne Neugierde erst am Schlusse: Dr. Erich Wünsche.

Auch einer, der mit ihm am Tische gesessen war, ihm die Hand geschüttelt und ein paar Phrasen entgegengegrinst hatte und der jetzt nach ihm spuckte. Aber das reizte nun seine Lachlust.

Es war gut, dass ihm Tobies ein richtiges Licht aufgesteckt hatte.

Hätten ihn die Eigenarten seiner Gönner und Feinde unvorbereitet getroffen, dann wäre er nicht so schnell damit fertig geworden.

Er stand langsam auf, zog sich ohne Hast an und war mit seinem Entschluss im Reinen.

Mit einem Lächeln, das wirklich ohne Bitterkeit war, bat er Frau Haase um die Rechnung und erfuhr, dass ein günstiger Zug schon zwei Stunden später abgehe.

»Warum so rasch?«, fragte Frau Haase.

»Vier Tag' isch lang g'nueg und dahoim isch am schönschte«, erwiderte Franz Paul.

»Ich gratuliere noch von ganzem Herzen.«

»Zu was, Frau Haase?«

»Zum Erfolg! Sie haben doch gelesen, wie günstig der Herr Doktor Molluske geschrieben hat …«

»Finde Sie des wirklich so günschtig?«

»Aber Herr Eisenreich, wenn Sie wüssten! Das bedeutet bei Molluske schon kolossal viel. Mein Mann sagt das auch.«

»So? No, na mueß i ihm von Herze dankbar sei', und wenn i 'n wieder sieh, derf er m'r da Hobel ausblosa.«

Die gutmütige Hauswirtin lächelte verbindlich, denn weil sie vom Schwäbischen nichts verstand, glaubte sie, dass dem berühmten Kritiker das Beste zugedacht sei und dass ihr Gast glückbeladen ihr Haus verlasse.

Zwei Stunden später saß Franz Paul in dem Zuge, der schwer schnaubend dem Süden zueilte, und entging mancher schönen und erzieherischen Stunde, der Einladung bei Frau Lepiner, dem Wiedersehen mit Molluske, einer wohl durchdachten Rede Gelbmanns und manchem andern, das sich daran gereiht hätte.

Er sah zum Fenster hinaus; Straßen, Plätze, Anlagen, Fabriken, Hinterhäuser, die er vor wenigen Tagen mit klopfendem Herzen angestaunt hatte, flogen an ihm vorbei und er betrachtete sie jetzt recht gleichgültig.

Vielleicht saß hinter dem und jenem verhängten Fenster ein kluges Menschlein, das einen Bericht über »Gwendolin« lesend sich freute, dass es doch nicht gar so leicht sei, in der bedeutenden Stadt aufzukommen.

Der Naturbursche aber saß bald vergnügt und zufrieden in Tübingen und meldete die erfreuliche Tatsache seinem Freunde Schröfele.

Tobies wünschte ihm Glück dazu und schrieb, er wolle den bitteren Molluske künftighin als nützliches Insekt betrachten. »Denn er hat, vergleichbar der Schlupfwespe, Eier in die Raupe deiner Eitelkeit gelegt und sie dadurch, wie ich hoffe, vernichtet.«

Gedichte

Relativ unbekannt sind die Gedichte von Ludwig Thoma. Der Hauptgrund ist wohl, dass ein großer Teil von ihnen, für den »Simplicissimus« oder für andere Zeitschriften geschrieben, satirisch eine ganz bestimmte tagespolitische Situation aufs Korn nimmt. Und so sind einige unter ihnen für den heutigen Leser nur noch nach dem Wälzen einschlägiger Geschichtsbücher verständlich. Aber einer ganzen Reihe anderer muss man ganz bestimmt »Zeitlosigkeit« bescheinigen. Und der spezielle Stil von Ludwig Thomas satirischen Gedichten ist es wahrlich wert wieder entdeckt zu werden.

Das auf Seite 201 abgedruckte Gedicht ist ein Beispiel für eine satirische Attacke mit Folgen: Ludwig Thoma musste deswegen die Strafanstalt München-Stadelheim von innen kennen lernen. Die Verse richten sich gegen die »16. Allgemeine Konferenz der deutschen Sittlichkeitsvereine« – so etwas hat's damals noch gegeben – 1904 in Köln. Dort kamen radikale Vertreter einer rigiden Sexualmoral zu Wort, die Thoma stets nur als Heuchler gesehen hat. Vor diesem Hintergrund kann man vielleicht verstehen, dass dem »Simpl«-Redakteur ziemlich »der Gaul durchging«. Die evangelische Kirche erstattete gegen ihn Strafanzeige wegen Beleidigung und Gotteslästerung. Im Gefolge wurde er zu sechs Wochen Haft verurteilt, die er im Jahr 1906 absaß.

Sommer-Idylle

Berge und Täler sind jetzt voll von Menschen,
Welche sich Urlaub genommen haben
Und an der reinen Luft der Kurorte
Sowohl sich als ihre Angehörigen laben.

Viele hört man mit Neugierde fragen,
Ob hier noch echte Wilderer wachsen,
Welche die wirklichen Gämsen töten.
Meistens sind diese Leute aus Sachsen.

Manche baden in dem klaren Gewässer,
Wobei erwachsene Töchter nicht geizen
Mit ihren Formen, von denen man füglich
Glaubt, dass sie den Junggesellen anreizen.

Ihre Mütter stricken indes im Garten,
Wo sie Kaffee mit Honig genießen
Und sich über die Dienstboten äußern,
Welche sie in der Stadt darin ließen.

Abgesondert sitzen die Ehemänner,
Welche sich gründlich dadurch erfrischen,
Dass sie nichts von den Frauen hören,
Sondern beim Skat ihre Karten mischen.

Auf den Ruhebänken am Seeufer
Sitzen zwei Richter, welche verdauen
Und anderen Leuten durch Fachsimpeln
Ihren Sommeraufenthalt versauen.

Sommernacht

Laue, stille Sommernacht,
Rings ein feierliches Schweigen
Und am mondbeglänzten See
Tanzen Elfen ihren Reigen.

Unnennbares Sehnen schwillt
Mir das Herz. In jungen Jahren
Hab ich nie der Liebe Lust,
Nie der Liebe Glück erfahren.

Schmeichelnd spielt die linde Luft
Um die Stirne, um die Wangen.
Und es fasst mit Allgewalt
Mich ein selig-süßes Bangen.

Blaue Augen, blondes Haar
Soll ich bald mein Eigen nennen?
Und der Ehe Hochgefühl
Soll ich aus Erfahrung kennen?

In der lauen Sommernacht
Wird sie dann im Bette sitzen,
»Männchen«, fragt sie, »sag mir doch,
Musst du auch so grässlich schwitzen?«

Der Ausflug

Anton Huber ging mit der Familie,
Mutter, Tochter und ein Hund dabei,
Aus der Stadt hinaus in die Umgebung,
Wo es bei der Hitze kühler sei.

Manchmal blieb der gute Vater stehen
Und er zeigte den und jenen Punkt.
Hinter ihnen ging auf zwanzig Schritte
Jakob Niedermayer, Postadjunkt.

Frau und Tochter hatten ihn gesehen
Mit dem ganzen Scharfblick des Geschlechts;
Sie begannen mit dem Aug zu blinzeln,
Jakob Niedermayer ging nach rechts.

Beide Damen fingen an zu husten
Und die Tochter ging zum nahen Wald.
»Wally!«, rief die Mutter, »liebe Wally,
Pflücke Blumen, aber komme bald!«

Und sie kam nach einer guten Weile,
Fröhlich lächelnd als wie neu gestärkt;
Gütig hieß die Mutter sie willkommen,
Anton Huber hatte nichts gemerkt.

Später sah er zornigen Gemütes
Tannennadeln in der Tochter Haar.
Doch die Mutter sagte ohne weitres:
»Wenn der Mensch nur ein Beamter war!«

Alte Märe

(1901)

Als im Altertum ein weiser König
Finster brütend auf dem Throne saß,
Sagt' sein Freund: »Du sprichst mir heut so wenig,
Edler Herrscher, fehlt dir irgendwas?«

»Fehlen? Nein! Ich bin gesund, mein Bruder,
Aber ärgern tu ich mich nicht schlecht.
Sieh, es gibt im Volk so dumme Luder,
Diesen Kerlen macht man gar nichts recht.

Ich kann dieses, ich kann jenes sagen,
Jede Silbe wird mir kritisiert,
Und sie tun, als müsst ich lange fragen,
Ob dem Pöbel es gefallen wird.«

»Großer König«, sprach hier der Getreue,
»Schau, da hätt ich keinen solchen Zorn,
Wenn sie kritteln immer stets aufs Neue,
Dann verschließe deiner Weisheit Born!«

Als der Herrscher dieses Wort vernommen,
Sprach er leise: »Freilich wär's gesund!
Die Idee ist mir schon lang gekommen.
Wenn den Born man nur verschließen kunnt!«

Patriotismus

(1901)

Wenn der Abend sinkt nach heißem Tage
Und der Bürger das Geschäft beschließt,
Überlegt er sich, wo von der Plage
Ruhe und Erholung er genießt.

Er begibt sich in den Wirtschaftsgarten,
Vorher kauft er sich noch eine Wurst;
Manche sind schon da, die auf ihn warten,
Hingetrieben von dem gleichen Durst.

Viele Stunden sitzen sie beisammen,
Eng umschlungen von der Freundschaft Band,
Bei dem Trunke schlägt in hellen Flammen
Oft die Liebe zu dem Vaterland.

Insbesondre, wenn die Liedertafel
Zu dem Bier die deutschen Lieder singt
Oder wenn ein Redner viel Geschwafel
Und ein Hoch auf seinen Fürsten bringt.

Doch die Liebe wandelt sich in Grollen
Und es trübt sich dieses schöne Bild,
Wenn es heißt, man müsse mehr verzollen.
O! da wird der deutsche Bürger wild!

Drei Mark fünfzig für den Zentner Weizen
Will von nun an die Regierung mehr;
Könnt ihr so die Patrioten reizen,
Hält die Liebe auch nicht länger her.

Reserve

Wie schön ist's, auf dem Platz der Stadt
In Uniform herumspazieren,
Die Würde zeigen, die man hat,
Und exquisiteste Manieren.

Der Helmbusch schwankt, der Säbel klirrt
Und kriegerisch ist der Assessor.
Ganz martialisch angeschirrt.
Ja, so gefällt er jedem besser.

Zwar ging ihm leider im Büro
Der Magen etwas in die Weite,
Und auf dem Drehstuhl der Popo
Zu unsoldatisch in die Breite.

Doch macht die edle Männerzier
Mit Troddel, Portepee und Klunker
Den Staatsanwalt zum Kavalier,
Den Richter selbst zu einem Junker.

Nur manchmal gibt es ein Problem.
Das Spiel wird ernst. Man soll sich schießen;
Da lässt das heldische System
Sich nicht mehr ungetrübt genießen.

Neujahr bei Pastors

Mama schöpft aus dem Punschgefäße,
Der Vater lüftet das Gesäße
Und spricht: »Jetzt sind es vier Minuten
Nur mehr bis zwölfe, meine Guten.

Ich weiß, dass ihr mit mir empfindet,
Wie dieses alte Jahr entschwindet,
Und dass ihr Gott in seinen Werken
– Mama, den Punsch noch was verstärken! –

Und dass ihr Gott von Herzen danket,
Auch in der Liebe nimmer wanket,
Weil alles, was uns widerfahren
– Mama, nicht mit dem Arak sparen! –

Weil, was geschah und was geschehen,
Ob wir es freilich nicht verstehen,
Doch weise war, durch seine Gnade
– Mama, er schmeckt noch immer fade! –

In diesem Sinne, meine Guten,
Es sind jetzt bloß mehr zwei Minuten,
In diesem gläubig frommen Sinne
– Gieß noch mal Rum in die Terrine! –

Wir bitten Gott, dass er uns helfe
Auch ferner – Wie? Es schlägt schon zwölfe?
Dann prosit! Prost an allen Tischen!
– Ich will den Punsch mal selber mischen.«

Des Dichters Klage

Was bin ich für ein großer Lump!
Ich leb das ganze Jahr auf Pump,
Ich stecke tief in Schulden.
O Himmel, Herrschaft, Sapperlott!
Ich treibe mit dem Höchsten Spott.
Wie lange wird man's dulden?

Mein Onkel, der ist ziemlich kühl;
Wenn er mich sieht, dann wird ihm schwül,
Er geht mir durch die Lappen.
Er sieht sich nach 'nem Laden um,
Er geht geschwinde hintenrum,
Er glaubt, er muss berappen.

Und gestern Abend der Herr Rat,
Der sagte: »Das ist wirklich schad,
Sie haben doch Talente!
Sie würden sicher Sekretär
Und später auch noch etwas mehr
Mit einem Staatspatente.«

Ich bin entgleist als Existenz
Und kenne selbst die Konsequenz
In unserm Staatsverbande;
Mit mir, da geht's noch einmal schief,
Ich sinke noch einmal sehr tief;
Es ist 'ne Affenschande.

An Wilhelm Busch
den aufgehörten Dichter

(1907)

Erst dreimal Hoch und dann ein Tusch
Dem hochverehrten Meister Busch!
Da sitzt du nun seit manchem Tage
Beim Bienenkorb am Rosenhage,
Die laute Welt ist fremd für dich,
Du flötest nur mehr innerlich
Und hältst dich fern von dem Bestreben
Uns andern auch was abzugeben.
Wie ist verschieden doch die Dichtung
In dieser und in jeder Richtung!
Der eine wird erst spät Genie,
Der andre wird es viel zu früh
Und man bemerkt nur äußerst selten,
Dass hier Naturgesetze gelten.
Oft kommt die Frucht schon vor der Blüte
Und ist dann von besondrer Güte.
Wir sehen auch Verschiedenheit
In Anbelang der Fruchtbarkeit.
Bei diesem geht es äußerst spärlich,
Der andere entbindet jährlich
Und macht dem guten Publiko
In jedem Herbst das Leben froh.
Jetzt aber taucht die Frage auf:
Wann endet wohl des Dichters Lauf?
Gewöhnlich mit des Lebens Tagen;
Dies lässt sich hier authentisch sagen,

Weil keiner gern die Quelle stopft,
Auch wenn sie noch so ärmlich tropft;
Und mancher Greis saugt noch am Busen
Der armen, viel geplagten Musen
Und glaubt, auch wenn er lange soff,
Es fehle nie an Nahrungsstoff.
Fast jeder nimmt ins kühle Grab
Ein angefangnes Werk hinab.
Dann schreibt der Kritiker: »Wie schade!
Dies war sein bestes ja gerade!
Es ist wahrhaftig ungeschickt,
Dass hier die Parze abgezwickt.«
Was aber hat man denn posthum
Auch von dem schönsten Dichterruhm?
Du, Meister Busch, hast dies begriffen,
Du hast vergnügt so lang gepfiffen,
Als es dich selber noch erfreute.
Dann sagtest du: »Ihr lieben Leute,
Ich dächte nun, es sei genug,
Wer früher aufhört, handelt klug.
Man wird so mit vergnügtem Sinne
Der Epiloge Schönheit inne
Und liest noch selbst den ganzen Mist,
Indessen man am Leben ist.«

An die Sittlichkeitsprediger
in Köln am Rheine

Warum schimpfen Sie, Herr Lizentiate,
Über die Unmoral in der Kemenate?
Warum erheben Sie ein solch Geheule,
Sie gnadentriefende Schöpsenkeule?

Ezechiel und Jeremiae Jünger,
Was beschmeußen Sie uns mit dem Bibeldünger?
Was gereucht Ihnen zu solchem Schmerze,
Sie evangelische Unschlittkerze?

Was wissen Sie eigentlich von der Liebe
Mit Ihrem Pastoren-Kaninchentriebe,
Sie multiplizierter Kindererzeuger,
Sie gottseliger Bettbesteuger?

Als wie die Menschen noch glücklich waren,
Herr Lizentiate, vor vielen Jahren,
Da wohnte Frau Venus im Griechenlande
In schönen Tempeln am Meeresstrande.

Man hielt sie als Göttin in hohen Ehren
Und lauschte willig den holden Lehren.
Sie reden von einem schmutzigen Laster,
Sie jammerseliges Sündenpflaster!

Sie haben den Schmutz wohl häufig gefunden
In Ihren sündlichen Fleischesstunden
Bei Ihrem christlichen Eheweibchen
In Frau Pastorens Flanellenleibchen?

201

Aus den »Erinnerungen«

Mit den 1919 erschienenen »Erinnerungen« haben wir nun ein Spätwerk Ludwig Thomas vor uns. Blicken wir ein wenig zurück: Im Ersten Weltkrieg ist Ludwig Thoma zunächst als Sanitäter an der Front eingesetzt. Dann aber, 1915, wird er nach einer Ruhrerkrankung untauglich geschrieben. Das ist der Auftakt zu einer letzten Periode reichen Schaffens. Aber es ist auch eine Zeit seelischer Krisen, in denen ihm seine späte Liebe zu Maidi von Liebermann der einzige Lichtblick ist.

Eine Reihe von Lustspielen, Erzählungen und der Roman »Der Ruepp« entstehen in dieser Spätphase. Einige weitere begonnene Romane werden dagegen nicht mehr vollendet. Thoma stirbt 1921 in Rottach-Egern am Tegernsee.

Wir können natürlich in diesem Rahmen den Schriftsteller nicht seine ganze Lebensgeschichte erzählen lassen. Aber unsere kleine Auswahl erlaubt doch, ein bisschen die Lebenswelt Ludwig Thomas kennen zu lernen und seine unvergleichliche Art des Erzählens zu genießen.

In der Vorderriß

Im Jahre 1865 kam mein Vater als Oberförster in die Vorderriß. Die Familie war auf vier Kinder angewachsen und der Umstand ließ meine Eltern wünschen, jene Oberförsterei, mit der Ökonomie und Wirtschaft verbunden waren, zu erhalten.

Der Posten war wegen seiner Einsamkeit nicht übermäßig begehrt und doch wurde diese Einöde meiner Mutter wie uns Kindern zur liebsten Heimat, die wir in der Rückerinnerung erst recht mit allen Vorzügen ausschmückten.

Im Januar 1867 besuchte meine Mutter ihre Schwester Marie Lang in Oberammergau um im Verlegerhause ihre Niederkunft abzuwarten, denn sie getraute sich nicht in der Riß zu bleiben, weitab von jeder Hilfe, die bei starkem Schneefall überhaupt nicht erreichbar gewesen wäre.

Am 21. Januar gegen Mittag kam ich zur Welt und meine Verwandten erzählen mir, ich hätte gerade, als sie von der Schule heimkamen, so laut geschrien, dass sie mich schon auf der Straße hörten.

Meine ersten Erinnerungen knüpfen sich an das einsame Forsthaus, an den geheimnisreichen Wald, der dicht daneben lag, an die kleine Kapelle, deren Decke ein blauer, mit vergoldeten Sternen übersäter Himmel war.

Wenn man an heißen Tagen dort eintrat, umfing einen erfrischende Kühle und eine Stille, die noch stärker wirkte, weil das gleichmäßige Rauschen der Isar herauftönte.

Hinterm Hause war unter einem schattigen Ahorn der lustig plätschernde Brunnen ganz besonders anziehend für uns, weil in seinem Granter gefangene Äschen und Forellen herumschwammen, die sich nie erwischen ließen, sooft man auch nach ihnen haschte.

Drunten am Flusse kreischte eine Holzsäge, biss sich gellend in dicke Stämme ein und fraß sich durch oder ging im gleichen Takte auf und ab. Ich betrachtete das Haus und die hoch aufgeschichteten Bretterlager von oben herab mit scheuer Angst, denn es war uns Kindern streng verboten hinunterzugehen, und als ich doch einmal neugierig über den Bachsteg geschritten war, kriegte ich vom Vater, der mich erblickt hatte, die ersten Hiebe.

Noch etwas Merkwürdiges und die Phantasie Erregendes waren die rauchenden Kohlenmeiler, gerade unterm Hause, an denen rußige Männer auf und ab kletterten und mit langen Stangen herumhantierten. Hinter Rauch und Qualm leuchtete oft eine feurige Glut auf, aber trotz der Scheu, die uns der Anblick einflößte, trieben wir uns gerne bei den Kohlenbrennern herum, die in kleinen Blockhütten hausten, auf offenem Herde ihren Schmarren kochten und die Kleinen, die mit neugierigen Augen in den dunkeln Raum starrten, davon versuchen ließen.

Wieder andere gefährlich aussehende Riesen, die große Wasserstiefel an den Füßen trugen, fügten Baumstämme mit eisernen Klammern aneinander; wenn sie, ihre Äxte geschultert, dicke Seile darum geschlungen, in unser Haus kamen und sich im Hausflötz an die Tische setzten, hielt ich die bärtigen Flößer für wilde Männer und traute ihnen schreckliche Dinge zu.

Sie waren aber recht zutunlich und boten uns Kindern Brotbrocken an, die sie zuerst ins Bier eingetaucht hatten; allmählich gewöhnten wir uns an sie und es musste uns sehr streng verboten werden, im Flötz bei den Tischen herumzustehen.

Unsere besonderen Freunde waren die Jäger. Fast alle gaben sich mit uns ab, keiner aber verstand es besser, unsere Herzen zu gewinnen, wie der Lenggrieser Thomas Bauer, der immer helfen konnte, wenn ein Spielzeug zerbrochen war, und der nie ungeduldig wurde, sooft wir auch mit Bitten zu ihm kamen. Gewiss waren die Geschichten, die uns Viktor erzählte, wunderschön, aber was waren sie gegen die Erlebnisse, die unser Bauer droben im Walde mit Zwergen und Berggeistern gehabt hatte! Wenn er vom Pürschgang heimkam, sprangen wir ihm entgegen, und staunten ihn an, wenn er einen erlegten Hirsch oder einen Gamsbock brachte, und immer hatte er was für uns, eine seltsam geformte Wurzel, einen Baumschwamm oder eine Pfeife, die er unterwegs aus einer Rinde zurechtgemacht hatte.

In seinem Jägerstübchen war er nie vor uns sicher; kaum hatte er es sich auf seinem Kanapee gemütlich gemacht und seine Pfeife angebrannt, dann trippelten kleine Füße über die Stiege herauf und polterten gegen die Türe, deren Klinke nicht zu erreichen war.

Es half ihm nichts, er musste die Quälgeister einlassen und viele Fragen beantworten, ob er den Zwergkönig mit dem langen Bart und dem spitzen Hut gesehen habe und ob die Gams mit den goldenen Krickeln noch auf dem Scharfreiter herumspringe.

Er musste uns vormachen, wie die Gamsböcke blädern, und auf dem Schnecken, wie die Hirsche im Herbst schreien, und wenn er sein Gewehr zerlegte oder eine Uhr reparierte oder einen Gamsbart fasste, schauten neugierige Kinderaugen dem Tausendkünstler zu.

Die Wilderer vom Isarwinkel

Die Wilderer trieben in jener Zeit ein arges Unwesen im Isartal. Manches Ereignis ist von den Zeitungen berichtet, auch romantisch aufgeputzt worden und der »Dammei« in Tölz, der die Kämpfe der Wildbratschützen besang, hatte reichlich Arbeit.

Die Verwegensten waren die Lenggrieser, Wackersberger und Jachenauer; als besonders reich an Listen galten die Tiroler aus der Scharnitz.

Es mussten schneidige Jäger sein, die gegen sie aufkommen wollten, und man fand sie unter den Einheimischen, die selber gewildert hatten, bevor sie in den Dienst traten.

Ich habe nie gehört, dass einer untreu gewesen wäre, wohl aber weiß ich, dass der eine und andere beim Zusammentreffen mit den alten Kameraden sein Leben lassen musste.

Diese Dinge entbehrten für die Beteiligten ganz und gar des Reizes, den sie für fern Stehende hatten; es ging dabei rauer zu, als es sich ein freundlicher, vom Schimmer der Romantik angeregter Leser vorstellen mochte.

Einer von meines Vaters Jagdgehilfen, der Bartl, ein braver, bildschöner Bursche, wurde aus dem Hinterhalt auf wenige Schritte Entfernung niedergeschossen.

Ein Jachenauer, der unter den Wilderern war und die Tat, wie man erzählte, verhindern wollte, wurde später Jagdgehilfe und fand einen schlimmen Tod auf der Benediktenwand; er wurde schwer verwundet mit Steinen zugedeckt und kam so jämmerlich um.

Ein Sagknecht aus der Jachenau, der den Bartl erschossen haben soll – bewiesen konnte es nicht werden –, traf nicht lange nachher wieder mit den Jägern zusammen und wurde schwer verwundet. Er kam mit dem Leben davon, verlor aber das Gehör.

In ihrer Art berühmt geworden ist die Floßfahrt der Wilderer im Jahre 1869, von der man sich heute noch im Oberland viel erzählt.

Die zwei Söhne des Halsenbauern von Lenggries und mit ihnen einige Kameraden hatten bei Mittenwald gewildert und wollten ihre Jagdbeute auf einem Floß isarabwärts nach Lenggries oder Tölz bringen.

Sie kamen in der hellen Mondnacht in schneller Fahrt den Fluss herunter; die Ruder hatten sie mit Tüchern umwickelt.

Vor der Risser Brücke, unweit vom Ochsensitzer, wurden sie angerufen. Es kam zum Feuern heraus und hinein.

Der Mann am Steuer, der Halsen Blasi, wurde erschossen, zwei andere wurden verwundet. Der Halsen Toni erhielt einen Schuss mitten auf den Taler seiner Uhrkette und dieser glückliche Zufall rettete ihm das Leben. Ein fünfter versteckte sich unter das Wildbret, das auf dem Floß lag, und kam heil davon.

Sie hielten an der Schneidsäge an und schafften den Toten wie die Verwundeten ins Haus.

Die gerichtliche Untersuchung führte zu keinem Ergebnis.

Der Vorfall kann heute, wie damals, Verwunderung über »rechtlose Zustände« erregen, die in den Zeitungen ausführlich besprochen wurden.

Rechtlos schlechthin waren die Zustände nicht, aber schwierig genug.

Anzeigen hatten keinen Erfolg, denn die Strafen waren vor Einführung des Reichsstrafgesetzbuches so gelind, dass sie keinen abschrecken konnten; trotzdem haben die unbändigen Isarwinkler sich fast immer mit der Waffe gegen die Gefangennahme gewehrt.

Die drei oder vier Jäger hatten gegen die zahlreichen Schützen einen harten Stand in dem großen Revier; selten stand einer gegen einen und so war rasche Selbsthilfe beinahe notwendig.

Wie unbeugsam die Leute waren, mag die Tatsache beweisen, dass der Halsen Toni, der bei der Floßfahrt wie durch ein Wunder gerettet worden war, bald darauf wieder ins Revier ging und etliche Jahre später doch erschossen wurde.

Seinem Bruder Blasi hat man übrigens in Lenggries nicht nachgetrauert, denn er war als gewalttätiger Mensch gefürchtet.

Meinem Vater aber rechnete man es hoch an, dass er die Verwundeten freundlich behandelt und mit Imbiss gestärkt hatte, bevor er sie auf einem mit Betten belegten Leiterwagen nach Tölz fahren ließ.

Der »Dammei« hat es nicht unterlassen diese Guttat in seinem Liede hervorzuheben.

An derartige Geschehnisse habe ich kaum eine andere Erinnerung, als dass ich auch später noch unsere Jäger wie sagenhafte Helden bewunderte und ihr Tun und Wesen anstaunte.

Doch steht mir noch lebhaft im Gedächtnis, dass einmal an meinem Namenstag ein Wilderer gefangen eingebracht wurde; er saß im Hausflötz und ließ mich, als ich neugierig vor ihm stand, von der Maß Bier trinken, die man ihm gegeben hatte. Vielleicht bin ich dadurch zutraulicher geworden, jedenfalls schenkte er mir die geweihte Münze, die er an einer Schnur um den Hals trug.

Er hatte sie vermutlich von den Franziskanern in der Hinterriß erhalten.

In diesem zutiefst ins Karwendelgebirge eingebetteten tirolischen Kloster versahen die Herren Patres ihr Amt noch in einer Art, die von jedem Zeitgeist unberührt geblieben war.

Der Bauer und der Hirte bewarben sich dort um einen wirksamen Viehsegen, um Schutz gegen Gefahr im Stall und auf den Almen, die Weiber kamen um Amulette, die sie vor häuslichen Unfällen und Krankheiten bewahren oder Gebresten heilen sollten; wo immer ein Bedrängnis des Lebens sich einstellte, suchte das Volk Rat und Hilfe bei den Jüngern des heiligen Franziskus.

Ihr unleugbares Verdienst, in dieser Einsamkeit, losgelöst von allen Freuden der Welt, ohne Scheu vor Beschwerden die Werke der Nächstenliebe zu pflegen, wird jeder gerne anerkennen.

Und etwas Rührendes hat es eine Bevölkerung zu sehen, die in urzeitlichen Zuständen, abgeschieden von den Hilfsmitteln, die moderne Einrichtungen gewähren, lebt und nur des einen Beistandes sicher ist, dem auch die Voreltern herzlich vertrauten.

So mag man es gelten lassen, dass auch der fromme Wildbratschütze sich in der Hinterriß den Kugelsegen holte, der ihn vor einem jähen Tod im Hochwald oder im Kar behüten musste.

Die feindlichen Onkel

Ich war der Obhut zweier Onkel anvertraut, die, so entfernt verwandt sie auch mit uns waren, doch nach Sitte und Brauch so genannt wurden. Sie hatten zusammen eine kleine Wohnung in der Frauenstraße inne; der eine, pensionierter Postsekretär, war mit der Schwester des andern, eines pensionierten Premierleutnants, verheiratet. Diese, die gute alte Tante Minna, war der Mittelpunkt des Hausstandes, die Friedensbringerin bei allen auftauchenden Differenzen zwischen den Herren und nebenher eine altbayrische Chronik. Ihre Geschichten gingen zurück in die zwanziger und dreißiger Jahre und spielten in Freising und Alt-München. Sie erzählte gerne und sehr anschaulich und kannte die städtischen Familien, dazu auch eine erkleckliche Zahl bayrischer Staatsdiener, von denen sie allerlei Menschliches wusste, das im Gegensatze zu etwa vorhandenem Staatshochmute stehen dürfte.

Wenn der Onkel Postsekretär abends, wie es seine Gewohnheit war, den Münchner Boten vorlas und mit einem Blaustift ärgerliche Nachrichten zornig anstrich, dann unterbrach Tante Minna nicht selten die Vorlesung mit einer Anekdote über einen Gewaltigen in Bayern. »Der brauchet sich auch net so aufmanndeln …« Damit begann sie gewöhnlich die Erzählung und dann folgte die Geschichte eines Begebnisses, in dem der hohe Herr schlecht abgeschnitten hatte.

Das konnte oft bis in die frühe Jugend des Getadelten zurückreichen, denn die Tante hatte ein unerbittliches Gedächtnis. Dabei war sie heiter, wohlwollend und herzensgut und sah aus wie ein altes Münchner Bild, mit ihren in der Mitte gescheitelten Haaren, auf denen eine kleine Florhaube saß. Sie hielt den kleinen, aber behäbigen Haushalt in bester Ordnung und ließ in ihrer heiteren und doch resoluten Art keine Verstimmung andauern, die sich zuweilen einstellte, denn die zwei Onkel repräsentierten zwei verschiedene Welten. Der Postsekretär hatte – schon anfangs der dreißiger Jahre – in München Jura studiert, war aber vor dem Examen zur Post gegangen und hatte zuletzt als Sekretär in Regensburg amtiert. Der Premierleutnant hatte die Feldzüge mitgemacht, war nach siebzig krank geworden und hatte den Dienst quittiert.

Vorne, wo Onkel Joseph, der Sekretär, sein Zimmer hatte, war's ganz altbayrisch, partikularistisch, katholisch. Sechsundsechzig und was nachher kam, Reichsgründung, Liberalismus um und um, Kulturkampf, alles wurde als Untergang der guten, alten Zeit betrachtet. Hier bildeten Kindererinnerungen an Max Joseph, der das Söhnchen des Burghauser Landrichters getätschelt hatte, das Allerheiligste, und eine Studentenerinnerung an Ludwig I., der den Kandidaten Joseph Maier im Englischen Garten angesprochen hatte, konnte durch keine neudeutsche Großtat in den Schatten gestellt werden.

Wenn aber das »Regensburger Morgenblatt«, das auch abends vorgelesen wurde, einen schmerzlichen Seufzer über Falk, Lutz oder Bismarck brachte, fuhr der angenetzte Blaustift gröblich übers Papier. Da konnte es dann auch Pausen geben und zwischen zwei Schlucken aus der Sternecker Maß setzte es ingrimmige Worte über respektabelste Persönlichkeiten ab, bis Tante Minna fand, dass es nun genug wäre und dass man weiterlesen sollte.

Im Zimmer rückwärts, wo Onkel Wilhelm hauste, lebten die Erinnerungen an Wörth, Sedan und Orleans, hier herrschten Freude am neuen Reiche und temperierter Liberalismus.

Freilich war's auch recht gut altbayrisch und in heroische Töne vom wiedererstandenen Kaisertum mischten sich die anheimelnden Klänge aus dem alten Bockkeller, aus lustigen Münchner Tagen, wo der Herr Leutnant Paulus mit dem Maler Schleich und anderen Künstlern selig und fröhlich war.

Im Allgemeinen vermieden es die zwei Antipoden, besonders in meiner Anwesenheit, auf strittige Fragen zu kommen; wenn's doch geschah, war der Angreifer immer der Herr Postsekretär, der auch vor mir weder seine noch seines Gegners Würde zu wahren beflissen war.

Zuweilen streckte er, wenn ihm etwas missfiel, heimlich, aber unmenschlich lang seine Zunge hinterm Maßkrug heraus und schnitt Gesichter.

Ich kann mich nicht erinnern, dass ihn der alte Offizier einmal bei der Kinderei ertappt hätte, und ich hütete mich wohl, den prächtigen Onkel, der so wundervolle Grimassen machen konnte, durch dummes Lachen zu verraten.

Trotz dieses Kleinkrieges vertrugen sich die beiden Herren recht gut, und wenn die Sprache auf vergangene Zeiten kam, fingen sie miteinander zu schwärmen an vom Schleibinger Bräu und vom Schwaigertheater, vom sagenhaft guten Bier und von billigen Kalbshaxen und sie waren sich darüber einig, dass im Kulinarischen und im Trinkbaren das goldene Zeitalter doch vor der Kapitulation von Sedan geherrscht hatte. Und das versöhnte die Gegensätze.

Die Pflicht zu meiner Erziehung nahm Onkel Wilhelm wie etwas Selbstverständliches oder seinem militärischen Charakter Zukommendes auf sich und meine Mutter, die sich vom soldatischen Wesen die besten Erfolge versprechen mochte, war damit sehr einverstanden. Ich glaube nicht, dass der Herr Postsekretär eifersüchtig oder gekränkt war, aber er zeigte zuweilen mit Zitaten aus Klassikern, dass seine Kenntnisse solider waren als die »des Soldatenschädels«.

Der Oberleutnant wiederum wollte den Schein wahren, als ob er alle Gebiete des Wissens beherrschte, und ließ im Gespräche mit seinem Schwager Bemerkungen über Unterrichtsgegenstände fallen, die sein Vertrautsein mit ihnen beweisen sollten.

Das führte bloß dazu, dass Onkel Joseph heimlich die Augen rollte und hinterm Maßkrug die Zunge herausstreckte, wenn der Krieger, der nach einigen Jahren Lateinschule Regimentskadett geworden war, bedenkliche Blößen zeigte.

Mein Onkel Wilhelm war das Urbild des altbayrischen Offiziers von anno dazumal, als es noch keinen preußischen Einschlag gab.

Ritterlich und ehrenhaft, bescheiden nach den recht kleinen Verhältnissen lebend, aber doch gesellig und ganz und gar nicht auf Kasinoton gestimmt, rauschalig und stets bemüht die angeborene Gutmütigkeit hinter Derbheit zu verstecken, freimütig und nicht gerade sehr ehrgeizig. Dazu mit einem wachen Sinn für gutes Essen und gutes Bier begabt, natürlich ein leidenschaftlicher Vorkämpfer des Altbayerntums gegen fränkische und pfälzische Fadessen und Anmaßungen. Wenn der dicke Bader Maier aus der Zweibrückenstraße kam um meinen Onkel zu rasieren, hörte ich vieles, was mir ein Bild von der alten Zeit gab.

Die beiden duzten sich, da sie, der eine als Korporal und Feldwebel, der andere als Kadett, im gleichen Regiment gedient hatten. Da gab es Erinnerungen an Erlebnisse und an alte Kameraden, von denen manche etliche Sprossen höher auf der militärischen Leiter gestiegen waren, da gab es Erinnerungen an kriegerische Abenteuer, denn auch der schnaufende und schwitzende Bader Maier war anno 66 in der Gegend von Würzburg in Weindörfern gelegen, und immer gab es seliges Erinnern an Ess- und Trinkbares, an sagenhafte Leberknödel, die ein Feldwebel besser wie jede Köchin zubereitet hatte, an Kartoffelsalate oder an Schweinernes mit bayrischen Rüben, für die ein jetziger Major das feinste Rezept besessen hatte.

Der Bader besonders war nur mit kulinarischen Andenken an den Bruderkrieg behaftet, und wenn er auch sonst nicht viel Gutes an den Franken gefunden hatte, ihre Presssäcke und Schwartenmägen hatten ihm doch Ehrfurcht eingeflößt.

Ich saß am Tisch, und indes ich zu arbeiten schien, horchte ich aufmerksam zu, voll Erwartung, von diesen lebenden Zeugen etwas über Schlachtenlärm und Getümmel zu hören, aber es kam nichts als Berichte über Zutaten zu geräucherten Blut- und Leberwürsten, in denen auch die Rheinpfalz Großes geleistet hatte, als der Gefreite Maier unter General Taxis als Strafbayer dort geweilt hatte. Ich konnte also meinen Hunger nach lebendiger Geschichte nicht stillen, allein vielleicht wuchs in mir heimlich das Verständnis für altbayrische Lebensfreude.

Wie man es von ihm erhofft hatte, verhielt sich Onkel

Wilhelm gegen mich als soldatischer Vorgesetzter, der keine Respektlosigkeit und nichts Saloppes duldete und, wenn er schon einmal lobte, auf die Anerkennung stets eine scharfe Mahnung folgen ließ.

Die Überwachung meiner Arbeit, die zu seinem Pflichtenkreise gehörte, bereitete ihm Schwierigkeiten, über die er sich nicht ganz ehrlich wegsetzte.

Da ich seine Schwäche schnell durchschaut hatte, legte ich ihm manches Problem vor und hatte meinen Spaß daran, wie er den Zwicker aufsetzte und sich in den Text einer Stelle in Cornelius Nepos oder Caesar zu vertiefen schien um zuletzt zu entscheiden, sie sei gar nicht so schwer, ich solle nur ordentlich nachdenken und selber die Lösung finden.

Nicht selten hielt er Ansprachen an mich, in denen er mich als beinahe reif gelten ließ und mir die Ehrenstandpunkte klarmachte.

So sehr mir das gefiel, war meine Neigung zu Kindereien doch viel zu lebhaft, als dass ich mich als werdender Mann benommen hätte, und das nahm er stets übel, sah eine Woche lang über mich weg und erwiderte meinen Gruß mit abweisender Kälte.

Ich wartete meine Zeit ab und fand das Mittel ihn zu beschwichtigen, indem ich ihn über gelehrte Dinge respektvoll zu Rate zog.

Am Chiemsee

Der Chiemsee! Wenn ich die Augen schließe und, sei es, wo immer, Wasser an Schiffsplanken plätschern höre, erwacht in mir die Erinnerung an die Jugendzeit, an Stunden, die ich im Kahn verträumte, den See rundum und den Himmel über mir.

Ich sehe die stille Insel, von der die feierlichen Glockenklänge herüberklingen, ich höre den Kahn auf feinem Kies knirschen, springe heraus und stehe wieder unter den alten Linden, von wo aus der Blick über die blaue Flut hinüber nach den Chiemgauer und Salzburger Bergen schweift. Ich gehe an der Klostermauer entlang und sitze am Ufer, wo Frieden und Feierabend sich tiefer ins Herz senken als irgendwo in der Welt, ich gehe zu den niederen Fischerhütten und sehe zu, wie man die Netze aufhängt und die Arbeit für den kommenden Tag bereitet.

Ein abgeschiedenes Stück Erde und ein versunkenes Glück in Jugend und Sorglosigkeit!

Aber doch! Dieses Glück gab es einmal, es erfüllte das Herz des Knaben mit Heimatliebe und wirkte lange nach.

In der efeuumrankten Wirtsstube auf der Fraueninsel habe ich oft ehrfürchtig die Bände der Künstlerchronik durchgeblättert und gesehen, wie diese friedliche Schönheit um mich herum auf bedeutende Menschen Eindruck gemacht hatte.

In den Gedichten war viel die Rede vom Chieminseeo, von Werinher und Irmingard, und diese Romantik der Scheffel- und Stielerzeit begeisterte mich zu den ersten

Versen, die ich, allerdings viel später, auf blaue Flut und Klosterfrieden dichtete.

Die Mitglieder der Künstlerkolonie betrachtete ich mit respektvoller Bewunderung, in die sich etwas Neid mischte; denn Maler zu sein erschien mir als das schönste Los und heute noch, wenn ich Ölfarbe rieche und Farben mischen sehe, überkommen mich alte Wünsche.

Haushofer, Raupp, Wopfner und etliche mehr waren die Herrscher auf der Insel, die von Künstlern für Künstler entdeckt und in Besitz genommen worden war.

Laienbesucher hielten sich nur etliche Stunden auf und strichen scheu um die Größen herum, die nach der Abfahrt des letzten Dampfschiffes unter sich blieben. Der dicken, alten Julie standen sie weniger als Gäste denn als Hüter ihrer Rechte und der alten Ordnung gegenüber, und wenn meine Mutter, wie sie es jeden Sommer einmal tat, zu Besuch kam, musste sie Seufzer und Klagen über die Maler hören.

Die jungen Künstler, Söhne oder auch Schüler der Herren Professoren, hatten für Fröhlichkeit und die herkömmliche Ungebundenheit zu sorgen. Sie veranstalteten Feste an Geburtstagen der Größen, Kahnfahrten, Ausflüge, die dann im Chronikstil ausführlich beschrieben wurden.

Es war eine andere Zeit, und wenn ich mich daran erinnere, wie damals eine absprechende Kritik über einen der Könige der Fraueninsel die ganze Kolonie in Aufregung versetzte, wie sich die Entrüstung übers Wasser gegen Prien hin fortschwang und viele Gemüter beschäftigte, dann darf ich wohl sagen, es war eine harmlose Zeit.

Im Mittelpunkte des allgemeinen Interesses stand der Bau des Königsschlosses auf Herrenchiemsee, der als Symptom der beginnenden Erkrankung Ludwigs II. gelten darf.

Vielleicht ist noch kein Platz unpassender für eine Geschmacklosigkeit gewählt worden als der einstmals wunderschöne Hochwald auf Herrenwörth.

Um ihn zu retten hatte der König die Insel gekauft, als im Jahre 1874 württembergische Händler den Besitz vom Grafen Hunoldstein erworben und mit dem Abholzen begonnen hatten.

Nunmehr, Ende der siebziger Jahre, zerstörte er selber den Wald und das reizvollste Landschaftsbild, indem er den unglücklichen Abklatsch des Versailler Schlosses errichten ließ.

Der Bau ist nicht fertig geworden und der viereckige Kasten, der patzig die Insel beherrscht und der von weit und breit die Blicke auf sich zieht, schaut aus wie ein Gefängnis.

Tritt man näher hinzu oder besucht man den Prachtbau, so friert einen vor dem überladenen, planlos angehäuften Prunk.

Damals freilich kritisierte man nicht; im Lande galt auch dieser Plan des Königs als Beweis seiner kunstfreudigen, vom Großvater ererbten Art und am Chiemsee war man wohl zufrieden mit dem regen Leben, das sich nunmehr entwickelte.

Lärm gab es genug.

Scharen von Arbeitern siedelten sich auf der Insel, aber auch auf den nächsten Ufern an; Bauführer und Poliere mieteten sich in Prien ein, die Zufuhr des Materials brachte Fuhrleuten und Schiffern guten Verdienst und der große Mann in diesem früher so stillen Winkel war der Erbauer des Schlosses, Ritter von Brandl.

Der Bau währte bis zum Frühjahr 1886 und gab Anlass zu vielen Geschichten und Gerüchten.

Dem König dauerte es zu lange und es soll ihm bei Besuchen manches vorgetäuscht worden sein, was nach seiner Abreise wieder verschwand; zuweilen wurde die Zahl der Arbeiter stark verringert und am Chiemsee erzählte man sich dann mit Augenblinzeln die seltsame Mär, dass auch einem König das Kleingeld ausgehen könne.

Eine barbarische Maßregel war der Abschuss des Damwildes, das bis dahin ungestört auf der Insel gehegt worden war.

Wenn man an stillen Abenden an der Südspitze der Herreninsel vorüberfuhr, sah man stets etliche Hirsche und Tiere, die ganz vertraut waren; auch von der Klosterwirtschaft aus hatte man oft den Anblick, wie Damwild auf die Wiesen austrat und äste.

Jetzt sollte es wegen der neuen Gartenanlagen ausgerottet werden.

Alle Jäger und Schießer und Schinder im Chiemgau wurden zu dieser Jagd eingeladen; mit grobem und leichtem Schrot, mit gehacktem Blei und ganz vereinzelt nur mit der Kugel wurde auf das gehetzte Wild geschossen. Angepatzt und immer wieder aufgestört wurden viele davon erst nach Tagen zur Strecke gebracht und endlich war kein Stück mehr am Leben, das die übrigens nie ausgeführten Gartenanlagen hätte beschädigen können.

Wenn der König kam, wurden vorher viele Tausende von Blumen in Töpfen herbeigeschafft; man grub sie in den Boden ein und täuschte dem Schlossherrn einen herrlich gepflegten Garten vor.

Im Frühjahr 1886 wurde die Arbeit, die schon vorher gestockt hatte, ganz eingestellt; es war so was wie ein Bankerott, dem bald die Absetzung folgte.

Späterhin führte die Neugierde viele Besucher herbei und es gehörte auch zu der weit verbreiteten Geschmacklosigkeit, dass diese leblose, überladene Pracht bewundert wurde. Die Vorstellung, dass ein einzelner Mensch mit ein paar Dienern in diesen Räumen, lang gestreckten Gängen und Spiegelgalerien auch nur etliche Stunden zubringen, hinter diesen von Gold starrenden Brokatvorhängen schlafen sollte, ist unmöglich.

Meine Mutter ließ sich nach dem Tode des Königs nicht zu einem Besuche des Schlosses überreden; sie wollte sich teure und in Ehren gehaltene Erinnerungen an den unglücklichen Mann und an schöne Tage in der stillen Vorderriß nicht zerstören lassen. Wenn sie enthusiastische Berichte von der Pracht und Herrlichkeit hörte, erzählte sie, wie sich der König einstmals in seinem Jagdhause so wohl gefühlt hatte und wie schlicht und einfach er gewesen war.

Vorm Examen

Was werden?

Gewöhnlich entschied sich darüber der Rechtspraktikant erst nach dem Staatskonkurse und der Bekanntgabe der Note, die den Pegelstrich seiner Fähigkeiten und Aussichten bildete.

Einem Zweier stand alles offen, einem Dreier war beinahe alles verschlossen.

Sogar die Post und Eisenbahn kaprizierte sich auf intelligente Juristen; beim Notariat, beim Auditoriat, bei der Intendantur, von Justiz und Verwaltung nicht zu reden, überall begehrte man die Marke »zwei«.

In vergangenen Zeiten brannte man Galeerensträflingen ein entehrendes Zeichen auf die Schultern; sie trugen nicht schwerer daran als geprüfte Juristen an einem Dreier.

Ich brauchte nicht erst das Ergebnis des letzten Examens abzuwarten um zu wissen, dass ich weder Richter noch Verwaltungsbeamter werden mochte.

In beiden Berufen sah ich Beschränkungen der persönlichen Freiheit, gegen die ich mich auflehnte; die Vorstellung, dass ich mir den Aufenthaltsort nicht selbst sollte wählen können, hätte allein genügt mich abzuschrecken.

Und dies und das im Leben der Richter und Beamten, das ich täglich beobachten konnte, sagte mir nicht zu; es schien sich doch in einem engen Kreise zu drehen, von einer Beförderung und Versetzung zur andern, und alles Interesse, das sich über den Beruf hinaus erstreckte, starb von selber ab. Ich floh, wenn ich irgend konnte, die Gesellschaft der Juristen.

Jede Unterhaltung mit Bürgern, Handwerksgesellen oder Bauern war unvergleichlich anregender als ein Gespräch mit trefflichen Räten. Wie Schüler von ihren Aufgaben unterhielten sich die Herren von ihren Fällen, die älteren mit Genugtuung, weil sie noch, die jüngeren, weil sie schon so klug waren.

Die Medisance, die auch in diesem Kreise blühte, bestand immer darin, dass einem Abwesenden nachgesagt wurde, er habe oberstrichterliche Entscheidungen nicht gekannt oder falsch verstanden.

Nachmittags gegen fünf verließ der Staatshämorrhoidarius die Kanzlei, schloss sich einem Gleichgesinnten an und spazierte auf dem Bürgersteige auf und ab, Fälle erwägend, Sätze abrundend, Deduktionen zum logischen Ende führend.

Eine Karawane von Paragraphenkennern pilgerte so zum Bahnhofe, grüßte sich, verlästerte sich, sagte sich Unkenntnis einer Bestimmung und Verkalkung nach und wartete auf den großen Schnellzug Paris-Wien, der hier eine halbe Minute lang hielt.

Man sah verächtlich auf die fremdartigen Menschen, die keine Ahnung von Einführungs- und Ausführungsgesetzen hatten, und die Fremden sahen verächtlich auf die Havelocks und abgelatschten Schuhe der Schriftgelehrten.

Man stieß sich gegenseitig ab, bis der Zug weiterfuhr.

Die Fremden zogen gen Wien, die Räte gen ein Bräuhaus, wo neue Gedanken über alte Entscheidungen aufblitzten.

Ich wusste, dass ich dieses Leben nicht führen würde, und so malte ich mir meine Zukunft als Rechtsanwalt aus, bescheiden, mit gemütlichem Einschlag. Eine auskömmliche Praxis in Traunstein, die mir Muße ließ zu kleinen schriftstellerischen Versuchen, denn an die dachte ich damals schon.

Wenn ich mit meiner Mutter über kommende Zeiten sprach, überlegten wir uns, wo ich etwa einmieten und wie viel Zimmer ich brauchen würde, denn es galt mir als ausgemacht, dass sie dann die Wirtschaft aufgeben und zu mir ziehen sollte.

Der Kupferstecher Professor Hecht aus Wien, der in der »Post« ein paar Sommermonate wohnte, lächelte zu meinen Plänen und sagte: »Sie werden sich nicht als Advokat in das kleine Nest verkriechen! Sie gehören in die Welt hinaus und ich weiß gewiss, dass Sie in München als Schriftsteller oder Leiter einer Zeitung einen Namen haben werden.«

Ich hörte die Prophezeiung gerne, wenn ich auch nicht zuversichtlich daran glaubte.

Ein anderer ständiger Gast in der »Post« und Freund der Familie, Assessor F., musste wohl eine ähnliche Meinung haben, denn er redete mir zu, das letzte Jahr meiner Praktikantenzeit in der Hauptstadt zu verbringen, und gab mir die Mittel dazu.

Ich glaube nicht, dass irgendein Ereignis so bestimmenden Einfluss auf mein Leben gewonnen hat wie die Übersiedlung nach München; ich fand dort Anschluss an Männer, die mich zur Schriftstellerei ermunterten, und vor allem, ich fand selber den Mut zu wollen und verlor den Geschmack daran, mich unter die Decke eines behaglichen Philisterlebens zu verschliefen.

Unterwegs in Italien

Die Fahrt nach Florenz führte uns über Sestri Levante auf-
wärts durch entlegene Apenninendörfer, in denen wir manches anmutige und wieder belustigende Erlebnis mit dem
neugierigen Volke hatten. Wilke hatte eine Kurbel abgetre-
ten und wir mussten in einem kleinen Dorfe Halt machen
und versuchen den Schaden reparieren zu lassen. Unsere
Zweifel, ob das wohl in diesem Neste möglich wäre, zer-
streute der Wirt, der uns mit großen, ausholenden Gesten
und in feuriger Rede versicherte, es wäre der beste Mechaniker des Landes im Orte.

Wir brachten das Rad zu dem berühmten Künstler und
ließen es uns in der Wartezeit wohl sein bei den trefflichen
Makkaroni, die uns der Herbergsvater vorsetzte.

Wir mussten ihm viele Fragen nach unserer Herkunft,
unserem Berufe, unseren Reiseplänen, auch nach dem Leben, das man in dem hyperboräischen Deutschland führe,
beantworten; er hatte gehört, dass es auch dort trotz un-
wirtlicher Kälte viele Menschen, große Städte und sonder-
barerweise ungemessenen Reichtum gebe.

Wir erzählten ihm Wahres und Unwahres und mehrten
seinen Respekt vor den Nordmännern, die im Gelde
schwimmen und trotzdem in der frostigen Gegend wohnen
bleiben.

Ein paar Stunden später kam die ganze Einwohnerschaft
die enge Gasse herunter zum Wirtshaus gezogen, Männer,
Weiber, Kinder, alles, was gehen konnte und Zeit hatte, und
Zeit hatten sichtlich alle.

Voran schob triumphierend der Mechaniker das Rad

Wilkes und übergab es feierlich dem Wirte, der es uns mit sichtlichem Stolz vorwies. Hatte er zu viel gesagt, dass der trefflichste Künstler des Landes in seinem Heimatorte zu finden sei?

Dann hielt er von der Freitreppe herunter eine Ansprache an die Einwohner, sagte ihnen, dass wir von weit her, aus dem großen Monaco di Baviera, nach dem schönen Italien gefahren wären um uns an den Reizen dieses einzigen Landes zu erfreuen, dass wir nach dem altberühmten Florenz reisen wollten, wo reiche Menschen aus allen Ländern der Erde zusammenkämen um die Kunstschätze zu bewundern. Er wünschte uns Glück zur Fahrt, schöne Tage und fröhliche Heimkehr. Die ganze Dorfschaft hörte andächtig zu und klatschte am Schlusse lebhaft Beifall, winkte uns zu und rief uns »glückliche Reise« nach, als wir aufstiegen und weiterfuhren.

Diese Leute waren so unverbildet, gutmütig und neugierig wie Kinder; und wie sie fand ich noch viele, ja eigentlich alle, besonders auf dem Lande.

Wie leicht hätte es sein müssen, mit ihnen stets im Frieden zu leben – wenn es in Italien keine abgefeimten Advokaten und in Deutschland keine Diplomaten und Esel gegeben hätte.

Wie sonderbar aber die Ansichten über Volk und Land verbildet waren, das sah ich ein paar Wochen später in Florenz, als ein Tiroler Arzt uns mit sichtlichem Entsetzen fragte, ob es denn wahr sei, dass wir zu Rad durch die Apenninentäler gefahren wären.

Und er wollte es kaum glauben, dass wir das Wagnis ohne Abenteuer, ohne gefährliche Begegnungen mit Räubern bestanden hätten.

Ein Jahr später beschwor mich ein römischer Hotelier, ein geborener Italiener, ich möchte doch um Gottes willen von dem Plane abstehen allein durch die Campagna gegen Amelia hin zu fahren, da ich sonst bestimmt Räubern in die Hände fiele.

So glücklich wirken die Zeitungen und so bringen sie die Menschen einander näher.

Heilige Nacht

Eine Weihnachtslegende

Zu den zweifellos beliebtesten Werken von Ludwig Thoma zählt die »Heilige Nacht«. Wir lernen hier den späten Ludwig Thoma (das Werk ist 1916 erschienen) von einer ganz neuen Seite kennen: keine Bissigkeit, keine Satire, nur schlichte Innigkeit und einfühlsames Erzählen.

Es ist schwer zu sagen, warum die »Heilige Nacht« uns bei jedem Lesen oder Hören so nachhaltig beeindruckt. Ist es die Art, wie Ludwig Thoma die Gestalten der uns so fernen biblischen Geschichte zu Menschen aus Fleisch und Blut werden lässt und dem Geschehen so eine ganz unverhoffte Aktualität gibt? Sind es die kleinen, nur skizzenhaften, eingestreuten Naturschilderungen, die uns in wenigen Worten die Stimmung eines kalten, schneereichen Wintertags vermitteln? Oder ist es, speziell bei uns Bayern, ein wieder erwachendes Gefühl dafür, wie schön unsere Sprache eigentlich sein kann?

Erstes Hauptstück

Jetzt, Leuteln, jetzt loosts amal zua!
Mein Gsangl is wohl a weng alt,
Es is aba dennascht schö gnua.
I moan, dass' enk allesamm gfallt.

Es war selm in Nazareth hint
A Mo, der si Joseph hat gnennt;
So brav, wia ma net oft oan findt
Und wia ma's net glei a so kennt.

Er hot als a Zimmamo glebt.
Und koa Geld war freili net do,
Mit da Arwat hot a's dahebt,
Dass a grad a so furtmacha ko.

's werd gwen sei, wia's heunt aa no is.
Ma hat oft halt grad a so z' toa.
Bal baut werd, na hot ma sei G'wiss',
Sinscht is da Vodeanst eppa kloa.

A richtiga Mensch richt si's ei'
Und halt seine Kreuza beinand.
No ja, und dös muaß amal sei',
Und dös sagt oan scho da Vastand.

Da Joseph hat's wohl a so gmacht
Und hot nia nix unnütz valor'n,
Denn, bal ma dös richti betracht',
Sinscht waar a koa Heiliga worn.

I woaß, dass ma 'r eppa sagn kunnt:
De Zimmaleut mögn gern a Bier,
Und Brotzeit, de macha s' all Stund.
De meischt'n hamm jetzt de Manier.

Vielleicht aba selbigs Mal net?
Obwohl dass ma's net so gwiss woaß,
Und weil's in die Büacha oft steht,
Z' Palästina waar's a weng hoaß.

Sei Frau, no dös wissts ja allsamm,
Da braucht's ja koa Wort mehra net,
Indem dass mir's alle glernt hamm,
Was im Katechisimus steht.

Ganz Nazareth sagt, wia de leb'n,
So friedli und brav und so staad! –
Dös muaß's wohl net glei wieda gebn!
Waar schö', bal's as öfta gebn tat.

Jetzt, dass i enk weitavazähl:
Es kimmt selm auf oamal a Schreibn,
Es müaßt si, und glei auf da Stell,
A jeda bei'n Rentamt ei'schreib'n.

Da Kaiser Augustus will's hamm.
Er braucht eahm halt wieda a Geld.
Ma treibt's vo de kloana Leut z'samm;
Dös is amal so auf da Welt.

Was tean jetzt de Leut z' Nazareth?
Sie wern halt aa schimpfa und zahln,
Und wia'r oan de Sach g'ärgert hätt',
Dös siecht ma danach bei de Wahl'n.

232

An Joseph hot's aa net schlecht gift'.
Balst moanast, du kamst a weng z' toa,
Na kriagast a sellene Schrift,
Als waar ge de Steuerlast z' kloa!

Ja, kratz di no hinta de Ohrn,
Do ko'st scho nix macha, mei Mo!
Und zahlt is no jedes Mal worn,
Mit'n Staat, da fangt koana o.

Da Joseph sagt z'letzt: »In Gotts Nam',
Na roas' ma auf Bethlehem nei'
As Rentamt und sag'n, was ma hamm,
Es werd scho net gar so vui sei'.

Was is na mit dir, bleibst du do,
Maria? Du woaßt scho, warum.«
»I bleibet ja gern, liaba Mo,
Aba 's Rentamt will, dass i kumm.

Da Steuerbot hot's ins ja gsagt,
Denn a jeda, sagt a, muaß her,
Und d' Weiberleut aa, hot a gsagt,
Und koan Ausnahm geit's do it mehr.«

Da Joseph sagt: »Jetza is's recht!
Wia geht ma denn mit de Leut um!
Und bal ma'r aa ghorsam sei' möcht,
Aba dös is dennascht scho z' dumm!«

»O Joseph, es steht in da Schrift:
Ös seids bald in Bethlehem drin,
Und was si alssammet auftrifft,
Dös hot insa Herrgott an Sinn.«

Gesang

Im Wald is's so staad,
Alle Weg san vawaht,
Alle Weg san vaschniebn,
Is koa Steigl net bliebn.

Hörst d' as z'weitest im Wald,
Wann da Schnee obafallt,
Wann si 's Astl o'biagt,
Wann a Vogel auffliagt.

Aba heunt kunnt's scho sei,
Es waar nomal so fei,
Es waar nomal so staad,
Dass si gar nix rührn tat.

Kimmt die heilige Nacht.
Und da Wald is aufgwacht,
Schaugn de Has'n und Reh,
Schaugn de Hirsch übern Schnee.

Hamm sie neamad net gfragt,
Hot's eahr neamad net gsagt,
Und kennan s' do bald
D' Muatta Gottes im Wald.

Zweites Hauptstück

Beim Tagwer'n, es war no ganz fruah,
Schaugt da Joseph außi in' Schnee.
»Maria, jetzt genga ma zua,
Z'erscht trink' ma no insern Kaffee.

O mei ja! Dös werd heut was wer'n!
Dei Schuahwerk is aa so vui dünn,
I wollt und i hätt's scho recht gern,
Mir waarn scho in Bethlehem drin.«

»Jetzt lass da daweil, liaba Mo!
Es geht ins ganz guat, werst as sehgn,
Was sei muaß, dös packt ma frisch o
Und es werd ins na do scho nix gschehgn.«

So genga sie naus bei da Tür.
D' Maria muaß langsama toa;
Es kam ihr bald selber so für,
Da Joseph gang gscheida alloa.

Vo Nazareth braucht ma ganz gwiss
Auf Bethlehem ummi sechs Stund,
Dös hoaßt, bal da Weg sauber is
Und bal oana richti geh' kunnt.

So glangt's auf koa Weit'n wohl net;
An Schuach und no drüba hot's gschneibt,
D' Maria bal hundert Schritt geht,
Is's Not, dass sie wieda steh' bleibt.

Es geht Buckel auf, Buckel o;
Am bessern war's dennascht im Wald,
Hat da Wind net gar so schiach to
Und war do net gar a so kalt.

Auf'n Mittag zua vespern s' a weng
Am Holz hiebei, glei neba'n Rand;
Sie müass'n, sinscht wurd's eahna z' streng.
Und si ess'n a Nudl mitnand.

An Joseph, den jammert's scho recht,
Und wia'r a d' Maria betracht',
Da sagt a: »Heunt geht's ins wohl schlecht,
Und Angscht hon i, dass' da was macht.«

Sie zoagt eahm des freundlichste G'sicht.
»Und«, sagt sie, »es feit net so weit,
Geh, Vata, was helft ins de G'schicht,
Weil 's Jammern ja aa nix bedeut'.«

Sehgt's, Leuteln, so tapfa is s' g'wen,
Koan Aug'nblick hat sie net greint,
Da kunnt'n de Weiba – was denn? –
A Beispiel dro hamm, wia's ma scheint.

No, dass i mei G'schicht fürabring –
Sie hamm sie so mitanand tröst'.
De Guatheit macht jede Sach g'ring,
Da Unmuaß is oiwei des Größt.

Und wia sie so freundli dischkriern,
Do hört ma'r a wunderschöns G'läut
Und siecht oan a's Holz her kutschiern.
Da hot si da Joseph scho gfreut.

236

Der Schlitt'n, der kemma is, war
Vom reich'n Manasse, an Mo
Vo Nazareth. Da hat's koa G'fahr,
Dass d' Maria net aufsitz'n ko.

»He! Halt a weng! Sei do so guat!«,
Schreit da Joseph. »Kunnt's eppa sei',
Du siechst ja, wia 's Weda heut tuat,
Gang's net, dass sie mitkam, de Mei'?«

Der aba, der gibt gor it Acht,
Er schnallt mit da Goaßl und d' Ross',
De schiaß'n voro und er lacht
Und zahnt recht und prahlt si no groß.

Mei Liaba, was ko ma da sag'n?
I sag grad, wer so eppas tuat,
Der is mit eahm selba scho gschlag'n,
Und selle Leut geht's it so guat.

Jetzt hockan s' halt wiida im Schnee.
Sagt d' Maria: »Ärger di net
Und hülf ma'r a wengl auf d' Höh!
Ma friert aa net so, bal ma geht.«

So waten s' drei Stund oda vier
Und sie bleib'n gar oft wiida steh'.
Da Joseph vazagt. Er moant schier,
Sie kunnt's eahm bald nimma dageh'.

Es war aa scho nimma gar z' hell
Und an schiach'n Neb'l hat's gmacht,
Und kam eahr de Dunkelheit z' schnell,
Was tean s' na im Wald bei da Nacht?

Da kimmt jetzt a Handwerksbursch her,
Draht si um, bleibt steh' und hat g'sagt:
»Es scheint, bei da Frau geht's net mehr,
Waar Not eppa gar, dass ma s' tragt.«

Da Joseph und er geb'n si d' Hand;
D' Maria hamm s' unter si g'fasst,
Und führen s' und trag'n s' mitanand
Und g'spürn kaam de heilige Last.

»Wo kemmts denn ös her und wer seids?«
»I arbet als Zimmamo drent
In Nazareth. Dös is a Kreiz,
Jetzt san ma acht Stund ummag'rennt.

Mir müass'ma'r auf Bethlehem nei',
As Rentamt, du woaßt ja, gon zahl'n.
O mei, Mensch, i dank da halt fei',
Du tuast ma'r an richtinga Gfall'n!«

»Dös braucht's it. Es gschiecht ja recht gern.
Jetzt sollt ma'r an Äpfischnaps hamm,
Da wurad dei Frau wieda wern,
Derselbige richtet oan z'samm.«

So hamm sie halt mitanand g'redt,
Hamm d' Maria g'hebt und hamm s' trag'n.
Ja, Leut, bal s' den Helfa net hätt,
Waar's gfeit g'wen. Dös konn i enk sag'n.

Jetzt sehg'n sie scho Liachta im Tal;
Da drunt'n muaß Bethlehem sei'.
Da Handwerksbursch sagt: »Halts amal,
I trau ma'r in d' Stadt net ganz nei'.

Vo zweg'n de Standari, vastehts,
Denn koane Papier hab i koa.
I moan, es is bessa, ös gehts
Auf Bethlehem eini alloa.«

Sie nehma Bfüad Good voranand,
D'Maria hot gar so liab g'lacht
Und da Joseph druckt eahm sei Hand
Und hot eahm sei Danksagung g'macht.

Wer war ge der Bursch, liabe Leut?
Wie hoaßt a? Wia hot er si g'schrieb'n?
Mir wiss'ma's no net bis auf heut,
Es is ins koan Ausweis net blieb'n.

Du lüftiga Bursch auf da Roas,
Du host wohl koan Pfenning koa Geld
Und bist do da Reichst, den i woaß,
Und bist do da Reichst auf da Welt!

Ja, bfüad di Good! Schwing no dein Huat!
Di derf koa Standari schiniern'n!
Dir is insa Herrgott was guat,
Bei dem werst du gwiss nix valier'n!

Jetzt san ma in Bethlehem drin.
Wos werd eppa da alles gschehg'n?
Wos hamm s' eppa da alls an Sinn?
Ös Leuteln, mir wern's na scho sehg'n.

239

Gesang

Und daußd geht da Wind,
Geh, seids do guat g'sinnt!
So kalt kommt's oan für,
Machts auf enka Tür!

»Wer klopft bei da Nacht?
Da werd net aufgmacht!
Gehts glei wieda zua
Und lassts ins in Ruah!«

»De Frau nehmts do gwiss,
Weil s' gar so arm is!
Sie wart' auf ihr Stund,
Sie geht ma sinscht z' Grund!

Und bal sie koa's hätt,
Na braucht sie koa Bett,
Es tat's aa'r a so,
Kriagt s' grad an Schab Stroh.«

»Gehts weita! Gehts zua!
Und lassts ins in Ruah!
Mir hamma koan Gfalln
Mit Gäst, de schlecht zahln.«

Es sturmt und es schneibt,
Es wedat, es treibt,
Koa Mensch lasst s' net rei' –
Ja, darf denn dös sei?

Drittes Hauptstück

Da stenga de zwoa jetzt am Tor,
Hamm freundli an Einlass begehrt,
An Pass aba zoagn sie z'erscht vor.
So hot's a si selbigs Mal ghört.

Beim Rösslwirt oder im Lamm,
Da stell'n de vo Nazareht ei',
Da wer'n sie an Untaschluff hamm,
Da kunnt's no am leichtasten sei'.

Beim Rösslwirt san sie jetzt gwest;
Kimmt da Hausknecht mit da Latern.
»Wer is denn no daußd?« – »Fremde Gäst,
Und a Liegastatt hätt'n mir gern.«

»Ja freili, sinscht fallt enk nix ei'?
Bei ins is's scho voll«, sagt da Knecht,
»Ös kunnts ja no spata dro sei'!
Mir wart'n auf enk! Da habts Recht.«

So red't a. So reden s' no heut,
De Hausknecht, ma kennt s' ja recht guat!
De hamm an da Grobheit a Freud',
Bal s' arbet'n, kemma s' in d' Wuat.

Ös Wirt, und i sag enk dessell:
Auf enkere Hausel derfts schaug'n,
is jeda a hoanbuachna G'sell,
Und lassts as no net aus de Aug'n!

Derselbig in Bethlehem haut
De Tür zua und sagt net guat Nacht.
Da Joseph hot grad a so g'schaut
Und hot si am Weg weitag'macht.

Beim Lamplwirt dauert's z'erscht lang,
Na rumpelt da Vizi daher
Und schreit bei da Tür raus im Gang:
»Bei ins gibt's koa Liegastatt mehr.«

Sie genga zum Bräu und auf d' Post,
Beim Schimmiwirt hamm s' zuawig'schaut,
Zum goldna Horn, wo's so vui kost,
Da hamm s' a si net anitraut.

Na san s' no in d' Hirwa zum Bäck,
Beim Schuasta hamm s' aa'r amal gläut',
Und nacha beim Huaba am Eck,
Und nirgads hot's eahr wos bedeut'.

Da Joseph, der jammert halt recht:
»Es is ma ja gar net um mi,
Mir waar wohl koan Untastand z' schlecht,
Zweg'n meiner is's net. Aba sie!

Maria, i woaß ma net z' rat'n,
Und 's Woana, dös kommt ma glei o,
I siech's ja, du leid'st ma'r an Schad'n,
Und dass i für gar nix sei ko.«

D' Maria is wohl a weng schwach
Und hot si vui g'sünda o'gstellt.
Sie sagt eahm: »Geh, Joseph, de Sach,
De is net dös Irgst auf da Welt.

Dös is halt jetzt heut amal so,
Mir find'n was, werst d'as scho sehg'n,
Und kriag i koa Bett, auf an Stroh,
Da bin i an öftern scho g'leg'n.«

Da hot ihra Mo wieda glacht
Und sagt ihr: »Du bist scho so guat!
Und bal ma mit dir a weng spracht',
Da kriagt ma glei wieda an Muat.«

Und weil a si 's G'ringa fürnimmt
Und frischa werd, fallt eahm wos ei',
Ja, dass ma net glei auf dös kimmt!
»Zum Josias genga ma nei'!

Zum Josias geh' ma, woaßt d' was!
Jetzt san ma scho gwunna, dös geht.
Sie is ja a meinige Bas,
De wo aa dein Zuastand vasteht.

Jetzt renna ma so umanand
Und lass'n de halbe Stadt z'ruck,
Und hätt'n s' Loschi bei da Hand,
Bei'n Josias enta da Bruck!

I hab sie wohl lang nimma g'sehg'n,
Ganz gwiss so a siebn an acht Jahr,
Pass auf, dera kemma mir g'leg'n,
Sie is a guat's Leut, dös is wahr.

O mei Good, i woaß no wia heunt,
Wia s' selbigs Mal Hozet hamm g'macht,
Da Zaches, der war da nächst Freund
Und hot ihr an Kammawag'n bracht.

Bei'n Kirchagang hot's so vui g'regn't.
Ma sagt, dass dös Reichtum bedeut',
No ja, was ma hört, san s' aa g'segn't,
Sie san scho recht geldige Leut.

Maria, pass auf, lass da sag'n,
Mei Basl, de kocht da ganz g'wiss
A Muas und da kriagst d' was in Mag'n.
Na, dass i auf so was vagiss!«

So geht a dahi volla Freud,
»Und«, sagt a, »es braucht nix pressier'n,
Maria, jetzt lass da no Zeit,
Jetzt wiss'ma ja, wo ma loschier'n.«

O Joseph, wia kennst du de Welt?
Du host, scheint's, no weni dalebt
Mit selle Vawandte mit Geld,
Und was für an Ehr ma aufhebt.

Gesang

Wos eppa dös bedeut'
Mit enk, ös reich'n Leut,
Und enkern Geld?
Müaßts oiwei mehra spar'n,
Müaßts oiwei z'sammascharr'n
Und müaßts do außifahr'n
Aus dera Welt!

Ös müaßts ma's scho valaabn,
I ho koan andern Glaabn,
Als dass' enk reut.
Kemmts ös in d' Trucha nei',
Da seids ös aa net fei',
Da werds ös grad so sei'
Wia'r ander Leut!

Drum denkts, so lang als lebts:
Wos ös de Arma gebts,
Is net vaschwend't.
Ös habts des Best davo,
So wia ma's hoffa ko,
Kriagts ös den schönst'n Loh'
Amal da drent!

Viertes Hauptstück

»Schaug hi!«, sagt da Joseph und lacht,
»Bei'n Josias brennt no d' Latern,
Jetzt hot's a si wirkli guat g'macht,
Jetzt hamm ma z'letzt do no an Stern.

Und schaug no, wia schö is dös Haus!
Sechs Fensta herunt und fünf drob'n,
So reinli und sauba siecht's aus,
Da muaß ma mei Basl scho lob'n.

Jetzt wart no, i ziahg an da Schell'n,
Vom Ummasteh ham ma jetzt gnua,
De wer' i ge außarebell'n,
He, Josias, mach amal zua!«

Sie hör'n bald, wia drob'n oana schreit:
»Wos is bei da stockfinstern Nacht?
Wer kimmt um a sellane Zeit?
Do werd koa Spektakel net g'macht!«

»Ja, grüaß di Good, Josias! Kimm
Und lass ins no g'schwind amal nei':
Du kennst mi ganz gwiss an da Stimm,
Mir kemma vo' Nazareth rei'.

Mir san heut scho lang auf da Roas
Und suach'ma Loschi überall'n,
Und wia'r i z'letzt gar nix mehr woaß,
Da bist ma halt du no ei'gfall'n.«

»So, moanst du? Da braucht's ja net mehr,
Jetzt geht's scho auf zehni bereits,
Da kamst du ganz oafach daher,
I woaß net amal, wers ös seids.«

»Da Joseph. Mir san do vawandt
Und de Dei' is a Basl vo mir …«
»Vo dem is mir gar nix bekannt.
Jetzt gehts amal weg vo da Tür!

I sag da dessell, bei da Nacht,
Da hab i am liabern mei Ruah,
Da werd koa Bekanntschaft net g'macht,
Adjes! Und jetzt gehts amal zua!«

»Geh, Josias, bal a da's sag …«
»Nix sagst d' ma! I kenn di net, di,
Scho deratweg'n, weil i net mag,
Wosd' her bist, da gehst wieda hi!«

Jetzt kimmt no a Weibets dazua,
De tuat scho abscheili und schreit:
»A Ruah möcht ma hamm, inser Ruah!
Was san da denn dös no für Leut!«

»A Vetta vo dir, hot a g'sagt …«
»Wos Vetta? A sella, der kimmt
Und 's Sach na bei'n Haus außitragt
Und selba nix hot und grad nimmt!

A Vetta! A so waar'n s' ma recht!
Ja, selle Verwandte gab's vui,
Wo jeda was brauchat und möcht
Und jeda was o'brocka wui.

Da gang oan d' Vawandtschaft net aus,
De fressat oan' arm, vor ma schaugt,
Koa sella kimmt net in mei Haus!
A Vetta! Dös hätt ma ge 'taugt!«

Sie hamm jetzt de Fensta zuag'schlag'n
Und wergeln und schimpfa no drin.
Da Joseph woaß gar nix zum sag'n,
Es is eahm ganz wunderli z' Sinn.

Er geht a paar Schritt auf da Straß,
D' Maria geht hinta eahm drei',
Sie siecht, seine Aug'n san eahm nass.
Wia kinna de Leut a so sei'?

Er wischt übers Gsicht mit da Hand.
»Maria, wos tean ma denn jetzt,
Wos trifft ins no alls mitanand,
Wos is ins no alles aufg'setzt?

Da soll na da Mensch net vazag'n
Und soll bei da Bravheit besteh'!
Balsd' arm bist, muaßt d' alssamm vatrag'n
Und alls muaß da üba si geh'!«

»A selle Red soll'n ma net führ'n,
Schau, Joseph, dös waar do da Sünd!
Mir brauchan koan Unmuaß net spür'n,
Ins is do des Schönste vakünd't.

I woaß wohl, du moanst ma's recht guat,
Grad weil a da gar so dabarm,
I hob do den fröhlichsten Muat
Und woaß ja, mir zwoa san net arm.«

Jetzt, wia no d' Maria so spracht',
Da kimmt üba d' Straß her a Mo;
Der fragt, was sie tean bei da Nacht
Und ober s' net eppa führ'n ko.

Ös Leuteln, i bild ma dös ei,
I moan g'rad und woaß ja net g'wiss,
Dössell kunnt an Engl g'wen sei,
Bal's eppa koa Mensch g'wesen is.

Ko sei oda net, er hot s' g'weist
Und hot si koan Ausred vagunnt,
Er hot si so richti befleißt,
Wia's an Engl net bessa toa kunnt.

Da daußd vor da Stadt war a Haus,
A Häusl war's, kloa und dafall'n,
Do sagt da Mo: »Simmei, kimm raus,
Geh außa und tua ma den G'fall'n!«

»Glei kimm i«, schreit oana vo drin.
Es dauert net lang, geht die Tür.
»De Leut hätt'n 's Dobleib'n an Sinn,
I moanat, es gang scho bei dir?«

Da Simmei, der kratzt si a weng
Z'erscht hinta de Ohr'n, sagt: »Am End
Gang's wohl, do bei mir is's halt eng,
Wia waar's denn im Stall eppa drent?«

»Vagelt's Gott! Mir waar'n ja so froh«,
Sagt da Joseph, »wann du ins nahmst
Und gabst ins an wengl a Stroh – –
Mir tatn's wohl aa, bal du kamst.«

»Ja, bleibts no. I weiger mi net,
I woaß scho, wia's tuat, is ma'r arm.
's is schod, dass' herinna net geht,
Aba drent'n im Stall, da is's warm.

Und 's Stroh hab i enk glei aufg'schütt',
A Heu kriagts ma'r aa no dazua,
Da legts enk ös eini a' d' Mitt',
Da habts ös de allabest Ruah!«

»I woaß ja, da Simmei is recht«,
Sagt der ander, »bfüat enk Gott aa!
Ös sehgts scho, ös habts as it schlecht
Im Stall drinn auf enkera Strah.«

Da Simmei, der führt s' jetzt in' Stall
Und da Joseph b'steht eahm was ei.
»Woaßt du«, sagt a, »bei ihr is's da Fall,
Es kunnt no heut Nacht eppas sei'.«

»O mei Gott, und muaß umanand!
Es is auf da Welt scho a Kreiz,
Jetzt bin i erst recht bei da Hand
Und hülf enk, weils gar so arm seids.«

Dös beste Stroh hot a aufg'straht
Und schaugt, dass de Tür aa guat schliaßt
Dass ja net koa Wind einawaht
Und dass sie ja gar nix vodriaßt.

Na sagt a recht freundli: »Guat Nacht,
Ös Leut, und es derfts ja it moan',
Ös hätts ma'r an Arwat herg'macht,
Und an Umstand machts ma'r ös koan'.

Guat Nacht jetzt und schlafts ma recht guat
Und lassts enk nix kümmern mitnand.
I woaß an mir selba, wia's tuat,
Und 's Armsei', dös is ma bekannt.«

Ja Simmei, du host di scho brav,
Du host di scho richti o'gstellt!
Bal jeda so waar, den ma traf,
Na waar's da fei schö auf da Welt.

Gesang

Es mag net finsta wer'n,
Es bleibt so hell,
Es rucken Mond und Stern
Net von da Stell.

Sie hamm wia Liachta brennt,
So still und klar,
Als waar dös Firmament
A Hochaltar.

Und 's is so wundafei',
Wia's obaklingt!
Dös muaß da Herrgott sei,
Der 's Hochamt singt.

Fünftes Hauptstück

I denk ma, dieselbige Nacht
War net, wia'r a jede sei' kunnt,
I denk ma, die Welt is aufg'wacht
Und wart' auf de heilige Stund.

Da Wind hot si lang scho valor'n,
Es lasst si koa Lüftl net spür'n
Und allaweil staader is's wor'n,
Es traut si koan Astl net z' rühr'n.

Und gang no a Mensch übers Feld,
Es tat eahm an Schnaufa vaheb'n,
Es hätt 'n am Weg eppas g'stellt
Und wüsst si koa Rechenschaft z' geb'n.

Ma kennt's net, was is und wia's hoaßt,
Und 's is eppas rundumadum,
Und 's Herz klopft da schnella, und woaßt,
Wannsd' selba di fragst, net warum.

A diam is's, als kam aus da Höh'
Vo hoamlinga Musi a Klang,
A diam is's, als kam übern Schnee
Vo z'weitest a hoamlinga G'sang.

A Zeit'l, da is's wieda staad,
Und fangt auf a Neu's wieda o,
Als wann ma wo Orgl spiel'n tat
So fei, wia's herunt koana ko.

Es war scho a bsunderne Nacht,
Und kam oan scho bald a so für,
Als waar da ganz Himmi aufg'macht,
Ma stand vor da offana Tür.

Und kunnt grad so eini. Koa Gschloss
Waar für und da Eingang waar frei
Und da Mond, der waar da so groß,
Als waar a vui nächa hiebei.

De Sternein, de hätt ma kaam kennt,
Sie flimmern net, scheina so klar,
So staad, wia'r a Bergfeua brennt,
Dass oan scho grad feierli war.

Und wia si de Nacht so aufhellt,
Da Fuchs bleibt im Holz drinna steh',
Er hot seine Lauscha aufg'stellt
Und traut si koan Schritt nimma z' geh'.

In Bethlehem lieg'n wohl de Leut
A Stund oda zwoa scho im Bett.
Is g'scheida. Desell'n hätt's bloß g'reut,
Bal's eahna de Ruah gnumma hätt.

Beim Josias hamm sie was g'spannt,
Es leucht eahna gar a so rei'
Und wirft eahna Liachta an d' Wand
Und macht in da Kamma an Schei'.

Sie is als de Erste aufg'wacht
Und stößt ihran Josias o:
»Schaug außi, wia hell is de Nacht!«
Er brummt grad, es liegt eahm nix dro.

»Es werd do koa Feuer net sei'?«
»Vo mir aus, bal's weita weg brennt,
I schlaf jetzt und misch mi net ei',
Scho weil ma de Leut gar it kennt.«

»Es is grad so licht wia'r am Tag
Und is bloß da Mond und de Stern.«
»Vo mir aus, und is's jetzt, wia's mag,
I sag da, i schlafet jetzt gern.«

Sie druckt's aba dennascht a weng,
Sie mag nimma gar so staad lieg'n,
Es werd in da Bettstatt ihr z' eng,
Sie is nacha do außag'stieg'n.

Und wia sie beim Fensta nausschaugt,
Da werd ihr so wunderli z'muat,
Es hot ihr scho gar nix mehr 'taugt,
Und 's is ihr scho gar nimma guat.

Sie legt si glei wieda a's Bett
Und draht si bald hin und bald her,
Als lag s' auf an stoa'hart'n Brett,
Von Schlafa is aa koa Red mehr.

»Du, Josias«, sagt s' auf amal,
»I moan, mir war'n do a weng grob,
Kunnt sei, und es waar glei da Fall,
Ma kriagat mit so was koa Lob.«

»Vo was«, fragt da Josias, »red'st?«
»No ja, vo desell'n vo heut Nacht,
I moan, balsd' as aufgnumma hättst,
Es hätt ins net gar so vui g'macht.«

»So, moanst du? Da hab i scho gnua,
Jetzt hätt' sie d' Vawandtschaft an Sinn,
Mit selle Leut lasst d' ma mei Ruah!
Mit selle Leut hot ma koan G'winn.«

»I ho vom Vawandtsei' nix g'sagt,
Es fallt ma no grad a so ei',
Und dass ma de Arma vajagt,
Werd aa net des Allaschönst sei'.«

»Bal wieda oa kemma, na g'halt s'
Und gib eahr und schenk eahr allssamm,
An Butta und Oar und a Schmalz,
Na wer'n ma bald selba nix hamm.

Denn bal amal dös oana gneißt,
Wia schö dass' beim Josias is',
Und wia ma da 's Sach außischmeißt,
Na hamm ma de Kundschaft ganz gwiss.

I mag net, dös will a da sag'n,
Do hot da mei Guatheit an End,
Und willst ma du 's Sach so vatrag'n,
Na lass a da nix mehr in d' Händ.«

Er hot si an d' Wand ummidraht
Und sagt, dass a nix mehr hörn möcht.
Sie brummelt no lang, aba staad,
Denn g'falln tuat ihr gar nix mehr recht.

Jetzt lass ma de zwoa beiranand,
Und schaug'n ins wos Schöners ge o,
Dös Streit'n, dös tat ins grad And,
Mir hamm ins scho gnua g'hört davo.

Sehgts, weita vo Bethlehem daußd,
Da stengan drei Hütt'n im Feld,
In dena hamm d' Hüata drin g'haust
Und üba Nacht d' Schaf einig'stellt.

In oana, da is auf da Strah
Derselbige Handwerksbursch g'leg'n,
Er schlaft jetzt und traamt hot er aa
Und hot eppas Wundaschön's g'sehg'n.

Woaßt scho, wia's an arma Mensch macht,
Geht wo bei de Großen was z'samm,
Er möcht grad a weng vo da Pracht
Und möcht vo da Freud eppas hamm.

Er stellt si vor d' Tür hi' und spitzt,
Und geht oana raus oda nei',
Na siecht a, wia's drinna aufblitzt,
Und kriagt vo dem Glanz aa 'r an Schei'.

So kimmt's jetzt dem Handwerksbursch für;
Es hot 'n an d' Höh aufig'hobn,
Er steht vor da himmlischen Tür
Und schaugt umananda da drob'n.

Durch d' Klums'n durch schleicht si a Strahl,
Der glanzt scho, als waar a vo Gold,
Und Musi is drin in dem Saal,
Als wenn's oan' glei einiziahg'n wollt.

Es werd eahm so z'muat wiar an Kind,
Dös gar so aufs Christkindl wart'
Und drin is da Baam scho o'zünd't
Und 's Drauß'nsteh' werd eahm so hart.

Auf oamal, da rüahrt si's am Tor,
Es werd eahm glei z'weitest aufg'macht.
Er halt si de Händ g'schwind davor,
So blend't oan dös Liacht und de Pracht.

Dös Silba! Dös Gold und de Stoa!
Und 's Sunnaliacht hot so a G'walt!
Wer kunnt eppa d'Aug'n no auftoa,
Wia's funkelt und blitzt und wia's strahlt?

A Kini hot gwiss a schö's Haus,
A Reicha ko gwiss was vatrag'n,
Und haltet do koana dös aus –
Wos will erst an arma Mensch sag'n?

Und wia si da Handwerksbursch traut
Und blinzelt a weng umanand,
Do steht a vorm Herrgott und schaut,
Der gibt eahm ganz freundli sei' Hand.

»No, Hansei, wia g'fallt's da bei mir?
Kimmst aar amal her?«, hat a g'fragt,
»Und geh no ganz rei' bei da Tür,
Du derfst scho.« A so hot a g'sagt.

»Heut«, sagt a, »heut host ma fei g'fall'n.
Wer ander Leut hilft und dös tuat,
Dem hülf i aa gern überalln;
A sella, der hot's bei mir guat.«

Er klopft eahm auf d' Achsel und lacht.
Da Hansei, der danket eahm gern,
Do über dös is er aufg'wacht
Und siecht durch a Lucka an Stern.

Der leucht' eahm so hell und so klar
Und hot eahm a Botschaft verkünd't
Von drob'n her, da wo'r a jetzt war
Und wo'r a scho wieda hi'find't.

Jetzt horcht a … Dös is do koa Traam!
A Stimm … und jetzt wieda … Es tuat,
Als wenn's von da Höh obakam …
Jetzt hört ma's auf oamal ganz guat!

»Ös Hüata, kemmts allesamm her!
Es schlagt enk de heiligste Stund,
Ja, Gott in da Höh sei de Ehr!
Und Frieden den Menschen herunt!«

Gesang

Und ko ma koa Bettstatt
Und ko ma koa Wiagn
Und ko ma koa Lei'tuch
Fürs Christkindl kriagn?

A Wiagn passat freili,
Da lieget's recht warm.
Woher solln s' as nehma?
De Leut san so arm!

Drum legn s' as in d' Kripp'n,
Drum legn s' as aufs Heu,
An Ochs und an Esel,
De stengan dabei.

Dös is für de Arma
A tröstliche G'schicht.
Sinscht hätt's insa Herrgott
Scho anderst ei'gricht'.

Sechstes Hauptstück

Passts auf, und jetzt lass' ma 'r ins Zeit,
Mir müass'ma beim Simmei zuakehr'n
Und schaug'n, was's im Stall eppa geit
Und ob ma net gar eppas hör'n.

Es lasst si vo drinna nix g'wahr'n,
Vielleicht no, gab oana recht Acht,
Er hörat an Ochs a weng scharr'n,
Wia's 's Viech an da Kett'n oft macht.

De Leut is de Ruah wohl vagunnt,
Dös nimmt oan' na dennascht scho her,
A Marsch von a'n acht a neun Stund,
Und g'spürt ma's beim Schnee no vui mehr.

Is guat für a jed's, bal ma schlaft,
Und is ja a Glück, bal ma's ko,
Ma kimmt do a weng zu da Kraft,
Und 's packt oan net gar a so o.

An Simmei hot's oiwei aufg'weckt.
Er draht si im Bett umadum,
Und bal er si wieda zuadeckt,
Er schlaft net und woaß net warum.

Er denkt eahm, was kunnt denn dös sei'?
Und was eahm denn heut so schiniert?
Er b'sinnt si und fallt eahm nix ei'
Und hot wieda 's Schlafa probiert.

Und wia's eahm net g'lingt, geht a naus.
Es treibt eahm vo selba a d' Höh,
Da siecht er den Glanz vor sein' Haus,
An Mond und de Stern überm Schnee.

Was is denn jetzt dös für a Ding,
Dös wo oan so b'sunderli macht?
Es werd oan so leicht und so g'ring
Und lasst oan koa Ruah bei da Nacht.

Vom Stall raus, da kimmt jetzt a Schei',
So hell, als wann's ei'wendi brennt.
Es werd do koa Feua net sei'!
Da Simmei is g'schwind ummig'rennt.

Und hört scho a Stimm – de is hell,
Is fei' wia'r a Glock'n vo Gold,
Da is eahm scho glei auf da Stell,
Als wann er si niedaknian sollt.

Und hot's aa da Simmei net g'wisst,
Es is eahm so feierli wor'n.
Denn drin liegt da heilige Christ,
Denn drin is da Heiland gebor'n.

Und jetzt! Was dös am Himmi war!
Als wenn de Kirz'n am Altar
Da Mesna o'zünd't – da – jetzt durt –
Oans nach dem andern brenna s' furt –
So leucht'n d' Stern auf – oiwei mehr.
Auf oamal braust's von ob'n her,
Als wia vo hundert Orgeln klingt's,
Als wia vo tausad Harfa singt's,

Und Engelstimma wundafei',
De klingan drei'.
Halleluja! Halleluja!

Und vo da Weit'n, vo da Näh
Und vo herunt bis z'höchst in d' Höh
Und tuat bald laut und bald vaschwimmt's
Ganz ob'n und wieda runta kimmt's.
Halleluja!

Und in den hellen Jubelg'sang,
Im Orgel- und im Harfaklang
Hat jetzt
A tiafe Stimm o'gsetzt
Mit G'walt,
So wia'r a Glock'n hallt:
»Kommt alle z'samm!
Ihr braucht koa Furcht net hamm!
Die höchste Freud wird euch verkünd't,
Im Stall dort liegt das Christuskind.
So hat die Nacht
Den Heiland bracht
Zu dieser Stund.
Ehre sei Gott in der Höh
Und Frieden den Menschen herunt!«

Da werd's jetzt mit oan wieda staad,
Vorbei is's mit Musi und G'sang.
A paar Mal is's grad, als vawaht
Da Wind no vo z'weitest an Klang.

Da Simmei kniat no dort im Schnee
Und lust, aba hört scho nix mehr.
Jetzt kemman vo drent über d' Höh
Deselbigen Hüata daher.

Sie war'n aa no ganz ausanand,
Bei eahr war dös Nämli da Fall,
Da Simmei nimmt s' staad bei da Hand
Und geht mit eahr eini in' Stall.

Sie schleichen auf g'nagelte Schuah.
Da Simmei, der geht a weng für
Und mahnt no an jed'n zu da Ruah.
Jetzt bleib'n s' alle steh' bei da Tür.

Deselln, de wo weita hint war'n,
De hamm si auf d' Zechaspitz g'stellt.
Vor eahna, da liegt drin im Barr'n
A Kindl – da Heiland der Welt.

So nackt und so arm hamm s' 'n g'sehg'n.
Im Barr'n war an aufg'häufelts Stroh.
Und 's Kind is ganz ruhig draufg'leg'n.
Es woant net und schaugt grad a so.

Es hot sie mit Stolz und mit Pracht
Und Herrlichkeit gwiss net vaführt
Und hot do a sellane Macht!
A jeda hot's ei'wendi g'spürt.

Und wia s' a si niedakniat hamm –
Vo de hot si koana vastellt –
Sie falt'n de Händ alle z'samm,
De war'n a weng starr vo' da Kält.

264

Sie bringan als Erste eahm dar
De Wünsch für a Glück ohne End,
Net groß, aba ehrli und wahr,
So wia's halt an arma Mensch kennt.

Na gengan sie staad wieda naus
Und wischpern a weng mitanand.
Ziahgt jeda sein Geldbeutel raus
Und druckt was an Simmei in d' Hand.

Sie geben's fürs Kind so gern her,
Und bal dös erst größa wor'n is,
Na woaß's scho, sie hamm halt net mehr,
Es kennt de guat Meinung scho g'wiss.

Sie nehman Bfüad Good voranand
Und gengan na hoam durch de Nacht.
In Bethlehem hot ma nix g'spannt,
Vo dene is neamad aufg'wacht.

Und gehts ös in d' Mett'n, ös Leut,
Na roats enk de G'schicht a weng z'samm!
Und fragts enk, ob dös nix bedeut',
Dass 's Christkind bloß Arme g'sehg'n hamm.

Kleines Bayerisch-Lexikon

A

a = in

(es) abgesehen haben auf = scharf sein auf, unbedingt wollen

Abtritt (bei Filser: »Abdrid«) = veraltet für »Toilette«

A diam = siehe »diam«

allweil, allerweil, allaweil = immer

And tun = befremden, wehtun

ani = hin

anschaffen = befehlen

as = es, sie

aufi = hinauf

aufmanndeln = sich frech benehmen, den großen Mann spielen

ausg'schamt (bei Filser: »auskschamt«) = unverschämt

ausschmiern = übers Ohr hauen

außa = heraus

außi = hinaus

Auter = Euter

B

Bader = ein heute ausgestorbener Beruf – der Bader war Friseur und »Heilpraktiker« zugleich

bal = eigentlich »bald«: wenn

Bannür = So spricht man beim »Rauchglupp Kraglfing« das Wort »Panier« aus.

bäri(g) = wild auf etwas

Bas, Basl = Kusine

Bazi (»Batsi«) = (Schimpfname – kann je nach Zusammenhang auch als raues »Kosewort« verstanden werden)

beinand = beisammen

belzi = »pelzig«: verärgert

Bfüat di (Good) = »Behüte dich Gott«, auf Wiedersehen

Bledschen = eigentlich »großes Pflanzenblatt«, großes unförmiges Ding; bei Filser abwertend für »Gesicht«

D

daußd = draußen

daweil = inzwischen; »Lass da daweil« = Lass dir Zeit

Deanschtbot'n = Dienstboten, Knechte und Mägde

dennascht = doch

dersell, diesell, dössell = (»derselbige«) jener, jene, jenes

diam, a diam = manchmal, gelegentlich

dischk(u)rieren = sich unterhalten, debattieren

Do legst di nieder = Ausdruck von belustigter Überraschung, etwa: »Ja ist denn das die Möglichkeit?«

E

eahna, eahr = ihnen

eina = herein

eini = hinein

ei'wendi = innen, drinnen

enk = euch

eppa, eppas etc. = die bayerische Aussprache von etwa, etwas etc.

F

ferbuz = s. verputzen

firti = fertig

Flötz = Hausgang
Fotzen = derb für »Gesicht«;
    auch: »Ohrfeige«
fotzen (Filser: »fohzen«) = ohr-
    feigen
für = auch für »vor«
fürikommen = herkommen

G

garez'n = wettern, schimpfen
geit = gibt
gell, gelt, gelln S(ie) = ent-
    spricht dem in anderen
    Gegenden gebräuchliche
    »Nicht wahr«
geweicht = bayerische Aus-
    sprache für »geweiht«
g'führig = bequem, passend,
    gemütlich
g'halten = behalten, dabehalten
gneißen = bemerken
go(n) = zu(m)
Granter = Brunnentrog
grausen = ekeln
grad (gerade) = auch im Sinne
    von »nur, bloß«
greinen = weinen
Großkopferter = einer von den
    oberen Zehntausend, ein
    »Etablierter«
grüabi(g) = lebhaft, fröhlich
g'scheert = gemein
Gschloss = Schloss
g'spannen = bemerken

H

ha(n)? = Wie bitte?
Hafen, Hafa = Topf
halt = eben
Hausflötz = Hausgang

Herrschaftsaxen = (ein Fluch)
Hirwa = heruntergekommene
    Behausung
Hozet = Hochzeit
Hüata = Hirt

I

ins, inser etc. = uns, unser etc.
irg = arg
it = ein verkürztes »nicht«

K

kasweiß = »käseweiß«, leichen-
    blass
Kirze(n) = Kerze
Klums'n = Ritze, Spalt
krauti(g) = überheblich
krummhaxet = krummbeinig

L

li(a)cht = hell
Lous = (weibliche) Sau, Mutter-
    schwein; gern als (ziemlich
    starkes) Schimpfwort ge-
    braucht
lüftig = flink
lusen, loosen = horchen

M

ma = man, wir; mir
Mäu = Maul
Menscherkammer (bei Filser:
    »Mentscherkamer«) =
    Schlafkammer der Mägde
mi = mich; auch für »ich«
    gebraucht
Milli = Milch
Minken = München
mirka = merken; markieren
mi(r) = wir

N
nimma, nimmer = nicht mehr
Not sein = Not tun

O
oba = herab
Obacht geben = Acht geben
o'brocka = abpflücken
o'draht = »abgedreht«:
    raffiniert, hinterlistig
oiwei = siehe »allweil«
o'rühr'n = berühren
ös = ihr

P
passen = lauern
Plana = Schlitzohr
Pletsch'n = siehe »Bledschen«

R
Rammel = (ein eher gemäßig-
    ter Schimpfname)
roaten = drehen

S
Sacktuch = Taschentuch
Sagg(e)rament = »Sakrament«
    – ein mittelschwerer Fluch
Sagkleib'n = Sägespäne
Schab = Anteil
schelch = schief; arglistig
schiag(e)ln = schielen
schinieren = »genieren«: stören
Schmalzler, Schmaizla, Schmai
    = Schnupftabak
schnallen = knallen
Schneiztüachl = Taschentuch

sell = solch
sinst, sinscht = sonst
spannen = bemerken
sprachten = reden
staad = still, sachte
Standari = Polizisten
Strah = Einstreu
Strizi (»Schtrizi«) = (Schimpf-
    name)

T
Trucha = Truhe, Sarg

U
ummi = hinüber
Unmuaß = Unwille

V
valaabn = erlauben
vaschniebn = verschneit
verputzen (bei Filser: ferbuzen)
    = vergeuden (insb. Geld)
verschliefen = verkriechen
verschmacha = kränken,
    beleidigen

W
wampe(r)t = dick, fett
Wetter = Gewitter
Woaz = Weizen

Z
zahnen = grinsen; weinen
zuawe = hinzu, hin
z'weg'n = wegen
zwoahaxet = zweibeinig

© 1998 Rosenheimer Verlagshaus
   GmbH & Co. KG, Rosenheim

Titelbild: Heinz Birg, München
Textauswahl und Bearbeitung: Bernhard M. Edlmann
Satz: Buch-Werkstatt GmbH, Bad Aibling
Druck und Bindung: Ebner Ulm
Printed in Germany

Einige Texte sind leicht gekürzt wiedergegeben. Bei den Lausbubengeschichten und den Filser-Briefen erfolgte der Abdruck
einer Auswahl aus den umfangreicheren Sammlungen. Aus den
Erinnerungen sind Auszüge wiedergegeben; die Titel stammen
dabei vom Bearbeiter.

ISBN 3-475-52899-1